Corinna Kawaters

Zora Zobel auf Abwegen

Corinna Kawaters

Zora Zobel auf Abwegen

ESPRESSO VERLAG

Ich stehe wieder einmal mit meiner Tasche an einer Straße. Es ist ein Vormittag Ende Juni, aber es ist nicht warm. Der Himmel ist bedeckt, und wenn es auch in den nächsten paar Stunden nicht regnet, sommerlich wird es heute nicht.

Diesmal ist es eine wenig befahrene Landstraße und meine Tasche eine graue Plastikreisetasche.

Mit wie vielen Taschen habe ich schon in solchen Situationen an welchen Ecken gestanden? Da war ganz am Anfang der Rucksack, den ich in einem Volvo zurückgelassen habe, dann eine schwarze Reisetasche in Paris. Zwei große Karierte, die nicht mir gehörten, aber eine wichtige Rolle spielten ... Ein riesiger Bastkorb, in einem Souvenirladen gekauft, und schließlich ein Haufen Gepäck, der irgendwo verkohlte.

Während Amandine mir diese graue Reisetasche vollpackte, sagte sie: »Ich kämpfe weiter gegen die allgemein gültige Realität, ich bin schließlich auch Komödiant. Aber du musst dich noch entscheiden, ob du kämpfen willst oder die Realität annimmst, wie alle anderen auch.« Und sie stopfte mir Wäsche, Schuhe, Regenschutz und einen Stadtplan in die graue Tasche, während ich auf dem Sofa lag.

Amandine hatte mich aufgenommen, als es mir sehr schlecht ging, sie hatte mich gepflegt und mir weitergeholfen. Sie hätte es gerne gehabt, wenn ich da geblieben wäre. Aber ich konnte nicht bleiben, denn ich habe noch etwas zu erledigen. Ich hatte mich schweren Herzens verabschiedet und war gegangen. Das heißt, sie und Dede hatten mich in dem alten Taxi bis zu dieser Straße gefahren, hatten gewendet und waren, ohne in den Rückspiegel zu schauen, zurückgefahren.

Ihre Frage, ob ich die allgemein gültige Realität annehme

oder nicht, beschäftigt mich trotz meiner Ratlosigkeit in viel wichtigeren Dingen. Im Grunde stehe ich mit meiner Reisetasche hier an dieser verflixten Landstraße, wo kein Auto und schon gar kein Bus vorbeikommt, nur, weil ich die allgemein gültige Realität nicht annehme, nie angenommen habe und, verflucht, auch nie annehmen werde.

Wenn ich ein Mann wäre, würde ich jetzt auf den Boden spucken, denke ich gerade, als sich ein Auto nähert. Ich halte meinen Daumen in die Luft und der Autofahrer bremst. Weil ich eine Frau bin, glücklicherweise. Der Wagen ist ein dunkelblauer Renault, der Fahrer ein Mann um die vierzig.

»Nach Montpellier?«

»Nach Montpellier.«

Ich steige ein.

Mehr als drei Jahre kannte ich ihn. Er war Zahnarzt. (Und ist es vermutlich heute noch.) Ich hatte sein Schild an einem Haus in der Nachbarschaft gesehen, nachdem ich nach Köln gezogen war und nun im Stadtteil Ehrenfeld wohnte. Ein Zahn war mir beim »Genuss« (ha-ha) eines Biobrötchens abgebrochen und ich brauchte dringend einen Zahnarzt.

Großes Vertrauen habe ich nicht in Zahnärzte, denn schon als Kind haben sie mir wegen einer Zahnklammer die ersten Zähne gezogen. Ich ging selten hin, eigentlich immer nur, wenn ich Schmerzen hatte. Daraufhin wurden die Zähne meistens gezogen und ich verschob den nächsten Zahnarztbesuch wieder auf den absoluten Notfall. Jahrelang ging das so weiter, es kommt mir heute vor, als ob mich jeder zweite Zahnarztbesuch einen Zahn gekostet hätte. Gar nicht so falsch, wenn man die wenigen Zähne sieht, die mir im Laufe der Zeit geblieben sind.

Jedenfalls dachte ich, als ich das Schild »Winfried Elsdorf, Zahnarzt« sah, dass ein Zahnarzt so gut oder schlecht ist wie ein anderer. Meinen letzten mochte ich nicht wieder sehen. Egal, Zahnarzt ist Zahnarzt und lustig ist es da nie, dachte ich und rief bei Elsdorf an. Ich bekam schneller einen Termin, als mir lieb war. Zahnarztbesuche bedürfen schließlich einer gewissen Einstimmung.

Winfried Elsdorf wohnte anscheinend in dem Haus, in dem auch seine Praxis war. Er hatte keine Sprechstundenhilfe und machte selbst die Tür auf. Er hatte strahlend blaue Augen, war groß, schlank, hatte breite Schultern und schmale Hüften. Sein Haar war dunkel, fast schwarz, dick und kurz geschnitten. Ich schätzte ihn auf Mitte, Ende dreißig.

Wenn er nicht seinen weißen Kittel angehabt hätte und

seinen Mundschutz in der Hand, hätte ich nicht gedacht, dass er der behandelnde Arzt wäre. Einen so gut aussehenden Zahnarzt hatte ich noch nie gehabt.

Und – wenn schon Zahnarzt, dann mit möglichst weichen Patschhänden – diese seit Jahren gepflegte Vorbedingung für Zahnarztbesuche flatterte mir an dem Tag davon.

Winfried Elsdorf hatte große, feste Hände.

Die Einrichtung des Behandlungszimmers wie auch der anderen Räume war altmodisch und abgenutzt.

»Ich habe die Praxis so von meinem Vorgänger übernommen. Und bisher hatte ich noch keine Idee, wo ich mit den Neuerungen anfangen soll«, erklärte er, nachdem er meinen zweifelnden Blick auf sein Mobiliar aufgefangen hatte.

»Und die Geräte hier, sind die auch noch vom Vorgänger?«, fragte ich und wies auf den Bohrer, der in seinem Gestell hing und leise schaukelte.

»Nein, da habe ich schon investiert, die Anlage hier ist das Allerneueste auf dem Markt ...«

Hoffentlich stimmte das und hoffentlich konnte er damit umgehen ...

Er schaute in meinen Mund und warf den Bohrer an. »Keine Angst, es tut überhaupt nicht weh«, versicherte er wie Dutzende von Zahnärzten vor ihm.

Aber diesmal traf es zu. Elsdorf schmirgelte und schliff. Er mischte und schabte Pulver auf einem kleinen Glasplättchen, goss alles in ein Tiegelchen und klebte dann eine neue Schicht auf den abgebrochenen Zahn. Alles völlig schmerzfrei und zwanglos.

Dann sagte er: »Sie können jetzt gehen, wenn Sie wollen.«

Ich stand auf, prüfte meinen neuen Zahn und angelte

gleichzeitig meine Krankenversicherungskarte aus der Tasche. Dabei fiel mir ein kleines goldenes Döschen heraus, kugelte über den Boden und sprang auf. Deutlich sichtbar lag ein Klümpchen Haschisch darin.

Das war mir aber peinlich! Hastig versuchte ich, das Kügelchen mit dem Schuh zu bedecken, aber es war aus meiner Reichweite gerollt.

»Sie können aber auch noch einen Kaffee mit mir trinken, wenn Sie Lust dazu haben. Auch Raucherin?« Mit einem Blick nach unten schlug er süffisant lächelnd vor: »Dann könnten wir uns einen Joint genehmigen, ich habe heute keine Patienten mehr.«

Er führte mich in eine kleine Kaffeeküche, die durch einen Vorhang vom Flur abgetrennt war. Wenige Minuten später duzten wir uns und rauchten.

Winfried hielt mir einen kleinen Vortrag über die Möglichkeiten, die eine Grundsanierung meiner Zähne meinem Kauvermögen verleihen würde.

»Du hättest ein ganz neues Gefühl im Mund, wenn diese hässlichen Lücken überkront wären. Außerdem wachsen die oberen Zähne im Moment immer weiter nach unten, weil sie keine Auflage haben. Irgendwann werden sie wackelig und dann fallen sie dir raus.«

Das war nun nicht mein Lieblingsthema und ich fragte ihn im Gegenzug vorsichtig über seine familiäre Situation aus, denn er gefiel mir gut, obwohl er Zahnarzt war.

Nein, er war nicht verheiratet, hatte keine Kinder und war auch nicht fest liiert. Schwul war er wohl auch nicht, denn er sprach von einer Ex-Freundin. Was ich sehr beruhigend fand.

Winfried E. zog an dem Joint, nippte am Kaffee und lächelte mir zu.

Nach einer Weile ging ich, leicht bekifft, mit neuem Zahn und nachdenklich nach Hause.

Er ging mir nicht aus dem Kopf. Was hätte Mafu von ihm gehalten?

Mafu, meine kluge Katze, von der ich manchmal gedacht hatte, dass sie sprechen könnte, war schon lange tot. Lange, katzenlose Zeiten lagen hinter mir. Nachdem ich ihr beim Tierarzt die tödliche Spritze geben lassen musste, hatte ich nicht das Herz gehabt, sie durch eine andere zu ersetzen. So niedlich kleine Katzenbabies auch sind. Und so viele Adoptionsfälle für erwachsene Katzen mir auch begegnet waren – nach Mafu gab es für mich keine mehr. Jetzt fehlte sie mir wieder, denn wir hatten viel zusammen erlebt. Das heißt, ich hatte vieles erlebt und Mafu war um meine Beine gestrichen, während ich darüber nachgedacht hatte.

Sollte ich mir die oft empfohlene Gebisssanierung nicht nochmal überlegen?

Ein paar Tage später rief ich ihn wieder an, um einen neuen Termin auszumachen.

»Ach, du bist es«, sagte er, »na, dann werde ich mir den Nachmittag frei nehmen ...«

Er sah immer noch gut aus und war immer noch so freundlich. Erst schliff er an meinem reparierten Zahn wieder völlig schmerzfrei herum und wieder rauchten wir einen Joint nach der Behandlung. Diesmal baute er die Tüte, und was er da hineinpackte, schmeckte bedeutend besser als meine Alltagsmischung.

»Woher hast du denn diese Droge?«, fragte ich und er lachte und hatte weiße, gleichmäßige, gesunde Zähne und beantwortete meine Frage nicht und das fiel mir gar nicht auf.

Wieder sprachen wir über dies und das und auch über

Zähne und ich sagte, dass ich mir das mit der Sanierung überlegen wollte und was es denn kosten würde. Er meinte, dass ich nochmal kommen müsste, um einen Abdruck zu machen und ein Formular für die Krankenkasse auszufüllen.

Ich weiß nicht mehr genau, wann ich mich so gnadenlos in ihn verliebt habe, aber es muss in dieser Phase gewesen sein. Drei Jahre lang war ich hilflos und verzweifelt und glücklich in ihn verliebt. Ich fand ihn toll, ich freute mich jedesmal, wenn ich ihn sah. Aber er war ganz offensichtlich nicht in *mich* verliebt.

Manchmal ist das eben so.

Heute kommt es mir ziemlich verrannt von mir vor, dass ich mich an eine so vergebliche Liebe geklammert habe, aber damals liebte ich ihn eben. Punkt.

Meine Freundin Rita war ebenfalls aus dem Ruhrgebiet nach Köln gezogen und wohnte im Stadtteil Nippes. Sie, der ich die ganze Geschichte von Anfang an erzählte und die ich auch über jede Etappe in dieser Entwicklung auf dem Laufenden hielt, meinte sowieso, dass ich mich da an einen Unwürdigen vergeudete. Rita versuchte immer wieder, mich von dieser Vernarrtheit abzubringen, aber sie drang nicht zu mir durch. Ihre vernünftigen Argumente berührten das Mysterium dieser Liebe einfach nicht.

Ich war verliebt. In meinem Alltag spielte das keine Rolle. Außer Rita wusste niemand in meinem Bekanntenkreis von ihm. Ich arbeitete in meinem kleinen Job, ich ging mit Freundinnen und Freunden aus, ich lebte mein kleines Leben so vor mich hin. Und mir war so wahnsinnig langweilig, dass ich diese blöde Liebesgeschichte als meinen einzigen Thrill weiterpflegte.

Immerhin, Winfried Elsdorf war eine Abwechslung.

Ziemlich am Anfang ... unserer Bekanntschaft? Unseres Verhältnisses? Unserer Beziehung? Wie nennt man so was, das nur von einer Seite aus definiert ist? Ziemlich am Anfang jedenfalls, als ich noch der Idee aufsaß, dass er mir ein neues Gebiss zaubern würde, mit einem phänomenalen, nie gespürten Kauvermögen – irgendwann da hatte ich meine Krankenversicherungsanträge zurückbekommen. Mitsamt den Berechnungen über Zuzahlungen etc.

Es war an einem schönen, sonnigen Tag. Es war der ideale Tag, um mit ihm die Instandsetzung meines Unterkiefers zu planen. Beschwingt durch die Aussicht, ihn wieder zu sehen, hüpfte ich die Treppe hoch und klingelte an seiner Tür. Er öffnete und war überrascht, denn ich hatte keinen Termin ausgemacht.

Ich war überrascht, in seinem Wartezimmer drei Leute vorzufinden. Normalerweise war niemand da.

»Ich habe gerade einen Patienten im Behandlungszimmer«, verabschiedete er sich schnell mit einem flehenden Blick auf die drei anderen und klappte die Tür hinter sich zu.

Winfried hatte mir erzählt, dass er möglichst wenige Patienten annehme, denn er wolle nicht in seinem Beruf untergehen und zum Workaholic werden, wie so viele seiner Kollegen. Und Geldgier liege ihm fern, hatte er mir versichert.

Daher sah ich die Patientenversammlung verwundert an.

»Ja, der Tag ist zu schön heute, um ihn mir zu verderben, da dachte ich, ich gehe mal zum Zahnarzt«, sagte ich zu der Frau, die mir gegenüber saß. Sie lachte. Der Mann neben ihr lachte auch. Und der andere Mann, ein Ausländer, kriegte den Witz auch mit und lachte ebenfalls. Und alle drei lachten mit dem gleichen Lächeln. Ich schwöre es. Das gleiche Lächeln! Sie hatten alle drei die gleichen Gebisse! Sie hatten alle drei, völlig unterschiedliche Leute aus völlig verschiedenen Kreisen, die gleichen Zähne! Sie lächelten mich an und schauten dann wieder in ihre Zeitungen oder aus dem Fenster.

Ich musste raus und ging, nachdem ich die anderen gebeten hatte, mich beim »Doktor« zu entschuldigen.

»Die gleichen Gebisse! Die gleichen Zähne! Denkst du, du bist der liebe Gott, dass du den Leuten das Aussehen zuteilst?«, schimpfte ich, als ich Winfried beim nächsten Mal traf.

»Das ist mir noch nie aufgefallen«, meinte er ruhig, »ich sehe meine Patienten ja auch immer nur einzeln, hier im Stuhl.«

»Aber im Wartezimmer müsstest du sie doch auch sehen ... Oder schaust du gar nicht hin?«

»Warum ereiferst du dich eigentlich so?«

»Weil ich nicht so ein Gebiss von der Stange will! Wenn ich mich dann zu den anderen drei ins Wartezimmer setze, sehen wir vier aus wie geklont!«

Winfried lachte: »Meinst du nicht, dass du ein bisschen übertreibst? Wahrscheinlich liegt der Eindruck, den du von der Gleichartigkeit der Zahnreihen hast, daran, dass ich die Gebisse immer bei der selben Zahntechniker-Werkstatt machen lasse ...«

»Die haben da wohl nur ein einziges Modell als Vorlage!«, unterbrach ich ihn.

»Immerhin sind sie pünktlich und zuverlässig. Teuer sind sie auch nicht. Das freut die meisten Patienten.«

Mag ja alles sein, aber so ein Gebiss kommt für mich nicht in Frage, beschloss ich spontan und sagte es auch.

»Das brauchst du doch auch nicht, wenn du absolut nicht willst«, lenkte Winfried ein, »aber ich hatte gedacht – eine Wiederherstellung kann eine langwierige Sache sein –, dann würden wir uns öfter sehen ...«

Aha! Ich sagte aber nichts und wartete ab (was mir schwerfiel, denn ich wäre ihm am liebsten um den Hals gefallen).

»Ja, ich finde dich sehr sympathisch«, fuhr er fort, »du bist so offen und frisch, und wenn du ein paar Tage nicht da warst, fehlst du mir richtig.«

»Ich finde dich auch sehr nett«, sagte ich vorsichtig.

»Und die Sache mit dem gleichförmigen Zahnersatz ... wahrscheinlich hast du sogar Recht. Ich habe mir noch nie Gedanken darüber gemacht ...«

Weiter ging es nicht an dem Tag. Aber ich war beschwingt und glücklich. Er fand mich frisch und offen! Nicht gerade eine romantische Liebeserklärung, aber immerhin, besser als nichts.

Zwei Wochen wartete ich ab, bis ich ihn wieder aufsuchte. Er freute sich.

Von da an entwickelte sich eine seltsame Art von Beziehung zwischen uns – wir sahen uns in seiner Wohnung, die über der Praxis lag, wir schliefen gelegentlich miteinander, aber wir gingen nie zusammen aus, sahen nie irgendwelche Freunde von ihm oder mir und er kam nicht ein einziges Mal in meine Wohnung. Meistens saßen wir da, redeten, hörten Musik und rauchten von seinem oder meinem Haschisch oder Gras. Manchmal sahen wir uns sogar einen Film im Fernsehen an. Es störte mich nicht, keine öffentliche Beziehung zu ihm zu haben, ja, gerade die Heimlichkeit des Verhältnisses hatte für mich einen Reiz.

Eines Freitagnachmittags, als ich gerade zu ihm gekommen war, fragte er: »Hättest du Lust, kurz mit mir nach Holland zu fahren?«

»Nach Holland? Klar, gerne, aber warum?«

»Ich brauche wieder was zu rauchen. Ich kaufe eigentlich immer in Holland ein. Das geht so stressfrei und ist auch noch ein netter Ausflug! Heute Nacht sind wir wieder hier. Kommst du mit?«

Ich kam mit.

Meinen eigenen, relativ bescheidenen Haschischkonsum organisierte ich gewöhnlich über meine Freundin Rita. Die hatte einen so weit verzweigten Bekanntenkreis, dass wir nie auf dem Trockenen saßen und ich mir keine Gedanken um Nachschub machen musste. Aber es konnte ja nicht schaden, auch andere Quellen aufzutun. Außerdem war mir schon die ganze Woche scheißlangweilig gewesen.

Winfried und ich fuhren in seinem dunkelgrauen Volvo über die Autobahn in Richtung Venlo. Es war voll, wie immer am Freitagnachmittag, aber wir kamen gut voran.

»Leg doch mal eine von den Kassetten auf, die da vorne in der Tasche sind«, bat er mich, »ich fahre und du bist für das Musikprogramm zuständig, okay?«

Mir war das recht und ich kramte in seinen Kassetten rum. Khaled, Gloria Estefan, Paolo Conte, Them, George Michael – er hatte eine bunte, wenn auch nicht besonders aktuelle Mischung dabei.

»Was möchtest du denn hören?«, fragte er mich.

»Mir ist das eigentlich egal, du kennst ja deine Kassetten am besten, schlag du was vor.«

Es stellte sich heraus, dass er von jeder Kassette nur ein oder zwei bestimmte Stücke hören wollte, und ich war gut damit beschäftigt, seine Musikwünsche zu erfüllen. Er wusste genau, was er wollte und wo die Stücke auf den Bändern waren. Dann hatte er auch einen leicht zu bedienenden Kassettenrecorder, so dass es mir Spaß machte, die Musik aufzulegen.

In Holland bog er von der Autobahn ab und fuhr über Land. Kreuz und quer über Schnellstraßen und Landstraßen. Ich verlor ein wenig die Orientierung, denn beim Kramen in der Musikauswahl war ich bei der Suche nach Blue Oyster Cult hängen geblieben.

»Blue Oyster Cult ist nicht da«, teilte ich Winfried mit.

»Macht nichts, wir sind sowieso gleich am Ziel«, sagte er.

Wir waren in Weert, einem kleinen, sauberen Städtchen mit einer Windmühle am Ortseingang, einem Kanal mit Lastkähnen und Wohnbooten darauf, einer Einkaufsstraße, Läden mit großen Reklameschildern, Fahrradfahrern und holländischen Menschen auf der Straße.

Winfried fuhr ins »Centrum«, nahe der St. Martinuskerk, und parkte in einer schmalen Seitenstraße. Er griff sich seinen kleinen Lederrucksack vom Rücksitz und schlug vor: »Geh doch mal auf die andere Seite dieser Kirche, dort an dem Platz sind verschiedene Kneipen. Ich erledige eben mein Geschäft und dann komme ich nach.«

»Kann ich nicht mitkommen? Ich hab noch nie einen richtigen holländischen Drogendealer kennen gelernt«, bat ich.

»Nee, heute lieber nicht«, wehrte er ab, »der hat das nicht gerne, wenn ich Fremde mitbringe.«

»Aber beim nächsten Mal, du kannst ihn ja schon mal vorwarnen!«

Winfried schüttelte amüsiert den Kopf, fuhr sich durch sein dunkles Haar und stieg aus.

Ich stieg auch aus und schlenderte an der Kirche entlang

zum Platz, um auf ihn zu warten. Hier gab es drei große, modern zurechtgemachte Lokale in alten, ehrwürdigen Häusern. Das älteste und ehrwürdigste – mit einem trapezförmigen Grundriss, wie eine Tafel an der Fassade erläuterte – hatte, wie in so vielen Städten, die Firma McDonald's übernommen. Ich setzte mich in eins der drei Lokale, eine »Banketbakkerij«, die »Bekx« hieß, und bestellte einen Bessengenever. Ein wunderbar ekliger roter Likör, der nur in Holland schmeckt. Einmal hatte ich eine Flasche Bessengenever aus den Ferien mit nach Hause genommen. Da hatte er nur noch eklig geschmeckt und die angebrochene Flasche fristete in meiner unaufgeräumten Küche bis zum darauffolgenden Umzug eine traurige Existenz. Dann hatte ich sie weggeworfen. Hier schmeckte mir das Zeug gut und ich bestellte noch einen.

Nach dem Dritten kam Winfried – mit einem breiten Grinsen auf dem Gesicht. Sichtlich zufrieden ließ er sich neben mir nieder.

»Hat alles geklappt, ich hab ein erstklassiges Dope bekommen«, raunte er mir zu.

»Zeigst du es mir nachher? Hier kann man es ja wahrscheinlich nicht auspacken.«

»Nee, besser nicht«, flüsterte er mir zu, winkte der Kellnerin und bestellte etwas auf Holländisch.

»Männer, die Fremdsprachen können, machen mich unheimlich an«, sagte ich, »da geht's mir genau wie Jamie Lee Curtis in dem Film ›Ein Fisch namens Wanda‹.«

Er schaute mich verwirrt an.

»Ich finde es toll, wenn sie so ganz selbstverständlich exotische Silben aus dem Mund lassen, auch wenn es eigentlich um etwas ganz Normales geht.«

Winfried lachte geschmeichelt: »Aber ich kann nur ganz

wenig Holländisch, etwas mehr vielleicht als nötig für eine Bestellung oder um nach dem Weg zu fragen.«

Die Bedienung brachte ihm ein Bier und einen kleinen Schnaps und er erklärte mir, dass man das auf Holländisch »Kopstoudje« – Kopfstoß – nennt, weil es in Mengen getrunken so wirkt wie ein Kopfstoß.

Gegenüber der St. Martinuskerk lockte ein Chinarestaurant, mit dem originellen Namen »China«, an dem ich bereits vorbeigekommen war.

»Komm, ich lad dich ein«, sagte Winfried, »wenn man nach Holland fährt, gehört es einfach dazu, chinesisch essen zu gehen ...«

Das Lokal war weniger kitschig eingerichtet als üblich, mit chinesischen Sesseln in einer Ecke, vielen Pflanzen und nicht so vollgepfercht mit Tischen wie gewöhnlich. Das Essen war gut.

Während er auf der Toilette war, nahm ich mir seinen Rucksack und schaute hinein: Ein Paket, so groß und fast so schwer wie ein Ziegelstein, dick in holländisches Zeitungspapier eingewickelt. Ich traute meinen Augen kaum: Winfried hatte mindestens ein Kilo Haschisch gekauft!

»Wenn sie uns damit an der Grenze erwischen, können wir uns aber nicht damit herausreden, das wäre unser Eigenbedarf«, eröffnete ich ihm beunruhigt, als er sich wieder auf seinen Platz setzte.

»Du hast also nachgesehen, du neugierige Person«, stellte er fest, »aber mach dir keine Sorgen, ich bin noch nie erwischt worden und ich mache das jetzt seit Jahren ...«

»Aber wofür brauchst du denn so eine Riesenmenge? Das kannst du doch im Leben nicht aufrauchen!«

»Also ich finde, ob man nun hundert Gramm schmuggelt, oder ein Kilo, der Aufwand ist der gleiche.«

»Aber das Risiko ist nicht das gleiche ...«

»Das stimmt. Aber ich schwöre dir, wenn etwas passiert, nehme ich alles auf mich und sage, du wusstest von nichts.«

Okay, das war nur fair, aber trotzdem hakte ich nochmal nach: »Winfried, was machst du denn mit der ganzen Droge?«

Er sagte nichts und schaute mich an. Dann kratzte er mit den Fingernägeln auf der Tischdecke herum und sagte dreist und verlegen zugleich: »Ich verkaufe es weiter.«

Oh Göttin! Mein Superzahnarzt betätigte sich in seiner Freizeit als Drogendealer! Wenn ich das Rita erzählte, die würde sich schief lachen.

»Wie lange machst du das denn schon und wie oft?«, bohrte ich weiter.

»Also, das geht dich gar nichts an«, wehrte er ab.

»Na, sag schon, ich rauche doch auch schon seit Jahrzehnten, da brauchst du dich doch nicht zu verstecken ...«, lockte ich.

»Hör mal, du klingst jetzt wie eine von der Kripo«, versuchte er sich rauszuwinden, fuhr dann aber fort: »Ich mache das seit ein paar Jahren. Sonst käme ich mit meiner Praxis auch nicht aus den roten Zahlen. Sie war ziemlich verkommen, als ich sie übernommen habe. Die gesamte Technik war völlig veraltet. Ich musste eine ganze Menge investieren. Und dass ich sie noch nicht ganz erneuert habe, hast du ja selbst gesehen ... Ich kann im Augenblick noch nicht mal das Wartezimmer renovieren lassen.«

»Besorgst du manchmal auch andere Sachen? Härtere, so wie Koks oder Heroin?«, fragte ich weiter.

»Aber Zora, wo denkst du hin? Ich bin doch kein Mörder! Ich finde, dass Haschisch keine destruktive Droge ist wie diese anderen. Ich finde, dass Haschisch oder Marihuana genauso wie Alkohol überall zu kaufen sein müssten. Wenn du mal überlegst, wieviele Alkoholtote ...«

»Jaja, ich weiß, diese Beiträge kenne ich auch ... also, in dem Paket ist ganz bestimmt nichts anderes drin?«

»Zora, ich schwör's dir, ganz bestimmt nicht!«

Ich ließ es dabei, Winfried zahlte und wir gingen zum Auto.

Auf der Rückfahrt, es war inzwischen dunkel geworden, hörten wir endlich die Blue Oyster Cult-Kassette, die ich dann doch noch gefunden hatte und das Stück »Roadhouse Blues«. »I woke up this morning and I got myself a beer, for the future's uncertain and the end is always near«, grölten wir im Chor, und trotz des Pakets in Zeitungspapier, das im Rucksack auf dem Rücksitz steckte, ging es mir prächtig. (Oder vielleicht auch gerade deswegen.) Endlich war mal wieder was los. Und dass die Zukunft *uncertain* ist und das Ende *always near*, das weiß ich auch.

Die Grenzüberquerung nach Deutschland hinein kriegte ich fast gar nicht mit, denn Winfried wählte eine kleine Nebenstrecke.

»Ob das so clever ist, hier lang zu fahren, das ist doch viel auffälliger als über die Autobahn, wo jeder herfährt ...«, hatte ich vorher noch nervös genörgelt.

»Hab Vertrauen, hab einfach Vertrauen«, beschwor Winfried mich.

Und ich hatte Vertrauen und nichts geschah. Wir fuhren wieder auf die Autobahn und es ging mir immer prächtiger. Manchmal denke ich, dass ich süchtig nach meinem eigenen Adrenalin bin.

So ging das eine lange Zeit weiter. Wir trafen uns, wir redeten, wir rauchten und gelegentlich fuhren wir nach Holland, Haschisch kaufen. Ich lernte Bertie kennen, den Indonesier, bei dem Winfried seine Droge einkaufte, und einmal waren wir sogar bei Bertie und seiner Frau zum Essen eingeladen. (Bertie entsprach überhaupt nicht dem abenteuerlichen Bild, das ich mir von einem holländischen Großdealer gemacht hatte. Er war ein kleiner, leicht schmuddeliger Mann, Anfang dreißig, der Ähnlichkeit mit einer schwarzen Olive hatte, und war mit Mariet, einer großen dürren Holländerin mit kleinen kalten Augen verheiratet. Sie wohnten in einem winzigen Appartement in der Nähe der Kirche in Weert.)

Rita schüttelte besorgt den Kopf, wenn ich ihr von Winfried Elsdorf und den Reisen erzählte, und sie beschwor mich immer wieder, nicht mehr zu ihm zu gehen, den Kerl zu vergessen, die ganze Sache abzuschließen.

Ich konnte nicht.

Einmal saßen Rita und ich in einem Kaufhaus in der Cafeteria. Es war nach einem dieser Schmuggelwochenenden und ich hatte gemerkt, dass mir das Gefühl, die Grenze mit einem Kilo Haschisch zu überqueren, schon gar nichts mehr ausmachte. Die Angst, von der Polizei hier oder in Holland angehalten, kontrolliert und durchsucht zu werden, kam in meinem Kopf fast nicht mehr vor.

Rita schlürfte ihren Kakao mit Sahne und Amaretto, den sie in dieser Cafeteria immer bestellte. Dann meinte sie gewichtig: »Zora, dieser Mann ist nichts für dich. Er macht dich nicht richtig glücklich – diese heimlichen Treffen immer, was soll das? Irgendwann geht ihr bei diesen Reisen doch mal hoch! Und du brauchst nicht zu glauben, dass die dich sofort freilassen, nur weil er sagt, dass du von nichts gewusst hast!«

»Ja, ich weiß es ja, es ist nicht alles ideal, aber er macht mir Spaß und es macht mir Spaß.« Rita zuckte die Achseln und dann sprachen wir lange Zeit nicht mehr von Winfried Elsdorf.

Wir sprachen nicht mehr von Winfried, bis Renate auf den Plan trat.

Eines Tages eröffnete Winfried mir: »Du, ich bin verliebt.«

»Oh«, sagte ich, während mein Herz sich zusammenkrampfte, »in wen denn?«

»Ach, du kennst sie nicht, sie ist eine Kollegin, auch Zahnärztin. Ich habe sie bei der Weihnachtsfeier eines Vertreters kennengelernt. Sie heißt Renate Bekirch und ist die schönste Frau, die ich je gesehen habe.«

Oh je, dachte ich und konnte nicht glauben, dass ich gehört hatte, was ich gehört hatte.

Beim nächsten Treffen fragte ich ihn gleich, wie es denn mit Frau Bekirch stünde.

»Sie ist möglicherweise die Frau meines Lebens«, schwärmte er, »ich kann nicht ausschließen, dass ich eines Tages eine Beziehung mit ihr haben werde ... Mit ihr zusammen erlebe ich nie gekannte Gefühle.«

Auf einmal sprach er so gestelzt und geschwollen, als ob er eine päpstliche Deklaration vom Balkon über den Petersplatz verlesen würde. Mir war ganz schlecht. Frau seines Lebens ... Beziehung nicht ausschließen ... Nie gekannte Gefühle ... Und was war mit mir? Welche Rolle spielte ich überhaupt? Mir war zu flau, um nachzufragen, und bedrückt schlich ich nach Hause.

Irgendwann traf ich ihn zufällig auf der Straße.

»Schau mal, was Renate mir geschenkt hat!«, strahlte er und zeigte seinen Arm, um den sich eine Swatch-Damenarmbanduhr zwängte, auf deren Zifferblatt eine rosa Rosenknospe prangte.

»Wie romantisch«, spottete ich, »die hat ja einen ganz tollen Geschmack, deine Renate.« Und aus tiefstem Herzen gehässig: »Schade, dass die Uhr nicht um dein Handgelenk passt.«

»Das ist doch nicht so wichtig«, meinte er, »ist doch ein schönes Geschenk, findest du nicht?«

»Klar, prima Geschenk.«

»Also ich weiß nicht warum«, schloss er ganz verklärt an, »aber ich habe solche Angst, dass ich sie wieder verlieren könnte.«

Da hörte ich, wie mein Herz einen Riss bekam, und mit einem leisen »Pling« sprang ein Stück ab. Statt zu denken: So ein Idiot!, lief ich nach Hause und weinte.

In den nächsten Tagen wusste ich nicht mehr, wo ich mich lassen sollte. Ich war nervös, müde und gleichzeitig wieder hektisch. Mir war alles zuviel, ich ließ überall etwas liegen, vergaß alles, hatte keinen Hunger und keinen Durst. Ständig tönten seine Worte in meinem Kopf ... nie gekannte Gefühle, Frau seines Lebens ...

Ich war furchtbar eifersüchtig.

Rita sagte zu dem Thema zu jener Zeit nur: »Sei froh, dass du ihn los bist! ›Frau seines Lebens‹, wenn ich das schon höre! Was willst du denn mit so einem? Der Typ ist inzwischen bald vierzig. Und dann solche Sprüche! Vergiss den Blödmann!«

Das war natürlich äußerst hilfreich. Leider klappte es nicht so ganz damit. Ich lief eine Weile durch die Stadt und die verschiedensten Geschäfte, um eine grüne Hasskerze zu kaufen. Es war nicht leicht, eine grüne Kerze zu finden, die nicht parfümiert war. Schließlich bekam ich eine in einem Blumengeschäft. Zu Hause zündete ich sie an und zelebrierte ein kleines Hassritual gegen Renate Bekirch ... (Wer kennt noch den Song von Leonard Cohen – »Famous blue raincoat« – in dem es heißt: »I lit a thin green candle to make her jealous of me«?) Ich wünschte ihr die Pest an den Hals, dazu juckenden Ausschlag am ganzen Körper und Durchfall.

Danach ging es mir besser. Aber nicht viel besser.

Ich wollte wissen, wie die ganz besondere Frau Bekirch aussah. Tagelang stellte ich sie mir vor. Zahnärztin war sie, wie er. Und eine eigene Praxis hatte sie, das verrieten mir die Gelben Seiten. War sie groß und dunkelhaarig? War sie so eine schnuckelige, blonde Junge? Oder so eine Freche mit großem Mund und langen Beinen? Mein Zigarettenkonsum stieg, denn ich war ein Bündel an Unrast. Wenigstens einmal wollte ich dieses Prachtweib, das Winfried so sehr begehrte, sehen.

Sie war Zahnärztin ... Allerdings, als Patientin zu ihr zu gehen, diesen Gedanken schlug ich schon bei seinem Auftauchen mit dem inneren Paddel nieder, das ich für solche Gedanken in meinem Kopf parat habe. Niemals mehr freiwillig zum Zahnarzt!

Ich beschloss, mir eine Story auszudenken.

Sollte ich den alten Trick mit der Sammelbüchse fürs Müttergenesungswerk nochmal ausprobieren? Aber vielleicht würde mich die Sprechstundenhilfe abfangen und ich käme gar nicht bis zu Renate B.? Der angebliche Lotteriegewinn hatte zwar auch schon mal geklappt, als Vorwand, aber alte Tricks sind alte Tricks.

Von Tag zu Tag schob ich den Gang zu Renate Bekirch auf. Und von Tag zu Tag wurden meine Phantasien über die Superfrau wilder.

Dann, als ich eines Morgens die Zeitung aus dem Briefkasten nahm, hatte ich sie endlich: die Idee. Ich zog mich seriös an und ging zu Frau Bekirchs Praxis in der Innenstadt.

»Ich bin Sandra Winter und Heilpraktikerin und ich habe die Praxis gleich nebenan gemietet. Da dachte ich mir, ich stelle mich einmal vor, damit wir uns kennen lernen«, sagte ich zu der Sprechstundenhilfe im Eingangsbereich. Sie war blond und ziemlich dick und genauso herablassend, wie Sprechstundenhilfen gewöhnlich sind.

»Oh, ich wusste gar nicht, dass der Psychologe nebenan ausziehen will«, meinte sie. Sie tat gerade so, als ob er sich bei ihr persönlich abmelden müsste.

»Ja, das sollte wohl alles ganz diskret ablaufen«, schob ich nach.

»Na, dann werde ich Sie unserer Frau Doktor mal melden«, kündigte sie großzügig an und ging in einen Raum auf dem R.3 stand.

Ich schaute mich um. Die Zahnärztin, Frau Bekirch, hatte zwar genausowenig einen Doktortitel wie Winfried, sie war aber wesentlich besser situiert als er. Sie praktizierte in hellen Räumen, die in freundlichen Farben gestrichen waren, große bunte Drucke hingen gerahmt an den Wänden, ein Sofa lud zum Hinkuscheln ein, alles wirkte leicht, sauber und kompetent und sollte allen Zahnschmerz dieser Welt vergessen lassen.

»Frau Winter? Ich bin Renate Bekirch, kommen Sie doch einen Moment herein.«

Eine Stimme hinter mir, ich drehte mich um und war perplex. Die tolle Frau war kein bisschen toll.

Ich ging hinter ihr her in ihr Büro, vorher hatten wir uns natürlich die Hand geschüttelt, wie man das so macht.

Was wir miteinander geredet haben, ich als Heilpraktikerin und ihre zukünftige Nachbarin, wusste ich nachher nicht mehr. Irgendwie muss es Sinn gemacht haben, denn Renate Bekirch war überhaupt nicht misstrauisch. Ich starrte sie an.

Sie war bestimmt Mitte, Ende vierzig und sah auch so aus. Sie war mittelgroß und schlank. Sie trug einen weißen Kittel, so dass ich ihre Figur nicht erkennen konnte. Sie hatte eine ganz normale Stimme, ein normales, recht faltiges Gesicht und langes, graues Haar. Das war die Frau seines Lebens? So überragend schön konnte ich sie nicht finden, eher ein bisschen angestaubt.

Um sie herum in ihrem Büro hingen überall Fotos von ihr, zusammen mit bedeutend aussehenden Männern, die offenbar bei irgendwelchen »gesellschaftlichen Anlässen« aufgenommen worden waren. Einige dieser Männer glaubte ich zu erkennen. Renate Bekirch mit Willy Millowitsch, Renate Bekirch mit dem Chef der Volkshochschule, Renate Bekirch mit Oberbürgermeister Burger (im Abendanzug) und Renate Bekirch mit diesem und jenem. Ich suchte das Foto von Renate Bekirch auf der Hochseeyacht mit dem dicken Fisch an der Angel, das ja in so eine Galerie unbedingt hineingehört, aber das fehlte.

Was für eine peinliche Sammlung! Was für ein wichtigtuerisches Würstchen! Wahrscheinlich braucht sie das, um sich zu versichern, dass sie existiert, dachte ich mir.

Sie war freundlich, bot mir aber keinen Kaffee an. Den hätte ich auch ablehnen müssen. Erstens ging mir bald der Gesprächsstoff aus und zweitens befürchtete ich, meine zitternden Hände könnten mich verraten. Und Heilpraktikerinnen trinken gewöhnlich keinen Kaffee ...

Ich verabschiedete mich nach kurzer Zeit. Mir gelang ein recht eleganter Abgang – homöopathinnenmäßig verschmähte ich den Fahrstuhl und stieg die Treppe hinunter. Renate B. stand in der Tür und sah mir nach.

In der nächsten Gaststätte bestellte ich mir einen Cognak. Und dann rief ich Rita an.

Sie kam sofort und bestellte noch zwei Cognak. Und hörte sich meine brandneue Story an. Nach drei Cognaks ging es mir besser.

»Rita, die Frau sieht noch nicht einmal so besonders gut aus! Die ist bestimmt ein paar Jahre älter als er. Was er bloß an der findet? Das ideale Paar? Beide zusammen, die sehen doch steinalt aus! Wenn die neben ihm sitzt, mit einem Mineralwasser im Straßencafé, sagen die Leute: Schau an, eine Lebensversicherungsreklame!«

Rita kicherte: »Ja und wenn du neben ihm sitzt, mit einem Mineralwasser im Straßencafé, fragen sich die Leute bloß: Seit wann trinkt Zora Mineralwasser?«

Rita kann manchmal ein ganz schönes Biest sein.

»Oh, Rita, was soll ich denn jetzt tun?«

Sie sagte ungerührt: »Ihn vergessen. Und hör endlich auf, dich zu benehmen wie eine Schülerin, die in ihren Mathematik-Lehrer verliebt ist!«

Später fuhr sie leider für ein paar Tage zu einer Freundin nach Hamburg.

Ich versuchte in den nächsten Tagen, Ritas Rat zu befolgen, aber ich war nicht sehr gut darin. Wenn ich nur eine Frau vom Typ »Renate« auf der Straße oder in irgendeinem Geschäft sah, wünschte ich ihr die Pest an den Hals. Aus tiefstem Herzen. Ich schaute die arme Unbekannte grimmig und verbissen an und schickte eine Ladung Hass in ihre Richtung. Manche Frauen zuckten richtig zusammen unter meinem Blick. Ha! Aber glücklicher machte mich das auch nicht.

Dann war auf einmal Winfrieds Stimme auf meinem Anrufbeantworter: »Hallo, Zora, Winfried hier! Kannst du so schnell es geht zu mir kommen? Es ist jetzt Viertel nach vier. Ich muss nochmal kurz weg. Falls ich nicht da sein sollte, wenn du kommst, geh schon mal rein! Du hast ja den Schlüssel. Es ist wirklich wichtig.«

Das stimmte, ja, er hatte mir vor einiger Zeit einen Schlüssel gegeben. Ich sah auf meine Uhr. Winfried hatte vor eineinhalb Stunden angerufen.

Die paar Mal, die er mich vorher zu Hause angerufen hatte, konnte ich an einer Hand abzählen. Was war los? Irgendwas war passiert. Was wollte er von mir?

Gespannt machte ich mich auf den Weg, klingelte erst an der Wohnung, dann an der Praxis, aber niemand machte auf. Mit meinem Zweitschlüssel ging ich hinein. Erst schaute ich in der Wohnung nach, dann in der Praxis, aber er war nicht da.

Dann klingelte das Telefon. Ich schwankte, ob ich an den Apparat gehen sollte oder nicht, ließ es dann aber bleiben. Es klingelte fünfmal, dann sprang der Anrufbeantworter an.

»Hallo, Winfried, hier ist Renate ...«

Ich fiel fast in Ohnmacht und sperrte trotzdem die Ohren weit auf.

»Es tut mir wirklich leid, dass wir uns nicht mehr sehen können, bevor ich morgen nach Tunesien fliege«, plapperte sie am anderen Ende weiter, »ach, Winfried, ich bin so glücklich mit dir. Deine erotischen Briefe machen mir solche Freude! Und die Ohrringe, die du mir geschenkt hast, trage ich jetzt jeden Tag. Und endlich wieder ausgehen! Weißt du, ich bin so lange nicht mehr ausgegangen und das nicht nur wegen meiner Ohren. Keine Kneipe, kein Kino und Konzerte auch nicht. Aber das ist ja jetzt anders ... Also der letzte Abend in der Küppers Brauerei hat mir gut gefallen. Dass du dich jetzt auch mit mir in der Öffentlichkeit zeigst, gefällt mir so gut. Und wie ich mich auf unseren ersten gemeinsamen Urlaub freue! Ach du, mein süßer Loverboy, du. Tschau, ich freu mich auf dich!«

Klack, der Anrufbeantworter schaltete sich wieder aus und fing an zu blinken.

Ich war platt. Winfried schrieb erotische Briefe? Winfried ging mit Renate aus? Plante den ersten gemeinsamen Urlaub mit ihr? Und ließ sich süßer Loverboy nennen? Süßer LoverBOY?

Ojeh.

Ich konnte es nicht glauben, aber das Echo von Renates Stimme hing noch im Raum. Der Anrufbeantworter blinkte grün.

Ich fühlte mich gelb-grün. Ich brauche wohl nicht zu erwähnen, dass er mir noch nie erotische Briefe geschrieben hatte, noch großartig mit mir ausgegangen war, noch, noch, noch ...

Eine Eifersuchtswelle nie geahnten Ausmaßes schwemmte mich weg. Ich ging aus der Wohnung, zog die Tür hinter mir zu – immer abschließen, hatte er mir eingeschärft, ha, sollte die Perle doch abschließen. Dann warf ich seine Schlüssel in seinen Briefkasten und beschloss, ihn sofort, aber auch sofort zu vergessen. Der Arsch, der Blödmann, der Mistkerl!

Ich war wie erstarrt. Es war schon dunkel. Ich ging zum Park an der Inneren Kanalstraße und setzte mich auf eine Bank. Immer noch hallten Renates Worte in meinem Kopf: »Du süßer Loverboy, du ...«

Unglaublich!

Ich konnte nicht denken, mir war weder heiß noch kalt,

ich hatte das Gefühl, meine Arme und Beine wögen Tonnen. Und mir stieg keine einzige Träne ins Auge. Ich war innerlich wie versteinert, rauchte eine Zigarette nach der anderen.

Auf dieser Parkbank saß ich so lange, bis mir die Zigaretten ausgingen. Ich ging traurig nach Hause. Und wer stand mit seinem Auto vor meiner Haustür (denn er hatte keinen Schlüssel von mir)?

Genau, Winfried.

»Na, hast du schon deinen Anrufbeantworter abgehört?«, fragte ich zur Begrüßung, »du süßer Loverboy, du ...«

»Zora, bitte lass das! Ich hab ganz andere Probleme. Ich sitze total in der Klemme. Und du musst mir unbedingt helfen!«

»Was, helfen soll ich dir? Kann das nicht deine Perle tun?«

»Über Renate will ich jetzt nicht reden. Komm, setz dich mal kurz hier ins Auto, ich erklär dir, worum es geht.«

Ich stieg in seinen Wagen. Das war der erste Fehler in einer langen Reihe von Fehlern, die ich von nun an machen sollte.

Im Auto beschrieb Winfried die Klemme, in der er saß.

»Also, weißt du, diese Ein-Kilo-Drogenfahrten lohnen sich letzten Endes überhaupt nicht. Das ist doch nur Sport. Ich will damit aufhören.«

»Ja gut«, sagte ich, »aber das geht mich nichts mehr an. Interessiert mich überhaupt nicht mehr!«

»Jetzt hör doch mal zu! Ich hab also, damit sich das letzte Mal lohnt, eine ganze Stange Geld investiert und eine ziemliche Menge eingekauft. Ich hab sogar Leute organisiert, die das Zeug in einem Wohnmobil eingebaut haben.«

»Ein Wohnmobil! Wie originell!«, spottete ich, war aber

trotzdem neugierig, wann die Klemme kommen würde, die meinen Einsatz erforderte.

»Ja, und das Ding steht sehr bald auf einem belgischen Parkplatz und muss abgeholt werden.«

»Und?«, sagte ich, »dann hol's ab und fertig. Was willst du von mir?«

»Du sollst es abholen. Du sollst das Wohnmobil fahren. Du kannst doch wohl ein Wohnmobil fahren, oder? Denn ich muss den Typen gleichzeitig auf einem anderen Parkplatz das Geld geben.«

»Na hör mal! Das ist aber ein dickes Ding! Ich soll mit so einer heißen Kiste durch die Gegend fahren? Randvoll mit Droge?«

»Doch nur kurz. Nur bis zum nächsten Parkplatz. Da steig ich dann dazu und übernehme das Wohnmobil und du kannst mit meinem Auto nach Hause fahren.«

»Also wirklich, warum macht das nicht Renate, das süße Lovergirl? Weiß die überhaupt von diesen Geschichten?«

Winfried umklammerte das Steuerrad, bis seine Knöchel weiß wurden.

»Ja, Renate habe ich davon auch erzählt. Aber sie fährt morgen nach Tunesien.«

»Die hat wohl Schiss gekriegt, dass sie da mitmachen muss!«, höhnte ich.

»Nein, nein, das ist eine ganz Mutige! Die hat sogar den Frauenbuchladen hier mit aufgebaut.«

Fast hätte ich da gelacht. Was manche Männer sich unter Mut und Frauenbuchläden vorstellen!

»Zora, bitte, ich flehe dich an, mach mit. Eigentlich wollte ich das mit einem von den Holländern machen, aber der Typ ist plötzlich abgesprungen. Und die Fahrt soll übermorgen losgehen.«

»So bald schon! Dann hast du wirklich ein Problem!«

»Ach, Zora, bitte hilf mir doch«, bettelte er.

Da war Renate irgendwie aus meinem Gedächtnis verschwunden. Ich überlegte nur noch praktisch: »Dein Plan sieht also so aus: Ich fahre das Wohnmobil von einem Parkplatz zum nächsten und dann mit deinem Wagen weiter. Und du fährst mit dem Wohnmobil über die Grenze? Wie komme ich überhaupt zu dem Parkplatz und was ist das für ein Wohnmobil?«

Winfried war gut vorbereitet. Er griff nach hinten und holte einen aufgeklappten Aral-Atlas vom Rücksitz. Er zeigte mir die Parkplätze. Sie waren eingezeichnet und sahen da im Autoatlas ganz harmlos aus. Weit voneinander entfernt waren sie auch nicht.

Hm.

Würde es die doofe Renate ärgern, wenn sie erführe, dass Winfried den Deal mit mir gemacht hatte?

Ja, es würde sie ärgern. So besitzergreifend, wie sie sich auf ihren Loverboy stülpte, würde es sie sicher mächtig ärgern, dachte ich.

Wieder ein Denkfehler, liebe Zora, aber das fällt schon nicht mehr auf. Man und frau sollte nie von sich auf andere schließen. Hätte Rita gesagt, aber die war ja in Hamburg.

Viel Zeit zur Vorbereitung blieb mir nicht. Meinen ganzen Frust über Renate und ihre romantische Liebeserklärung drängte ich mit Aktivitäten weg. Später dachte ich, vielleicht wäre ich nochmal zum Nachdenken gekommen, wenn ich mehr Zeit dazu gehabt hätte, und hätte es mir anders überlegt. Aber in der Situation war ich dazu nicht mehr in der Lage. Ich hatte Winfried zugesagt und ich würde es tun.

Meine ganze Vorbereitung bestand eigentlich darin, dass ich durch alle Sportgeschäfte in der Innenstadt eilte, um einen rosa oder lila Trainingsanzug aus Ballonseide zu finden. Denn der, so meinte ich, würde mich als absolut unauffällige Wohnmobilfahrerin tarnen. Außerdem wollte ich eine Baseballmütze und Turnschuhe in Weiß dazu.

Gar nicht so einfach, so was aufzutreiben. Ich hatte noch nie im Leben einen Trainingsanzug oder Turnschuhe besessen. Sport ist Mord – war seit jeher mein Motto gewesen, daher wusste ich auch nicht, wo man nun gerade die Ballonseidenen bekommt. Schließlich wurde ich in der Kaufhalle fündig. Rosa-lila mit türkisfarbenen Motiven war das gräuliche Kleidungsstück, mit dem ich schließlich nach Hause ging. In voller Montur, mit Turnschuhen und der Baseballmütze erkannte ich mich vor dem Spiegel fast selbst nicht mehr.

Kurz fiel mir ein, dass sich Renate niemals sowas anziehen würde und welche Gefühle sie sich damit ersparte, welche Peinlichkeit sie umging, wie bequem so ein Leben sein musste. Ich zog die Verkleidung aus, trank zwei Flaschen Bier, verbannte Renate aus meinem Kopf und ging ins Bett.

Ich hatte mich mit Winfried um acht Uhr morgens bei ihm zu Hause verabredet. Mit einem großen Rucksack, in dem meine neue Ausrüstung steckte, ging ich zu ihm, denn es war mir zu peinlich, so kostümiert durch die Straßen zu laufen. Es hätte mich ja zufällig jemand treffen können, der mich kannte! Den Trainingsanzug wollte ich dann irgendwo in Belgien oder im Auto anziehen.

Winfried lachte, als ich ihm meine Tarnkleidung zeigte, meinte aber großzügig, dass das eine gute Idee sei und wenn ich mich so besser fühlte ... Er war ziemlich nervös, während ich noch recht ruhig war.

Kurz nach acht fuhren wir los, Richtung Belgien. Winfried hatte eine flache Aktentasche auf den Rücksitz gelegt, da war das Geld drin, das er zahlen musste. Aber selbst bei deren Anblick machte ich mir keine Sorgen. Ein bisschen angespannt war ich, aber ich hatte in der Nacht ausgesprochen gut geschlafen, besser als in den Nächten davor. Renate Bekirch war in dieser Nacht in meinen Träumen nicht aufgetaucht und das hielt ich für einen Fortschritt. Ich hoffte, dass ihr Flugzeug nach Tunesien abstürzen würde, aber verschwendete nicht allzuviel Energie auf diesen Wunsch.

»Wir machen das so«, meinte Winfried, als wir uns auf der Autobahn zwischen Lkws und eiligen Pendlern in Pkws durchschlängelten, »unsere beiden Parkplätze liegen in Belgien an der A4. Sie geht da in Richtung Liège. Aber das ist ja eigentlich auch egal. Zuerst fahren wir auf den Parkplatz Nummer Eins, wo das Wohnmobil steht, und schauen nach, ob es überhaupt da ist. Du steigst aus und wartest neben dem Camper oder in der Nähe. Einer von den Typen, mit denen ich verhandele, wird da sein. Ich fahre weiter zum Parkplatz Nummer Zwei, wo ich das Geld übergebe. Dann wird der Typ auf deinem Parkplatz über Handy angerufen, dass alles okay ist. Der gibt dir dann den Schlüssel von der Kiste, du startest sofort und triffst mich auf Parkplatz Nummer Zwei. Da tauschen wir die Autos und fahren an der nächsten Ausfahrt raus, drehen um und fahren wieder nach Hause. Ich im Wohnmobil und du mit dem Volvo. Ist doch ziemlich einfach, oder?«

»Winfried, meinst du wirklich, das klappt so?«

War ich eigentlich wahnsinnig? Ich kam für etwa fünf Sekunden zur Besinnung, aber nicht lange genug, um Winfried zu stoppen oder meine Befürchtungen genauer zu definieren.

»Simple Pläne sind meist die besten. Was soll da schon groß schief gehen, wenn die anderen vertrauenswürdig sind? Und das sind sie, mit denen arbeite ich schon seit Jahren zusammen, das sind absolute Profis!«

Ich stellte keine weiteren Fragen.

Ich suchte in der Tasche mit Musikkassetten die von Blue Oyster Cult und das Stück Roadhouse Blues heraus und stellte die Musik an. Im Laufe der Zeit war das unser Lieblingsstück geworden, das wir auf allen diesen Reisen mindestens einmal laufen ließen. Ich schaute Winfried an, der konzentriert lenkte, sah sein Profil, die schmale, leicht gebogene Nase und dass er an diesem Morgen nicht mehr zum Rasieren gekommen war. Recht viele seiner Bartstoppeln waren weiß oder hellgrau ...

»The future's uncertain and the end is allways near«, sangen wir mit und ich war ein bisschen aufgeregt und ziemlich glücklich, weil er so nah bei mir war und Renate weit, weit weg.

»Jetzt sind wir bald da«, meinte er irgendwann, »wenn du dir noch deine neuen Sachen anziehen willst, solltest du es jetzt tun.«

Ich löste den Sitzgurt und zog mich umständlich um. Die Sachen, die ich auszog, packte ich in den Rucksack und quetschte ihn hinter den Beifahrersitz. Ich würde sie ja erst wieder brauchen, wenn ich Winfrieds Auto für die Rückfahrt übernehmen würde. Für alle Fälle steckte ich Zigaretten und Feuerzeug und meine Kreditkarte in die Taschen des scheußlichen Trainingsanzugs.

»Du siehst ja wirklich gut aus«, grinste er, als er aus den Augenwinkeln beobachtete, wie ich auch noch die blauweiße Baseballmütze als Krönung meiner Ausrüstung aufsetzte.

»Wir liegen gut in der Zeit,« stellte er nach einer Weile fest, »wir haben sogar noch eine Viertelstunde zuviel. Parkplatz Nummer Eins mit dem Wohnmobil müsste gleich kommen. Sollen wir eben noch weiter fahren, damit du den anderen Parkplatz mal siehst, wo du mich wieder triffst und wir die Wagen tauschen?«

»Ach, das ist doch nicht nötig, das ist doch der nächste hier auf der Strecke, oder?«

»Ja, stimmt, da kannst du dich eigentlich nicht verfahren.«

Kurz darauf bogen wir ab. Eine Rechtsabbiegespur führte zu einem Parkplatz. Er war durch eine dichte Baumreihe von der Autobahn abgetrennt. Winfried bog ein, zwischen Bäumen und Mülltonnen stand ein Wohnmobil. Das typische, langweilige Durchschnittswohnmobil von der Sorte, wie ich es tausendmal auf der Autobahn und auf Campingplätzen gesehen hatte. Es hatte ein belgisches Kennzeichen, stand da ganz allein und nichts und niemand war in seiner Nähe. Man konnte in den Innenraum mit Einbauschränken und Sitzbänken hineinsehen.

Kein Mensch, kein weiteres Auto war auf dem Parkplatz, nichts.

Wir fuhren langsam vorbei und parkten.

»Wieso ist keiner hier? Die Absprache war, dass hier jemand mit dem Handy ist und den Schlüssel übergibt, wenn der Deal klar ist!« Winfried wurde langsam richtig nervös.

»Jetzt reg dich bloß nicht auf«, beschwichtigte ich ihn, »du hast doch eben noch selbst gesagt, dass wir früh dran sind!«

»Das schon, aber wenn so Kleinigkeiten nicht stimmen, das ist beunruhigend ...«

»Vielleicht haben deine Partner einfach keine Lust, sich

länger als nötig in der Nähe eines so heißen Teils aufzuhalten ...«

»Und wenn es geklaut wird? Das Teil ist jetzt einiges wert!«

Da mußte ich doch lachen. »Vielleicht ist ja jemand drin? Man kann da doch reingucken. Steig mal aus und klopf von außen dran.«

Er stieg aus, klopfte vorsichtig, aber der Wagen schien leer zu sein.

Winfried setzte sich unwillig wieder auf den Fahrersitz und rauchte schweigend eine Zigarette. Es war jetzt kurz nach halb elf. Wir warteten noch eine Weile. Ich rauchte, Winfried starrte vor sich hin.

Von hinten kam ein lautes Dröhnen und ein großes Motorrad mit zwei Personen darauf bog auf unseren Parkplatz ein.

»Mist, was wollen die denn hier?«, schimpfte Winfried.

»Aber das ist doch nicht unser Privatparkplatz, der ist öffentlich, da darf jeder ...«

Das Motorrad fuhr an uns vorbei, hielt vor uns an. Es hatte kein Nummernschild, das fiel mir auf.

Der Beifahrer stieg ab und machte uns ein Zeichen. Der Fahrer drehte auf, rauschte mit vollem Tempo weiter, auf die Zufahrt zur Autobahn, und fädelte sich in den Verkehr ein.

Winfried und ich stiegen aus.

Der Beifahrer hatte inzwischen seinen Helm abgenommen und sich auf eine der Bänke am Rand des Parkstreifens gesetzt. Er trug eine gut sitzende und neu aussehende schwarze Motorradkombination aus Leder und war um die dreißig Jahre alt. Er sah völlig uninteressant und uninteressiert aus.

»Warte hier«, meinte Winfried zu mir, »ich gehe mal zu

dem Typen hin und spreche ihn an. Vielleicht gehört er ja gar nicht zu meinen Partnern und ist nur zufällig hier.«

»Aber er hat uns doch zugewunken ...«

»Das schon, aber ich will erstmal sicher gehen, bevor du dazukommst.«

Ich beobachtete also aus einigem Abstand, wie Winfried eine Zigarette aus der Tasche kramte und den Mann in der Ledermontur um Feuer bat. Sie kamen ins Gespräch und nach einer Weile winkte Winfried mich heran.

»Sie wird den Wagen übernehmen, wenn du das Signal auf dem Handy hast ...«, so stellte er mich dem Mann vor. Ich realisierte erst viel später, dass er deutsch mit ihm gesprochen hatte.

Der nickte kurz in meine Richtung, hielt dann zwei Autoschlüssel an einem Ring hoch und wies wortlos auf das Wohnmobil. Dann drehte er sich um, setzte sich ein Stück weiter auf eine andere Bank und rauchte.

Winfried zuckte die Achseln. »Jetzt ist es zehn vor elf. Ich muss los. Spätestens in zwanzig Minuten gibt der Typ dir den Schlüssel und du startest den Wagen. Auf dem nächsten Parkplatz warte ich auf dich.«

Er strich mir über den Kopf und sagte: »Farewell my lovely!« (Wie romantisch, wenn Männer Fremdsprachen können!) Dann setzte er sich in sein Auto und fuhr los.

»Viel Glück!«, rief ich ihm noch nach. (Was für ein schöner Satz, so originell, das muss man nochmal lesen: »Viel Glück!«, rief ich ihm noch nach ...)

Ja, viel Glück brauchte ich dann selber und das war so: Nach einer Viertelstunde, die ich auf einer anderen Bank als der Motorradbeifahrer verbracht hatte, hörte ich sein Handy klingeln. Er sprach kurz hinein und sah dann in meine Richtung. Ich tat unbeteiligt und baumelte mit den Beinen. Mein Herz fing an zu rasen und ich dachte: »Jetzt geht es los.«

Der Motorradfahrer kam auf mich zu und drückte mir wortlos den Schlüssel in die Hand. Dann drehte er sich um und ging quer durch das Gebüsch hinter die Bänke, weg von der Autobahn. Ich sah ihm zu, wie er leichtfüßig über den Zaun kletterte, der den Parkplatz von dem nächsten belgischen Acker trennte. Sein Helm baumelte über seinem Arm.

Ich schloss das Wohnmobil auf und stieg ein. Es war völlig leer. Es lagen noch nicht einmal Polster auf den Sitzbänken. In den Einbauschränken sah ich auch nach, sie waren ebenfalls leer, bis auf einen, der sich nicht öffnen ließ. Ich war neugierig, wo die Droge versteckt sein könnte. Eigentlich konnte sie nur hinter den Verkleidungen sein, dachte ich und klopfte versuchsweise gegen ein freies Stück Wand. Aber der Klang sagte mir nichts. Es klang gut isoliert, nicht hohl, aber das musste ja nichts heißen ...

Los, trödel hier nicht rum, sagte ich zu mir und setzte mich hinter das Steuer.

Der Motor sprang sofort an, die Tankanzeige zeigte drei viertel voll und ich fuhr los. Das Fahrzeug kam etwas schwer auf Touren, ließ sich aber gut lenken.

Ich fuhr mit neunzig Stundenkilometern auf der rechten Spur und ließ mich von jedem, der wollte, überholen. Niemand schaute mich an, niemandem fiel ich auf. Die Vorbeifahrenden sahen ein belgisches Wohnmobil mit einer Fahrerin in Ballonseide. Das Adrenalin in meinem Blut törnte mich so an, dass ich nach einigen Minuten anfing, Spaß an der Fahrt zu bekommen, und ich summte vor mich hin.

Dann kam auch schon das Hinweisschild zu meinem Zielparkplatz und wenig später die Abbiegespur nach rechts. Dieser Parkplatz war viel größer als der andere und hatte zwei Reihen mit Parkbuchten. Sie waren durch einen Grünstreifen mit Bäumen und Büschen völlig voneinander getrennt. Ganz rechts war ein Wäldchen mit Picknickplätzen. Ich setzte den Blinker und bog ein.

Alles war voller Polizei.

Völlig verschreckt verwechselte ich erstmal Bremse und Kupplung und würgte den Wagen kurz hinter der Einfahrt ab. Mit flatternden Händen versuchte ich, den Motor neu zu starten. Mit den Augen und dem Kopf suchte ich nach Winfried, sah ihn aber nicht.

Blaue belgische Polizeiwagen standen auf einer der beiden Parkspuren, ein vergitterter Kleintransporter, mehrere Kombis. Martialisch aussehende, blau uniformierte Polizisten mit Maschinenpistolen und kugelsicheren Westen wimmelten herum. Dazwischen waren einige Uniformierte mit Schirmmützen und einige zivil gekleidete Männer. Weiter vorne, in der Nähe eines Toilettenhäuschens sah ich Winfrieds Volvo mit offenen Türen stehen. Polizisten mit Schäferhunden untersuchten die Umgebung. Vor seinem Auto stand ein schwarzer BMW, der offenbar leer war.

Aber wo war Winfried?

Ich konnte ihn nirgendwo entdecken. In seinem Auto saß er jedenfalls nicht.

Ein Polizist mit Maschinenpistole sperrte diese Parkreihe ab. Er winkte mich auf die parallel liegenden Parkbuchten hinter dem Grünstreifen. Mühsam beherrschte ich mich, startete den Motor neu, dann fuhr ich in die angewiesene Richtung.

Wir sind aufgeflogen! Das darf doch nicht wahr sein! Was mach ich jetzt?! Gleich kommen die Polizisten rüber und nehmen mich fest! Wo ist Winfried? Was mach ich nur?

Den Reflex, aus dem Wagen zu springen und wegzulaufen, alles stehen und liegen zu lassen, konnte ich nur ganz schwer unterdrücken. Ich biss die Zähne zusammen, bis es knirschte. Aber ich fuhr weiter.

Auf der anderen Parkreihe, der, in die ich eingebogen war, stand ein einzelner alter Audi mit einem deutschen Kennzeichen. Der Fahrer versuchte neugierig, das Geschehen auf der anderen Seite durch Büsche und Bäume zu beobachten.

Niemand folgte mir, niemand nahm von mir Notiz. Der Polizist mit der Maschinenpistole, der mich eingewunken hatte, nahm seine Position in der Mitte der Straße wieder ein und schaute in die andere Richtung.

Ganz langsam und holprig fuhr ich über den Parkplatz. Ich spähte durch das grüne Gestrüpp, aber ich konnte nichts sehen.

Was mache ich denn jetzt? Soll ich stehenbleiben und nachsehen, was los ist? Mit dieser heißen Kiste? Was los ist, sehe ich auch so. Alles ist los. Die Sache ist irgendwie scheiß-schief gelaufen!

Langsam, ganz langsam rollte ich auf die Ausfahrt zu und versuchte in der letzten Kurve im Rückspiegel einen Blick auf die Szene zu erhaschen. Mir zitterten die Knie so sehr, dass die Kniescheiben aneinanderschlugen. Ich konnte Winfried nicht sehen.

Wahrscheinlich haben sie ihn schon abtransportiert. Was mache ich jetzt bloß?

Hier konnte ich überhaupt nichts tun, außer die Aufmerksamkeit auf mich lenken. Besser wäre es, unauffällig abzuhauen.

Langsam ließ ich das Fahrzeug auf die Auffahrt zur Autobahn rollen und glitt in den laufenden Verkehr.

Die nächsten Kilometer fuhr ich automatisch. Und dann fuhr und fuhr ich wie in Trance weiter. Ich konnte keine klaren Gedanken fassen, ich hatte nur das Gefühl: nichts wie weg hier. Wohin, fragte ich mich nicht. Einfach geradeaus.

Bis ich fast auf einen Bus aus Polen aufgefahren wäre. Der fuhr noch langsamer als ich. Erschreckte Gesichter blickten mich aus dem Rückfenster an, als ich plötzlich hinter dem Bus quietschend abbremste. Klar, ich hätte ihn überholen sollen, aber ich hatte den Bus vor mir gar nicht bemerkt. Die Leute darin lachten über meinen Gesichtsausdruck und winkten mir zu.

Ich muss eine Pause machen und nachdenken, was ich jetzt tue, wusste ich.

Mein Blick fiel auf das Armaturenbrett und den Benzinanzeiger. Der war ans Ende von »Reserve« gerückt und blinkte rot. Verdammt, ich hatte doch vor der Fahrt noch draufgesehen! Der Tank war drei viertel voll gewesen!

Scheiße, Scheiße, Scheiße. Und nun?

Der Wagen musste zwanzig Liter auf hundert Kilometer fressen und einen Minitank haben. Das ideale Fluchtfahrzeug!

Tankstelle suchen, sagte mein Kopf. Aber ich hatte überhaupt nicht auf irgendwelche Schilder rechts geachtet, Ausfahrten, Parkplätze, Tankstellen waren an mir vorbeigerauscht.

Belgisches Geld hatte ich auch nicht dabei. Nur meine Kreditkarte. Alle meine Sachen, sogar mein Ausweis und mein Führerschein, waren in Winfrieds Auto und damit – weg. Grober Fehler, Zora! Was tun? Das Auto loswerden.

Aber wie sollte ich dann nach Hause kommen? Was hatte Winfried eigentlich vorgehabt? Wie wollte er diesen Wagen wieder zurückgeben und an wen? Wo sollte die irgendwo versteckte Droge hin?

Total bescheuert hatte ich mich da auf etwas eingelassen, das ich überhaupt nicht überblickte. Eine Sache, von der ich den allergeringsten Teil kannte und deren Folgen überhaupt nicht abzuschätzen waren. Im Geiste schlug ich mir rechts und links ins Gesicht.

Aber das änderte wenig am Benzinstand.

Ich fuhr einfach weiter und das Chaos tobte in meinem Kopf. Irgendwann war ein Parkplatz angezeigt. Ich wusste nicht mehr, wie weit ich bisher gefahren war, und dachte, dass ich langsam an der französischen Grenze angekommen sein müsste.

Einen Autoatlas hatte ich natürlich auch nicht dabei. Ich hatte ja nur von einer Ausfahrt zur anderen fahren wollen, vor etwa hundert Jahren ...

Der angezeigte Parkplatz hatte eine Tankstelle und eine Wiese mit Picknicktischen. Und die Sonne schien ein wenig. Immerhin.

Ich fuhr an der Tankstelle vorbei und parkte das Wohnmobil weit ab von den anderen Autos auf dem sehr großen, fast leeren Parkplatz. Ich stellte den Motor ab, zündete mir eine Zigarette an und sah mich um.

Ich stand auf einem für Lkw vorgesehenen Teil eines großen Parkplatzes, der von Bäumen und Büschen und einem Maschendrahtzaun begrenzt war. Er war fast völlig leer, nur in der Nähe der Picknicktische waren ein paar Wagen geparkt. Ich hatte das Wohnmobil bis an das äußersten Ende einer Parkbucht für Lkws rollen lassen. Niemand war in meiner Nähe, niemand konnte hereinschauen. Jedes Auto, das hier vorbeifahren würde, müsste ich als Erste sehen. Und einen Lkw allemal. Außerdem ging die

Hauptspur, die zurück auf die Autobahn führte, viel weiter hinten ab. Hier war ich erstmal sicher.

Jesus-Maria-und-Josef-und-alle-Heiligen – in was für eine Situation hatte ich mich da mal wieder hineinmanövriert? Ich wühlte in meinen Taschen, um eine Bestandsaufnahme meiner Besitztümer zu machen. Es war nicht viel: Zigaretten, Feuer und glücklicherweise meine Kreditkarte! Dazu kam ein Schlüsselring mit zwei Schlüsseln für das Wohnmobil. Na prima!

Außerdem: ein Wohnmobil. Kennzeichen belgisch. Leer. Ich stieg in den hinteren Teil des Wagens. Zwar hatte ich mir alles schon einmal flüchtig angeschaut, wollte aber jetzt einmal genauer nachsehen. Sitzbänke ohne Auflagen. Kein Tisch, keine Lampe. Zwei kleine, eingebaute Schränke, die beide völlig leer waren. Ein Kleiderschrank, auch eingebaut, neben dem Einstieg. Die Kleiderschranktür konnte ich nicht aufmachen. Verschlossen? Verklemmt?

Ein Wohnmobil, in das man einen Umzug einladen könnte. Kahl. Noch nicht einmal ein Kocher stand irgendwo. Kein Kühlschrank. Nichts, um das Wohnmobil wohnlicher wirken zu lassen.

Wo waren nur Winfrieds Drogen gebunkert? Vielleicht hatte er für seinen letzten Coup gar kein Haschisch geladen? Er hatte irgendwas von Leuten erzählt, die die Droge »eingebaut« hätten ... Ich zerrte noch einmal an der verklemmten Schranktür. Wo könnten denn hier irgendwelche Drogen sein? Und wo war was-auch-immer versteckt? Wenigstens in diesen Schrank müsste ich einmal hineinsehen können. Wenn ich nun mal in diese brenzlige Situation hineingeraten war, wollte ich auch wissen, wie brenzlig sie war.

Nichts zu machen ohne Werkzeug

Aber was hatten die sich eigentlich gedacht? Kein Bordwerkzeug? Und wo waren der Verbandskasten, das Warndreieck, die Schutzdecke? Vom Feuerlöscher gar nicht mal zu reden? Gab es in Belgien die Auflagen nicht, so was dabei zu haben?

Und nun? Ohne Werkzeug kam ich hier nicht weiter. Vorsichtig schaute ich nach draußen – der ganze große Parkplatz war leer, weit hinten, in der Nähe der Tankstelle, standen ein paar Leute um ihren Wagen herum.

Und was war mit Winfried? Der saß jetzt aller Wahrscheinlichkeit nach in irgendeiner belgischen Polizeizelle und würde versuchen, seinen Anwalt anzurufen ... Das würde ich an seiner Stelle zumindest tun. Hoffentlich hatte er überhaupt einen Anwalt! Danach hatte ich ihn nie gefragt ... Oje, mein armer lieber Winfried! (Dachte ich damals.)

Aber bei mir war es ja auch nicht gerade lustig.

Meine Ausweise im Rucksack in Winfrieds Volvo hatte die Polizei sicher längst gefunden. Sie würden bestimmt nach mir fahnden.

Als Erstes brauchte ich also eine Straßenkarte, um mich überhaupt mal zu orientieren. Dann würde ich das Wohnmobil auftanken und an einem stillen Fleckchen abstellen. Aber vorher würde ich wenigstens einmal in den Schrank und hinter die Holzverkleidung schauen.

Nachdem ich mich bei der Vorstellung, dass ich einen Plan hatte, einigermaßen beruhigt hatte, ging ich zur Tankstelle.

Es gab eine Imbiss-Abteilung und einen Verkaufsraum, in dem man auch das Benzin bezahlen musste und allerhand Notwendiges und Schnickschnack für die Reise kaufen konnte. Getränke, Zigaretten, Zeitschriften und Andenken. Ich suchte mir eine Straßenkarte aus und einen Schokoriegel. Dann reichte ich dem Mann an der Kasse meine Scheckkarte. Er sah sie an, dann mich und dann zeigte er wortlos auf ein zerfleddertes Pappschild, auf dem in Deutsch, Englisch und Französisch stand: »Heute leider keine Kartenzahlung (nur Bargeld)«. Ha-ha. Heute war eindeutig mein Glückstag.

Ich legte die Straßenkarte und den Schokoriegel zurück und versuchte zu erklären, dass ich einen Kuhfuß, einen Hebel oder einen großen Schraubenzieher brauchte. Aber der Mann hinter der Kasse sprach nicht Deutsch und ich weder Flämisch noch Französisch. Meine Englischkenntnisse brachten uns auch nicht weiter.

Aber nach einigem Hin und Her, vielem Gestikulieren und Gezeter seitens der Ehefrau des Kassierers (oder seiner Schwester, Tante oder Chefin, wie auch immer) bekam ich einen großen, starken Schraubenzieher mit rotem Griff geliehen. Sicher nur, weil ich so schön aussah in meinem Balonseidenen.

Wieder im Wagen zögerte ich einen Augenblick, bevor ich ihn an der verschlossenen Schranktür ansetzte. Ich sah noch einmal auf den Parkplatz. Der war noch immer so leer wie vorher.

Dann hebelte ich die Tür des Kleiderschranks mit dem Schraubenzieher auf.

Es gab ein hässliches Geräusch, als das Holz um das Schloss herum aufbrach. Die letzten Splitter drückte ein Gewicht von innen weg. Heraus fiel der Körper von Bertie, dem Drogenhändler. Tot und nackt. Bis auf eine Boxershorts.

Zuerst stemmte ich mich gegen den Türflügel, um zu verhindern, dass der tote Bertie vollends aus dem Schrank fiel, aber dann war der Druck zu stark, ich musste einen Schritt zurücktreten, beide Flügel des Schranks öffneten sich und Bertie kippte heraus. Er knickte an den Knien ein und lag jetzt halb im Schrank und halb hinter dem Rücksitz schräg verkantet. Seine Augen waren geschlossen. Um seinen Hals waren blaue Würgemale. Er war erdrosselt worden, das war offensichtlich – jemand hatte ihn, vermutlich von hinten, mit einer Schlinge erwürgt. Er hatte einen blauen Streifen um den Hals, der vorne besonders deutlich war, wie von einem Strick.

Ach du Scheiße.

Bertie war klein, schon zu Lebzeiten war er klein gewesen. Jetzt sah er noch kleiner aus. Seine Haut hatte viele Sommersprossen, fast überhaupt keine Behaarung und auf seinen weißen, leicht schmuddeligen Boxershorts waren braune Teddybären mit blauen T-Shirts aufgedruckt. Ich konnte es nicht über mich bringen, ihm ins Gesicht zu blicken.

Hektisch sah ich mich um. Auf dem Parkplatz in meiner Ecke war immer noch niemand. Ich stieg über Bertie und ging zum Rückfenster, um nachzuschauen, ob man vielleicht doch in den Wohnwagen sehen könnte. Wohl kaum, ich stand zu weit abseits. Dieser blöde Wagen hatte noch nicht einmal Vorhänge, die ich hätte zuziehen können!

Bertie, Winfrieds Dealer-Freund ... Wusste seine Frau überhaupt ...? Wahrscheinlich nicht. Mariet, bei der wir am Tisch gesessen und gegessen hatten. Und Winfried wusste natürlich auch nichts davon ... Ach du Scheiße. Verdammter Mist.

Einer von Berties Armen fiel plötzlich schwer auf den Boden, als ob er sich bewegt hätte. An seinem Handgelenk war der Abdruck seiner Armbanduhr noch zu erkennen. Die

Uhr fehlte. Ich wollte kurz im Schrank nachschauen, aber da steckten Berties Beine und Füße noch drin, ohne Socken, ohne Schuhe. Ein Fuß lag auf einer weißen Plastiktüte. Ich zog sie umständlich heraus. Drinnen waren zwei Plastikbeutel mit kleinen runden Pillen. Etwas kleiner als Smarties waren sie, nur weiß mit irgendeinem Aufdruck.

Ecstasy-Pillen? Oh, Winfried! Aber sollten diese beiden Beutel alles gewesen sein, was Winfrieds großen Coup darstellte? Wo sonst könnte noch etwas versteckt sein? Hinter der Verkleidung aus falschem Holz? Ich hatte sie doch schon ganz zu Anfang abgeklopft, als ich den Wagen übernommen hatte. Aber die Lust, sie aufzuschrauben, um dahinter zu schauen, war mir schlagartig vergangen.

Ich legte die Plastiktüte beiseite und drehte Bertie vorsichtig um, so dass ich sein Gesicht nicht ansehen musste. Er war ganz kalt, aber beweglich, nicht steif. Ich konnte mich nicht mehr erinnern, was das für eine Bedeutung hatte, ob das nun hieß, dass die Totenstarre schon vorbei war oder noch nicht eingetreten ...

Es war mir auch egal. Manchmal bin ich ziemlich herzlos, denke ich selbst mitunter. Ich wollte ihn bloß wieder in seinen Schrank zurückstopfen, bevor jemand auf den Parkplatz kam, in das Auto blickte und mich mit der Leiche sah.

Ich schwitzte vor Panik und Angst und Widerwillen. Dann packte ich den Toten unter den Achseln und zerrte ihn hoch. So klein wie er war, wog er trotzdem tonnenschwer. Ich musste unter ihn kriechen und ihn mit dem Rücken hochstemmen. Er rutschte mir zweimal ab, bevor ich ihn endlich in eine Position gebracht hatte, aus der ich ihn wieder in den Schrank kippen konnte.

Es war einigermaßen eklig, ihn anzufassen und zu drücken und zu heben, aber gruselig wurde mir deswegen erst ein paar Tage später. In dem Moment tat ich einfach, was getan werden musste.

Warum hatte ich auch unbedingt in den Schrank schauen müssen? (Curiosity kills the cat.)

Mit allerletzter Kraft drückte ich die Schranktüren des Wohnwageneinbauschranks, der normalerweise Kleider oder Vorräte, vielleicht Wäsche enthalten hätte, hinter Berties Leiche zu. Aber weil ich sie aufgebrochen hatte, hielt jetzt das Schloss nicht mehr. Ich suchte nach einem größeren Holzsplitter und klemmte ihn zwischen die vordere Schranktür und den Boden, um die Tür zu verkeilen, aber alle Splitter waren zu klein. Berties Gewicht drückte von innen gegen die Türen wie ein Rammbock. Dann nahm ich den Schraubenzieher und klemmte ihn atemlos und schwitzend zwischen die Tür und den Fußboden.

Die Tür war zu und hielt die andere mit. Nach und nach löste ich meine Finger von dem roten Plastikgriff des Schraubenziehers. Die Tür saß fest. Der Schraubenzieher auch. Ich würde ihn nicht zurückgeben können.

Die Plastiktüte! Ich hatte vergessen, sie wieder in den Schrank zu legen! Verdammt! Eine dämlichere Gurke, als ich es war, würde es kaum noch geben! Wohin jetzt damit? Ich wollte sie gerade in einen der kleinen leeren Schränke legen, die ich zuerst durchsucht hatte, als ich das Dröhnen eines Lkw-Motors hörte. Ich stopfte mir die Tüte mit den Pillen unter meinen Blouson und legte mich auf eine der Sitzbänke, als ob ich schliefe. Mein Herz klopfte wie rasend, als der Lastwagen immer näher kam. Ich traute mich lange Zeit nicht, meine Schläferinnen-Position zu verändern, weil ich befürchtete, der Lkw-Fahrer könnte auf mich aufmerksam werden. Hineinschauen in den Wagen konnte er allemal.

Ich hörte die schwere Tür seines Fahrzeugs zuschlagen, dann wartete ich noch eine Weile und sah vorsichtig hoch. Der Fahrer war zur anderen Seite hin ausgestiegen und ging langsam zur Tankstelle.

Ich schaute aus dem Fenster, sah ihm nach und auf den Parkplatz. Das Wetter hatte sich verändert, die Sonne schien jetzt hell auf den Asphalt. Der Parkplatz war immer noch leer. Genauso wie der Benzintank. Weit hinten lag die Tankstelle an der Autobahn.

Was war bloß mit Winfried passiert? Wo war er jetzt? Vermutlich in einem belgischen Knast oder bei irgendeinem Verhör. Immerhin konnte er ja Holländisch. Da konnte er sich ja in Belgien auch verständigen. Ob ihm das was nutzte?

Ich jedenfalls konnte ihm kaum helfen.

Und Frau Bekirch, die alte Schnalle, saß jetzt gemütlich in Tunesien, ließ die Beine in irgendeinen Hotel-Swimmingpool hängen und gönnte sich einen Cocktail. Aber wahrscheinlich war sie Anti-Alkoholikerin und trank was Gesundes. Einen Karottendrink für die Fitness. Brrrrh. Gut, dass ich vor ein paar Tagen die grüne Kerze angezündet und das Hassritual durchgeführt hatte. Sonst hätte ich mich glatt auch nach Tunesien gewünscht.

Ich schaute an mir hinunter und kam mir in meinem ballonseidenen Anzug vor wie ein Spiegelei auf einem Autodach in der Sonne. Ziemlich hilflos und deplatziert jedenfalls.

Oh, verdammte Scheiße. Wie sollte ich bloß hier wegkommen?

Meine Fingerabdrücke waren hier überall verteilt und meinen Ausweis hatte die Polizei inzwischen sicher gefunden. Da war die Verbindung ja ziemlich einfach zu machen, sie brauchten nicht großartig herumzusuchen. Schließlich waren meine Fingerabdrücke wegen einer alten Geschichte auch schon in ihrer Kartei.

Ich musste den Wagen mit dem toten Bertie loswerden. Und abhauen!

Das Lieblingsauto der Roma ist nun mal der Mercedes. Klischee hin, Klischee her, der Roma, der einen Mercedes hat, sieht besser aus, steht besser da, ein Mercedes muss es sein. Ein BMW wird auch noch akzeptiert, aber nur bei jungen Leuten. Erwachsene Familienväter haben einen Benz.

In so einem saß ich nun, auf dem Rücksitz, zwischen zwei kleinen Mädchen und einer alten Frau. Django hieß der Vater der Familie, der hinter dem Steuer saß. Tatsächlich. Er war der Einzige, der Deutsch mit mir sprach.

Seine Frau hieß Bajramsche. Inwieweit sie Deutsch verstand, konnte ich nicht herausbringen, sie schien zwar so gut wie alles zu verstehen, redete aber nur in ihrer Sprache. Die Kinder hießen Angela, Angelo und Monica.

Wie seltsam, zwei Kindern so gleichlautende Namen zu geben, Angela und Angelo. Später hörte ich, dass manche Roma-Familien so was »schick« finden. (Es gibt auch Länder, in denen scheinen sie die Kinder geradezu durchzunummerieren ... Ich kenne zumindest zwei verschiedene Leute, die in ihrer Landessprache »Eins« heißen. Aber gute deutsche Namen wie Friedegott oder Karl-Heinz sind, für sich betrachtet, auch irgendwie seltsam ...)

Die alte Frau wurde von allen Bibi genannt, das heißt Tante, erfuhr ich. Überhaupt lernte ich auf dieser Reise allerhand über das Leben und dessen Schwierigkeiten für die Roma. (Almut Wilms-Schröders Standardwerk »Wir und die Roma – Was wir von einem alten Kulturvolk lernen können« kannte ich damals leider noch nicht. Aber unterwegs erfuhr ich so manches, was ich später in diesem Buch nachgelesen habe. Und einiges, was ich nicht glauben würde, wenn ich es nicht selbst erlebt hätte.)

In meiner Not und anfänglichen Ratlosigkeit war mir die Idee gekommen zu trampen ... Mit diesem Ausweg vor Augen wurde ich viel ruhiger. Zwei Dinge musste ich tun: hier wegkommen und Rita anrufen. Die hätte bestimmt eine Idee, was ich tun könnte. Zunächst hatte ich den Lkw-Fahrer, der neben dem Wohnmobil geparkt hatte, als er aus dem Restaurant zurückkam, nach einem Lift gefragt. Ich hatte ihn vor seinem Wagen abgefangen, aber er winkte ab. Er sagte irgendetwas auf Spanisch, das ich nicht verstand, was aber wie eine Absage klang.

Dann hatte ich mich nach anderen Autos umgesehen und diese Roma-Familie entdeckt. Vater, Mutter, noch eine ältere Frau und zwei kleine Mädchen. Ein Baby war auch noch dabei. Sie stiegen gerade aus ihrem Auto mit einem deutschen, ja sogar einem Siegburger Kennzeichen! Weil das nicht weit weg von Köln ist, hielt ich es für ein gutes Omen. Sonst war sowieso niemand auf dem Parkplatz.

Die Roma kramten im Kofferraum ihres Mercedes herum. Ich musste hier weg. Je mehr Kilometer ich zwischen das Wohnmobil und mich brächte, um so besser, dachte ich und fasste mir ein Herz. Ich ging zu ihnen hinüber, lächelte sie an und sie lächelten zurück.

»Ich bin mit dem Wohnmobil da hinten liegen geblieben«, sagte ich zu der Frau und zeigte ihr die Wagenschlüssel, »können Sie mich ein Stück mitnehmen, damit ich Hilfe holen kann?«

Die Frau lachte mich an. Sie hatte zwei große vergoldete Schneidezähne. Sie sagte nichts und wies auf ihren Mann, der mit seinem Handy beschäftigt war und laut hineinbrüllte. Die Sprache verstand ich nicht. Er war der Chef.

Ich wartete also ab.

»Was ist denn dran, an diesem Wohnmobil?«, fragte er, als er sein Gespräch beendet hatte. Er sprach Deutsch wie du und ich und hatte mehrere Goldzähne wie seine Frau.

»Kein Benzin mehr ...«

Wortlos wies er mit dem Daumen auf die Tankstelle.

»Und kein Geld ...«, fügte ich hinzu.

Jetzt richtete er sich vollends auf und sah mich forschend und eindringlich an.

»Wo wollen Sie denn hin?«

Das war wirklich eine gute Frage. Die Antwort hätte ich auch gerne gewusst. Ich machte eine Pause.

Ich musste dringend meine Spur verwischen, denn die Polizei würde bestimmt fragen, ob jemand beim Wohnmobil gesehen worden war. Und zumindest die Leute von der Tankstelle würden sich an mich erinnern, dank des Schraubenziehers ... Am liebsten würde ich nach Köln zurückfahren. Das wäre aber nicht sehr clever, weil ich vermutlich jetzt schon gesucht wurde.

»Ich weiß noch nicht«, sagte ich. Ich müsste Rita anrufen können! »Darf ich Ihr Handy benutzen? Ich kann das Gespräch allerdings nicht bezahlen ...«

Großzügig winkte er ab und reichte mir sein Telefon.

Ritas Nummer kannte ich auswendig. Ich ging ein Stück beiseite und horchte angestrengt auf das Läuten des Telefons bei ihr zu Hause. Niemand nahm ab. Auch ihr Anrufbeantworter sprang nicht an.

Ich gab den Apparat schwer enttäuscht zurück. Rita musste noch in Hamburg sein. Aber so oder so, ich musste weg hier.

»Wir fahren nach Frankreich«, sagte der Rom, »heute ist ein großer Feiertag für uns Roma. Der Sankt Georgs-Tag. Den wollen wir mit unseren Verwandten feiern.«

Frankreich, Frankreich, das wäre ja ideal, wenn ich so weit weg käme. Und Rita könnte ich auch da treffen.

»Nehmen Sie mich mit?«, fragte ich kurz entschlossen.

»Wohl doch nicht zu unseren Verwandten?« sagte er spöttisch.

»Nein, nein, das nicht ...«

Seine Frau, mit dem Baby auf dem Arm, schaltete sich ein. Die beiden unterhielten sich in ihrer eigenen Sprache. Es ging hin und her. Offenbar diskutierten sie meinen Mitreisewunsch, denn die Frau zeigte immer wieder auf mich. Schließlich wandte sich der Mann wieder an mich: »Gut, meine Frau hat Recht. Sie können mitfahren, so weit Sie wollen. Heute ist der Sankt Georgs-Tag. Und bei uns ist es Tradition, dann einen Gast aufzunehmen und zu bewirten. Auch jemanden, mit dem man eigentlich verfeindet ist, oder jemanden, den man gar nicht kennt. Heute sollen Sie unser Gast sein. Wir nehmen Sie ein Stück mit.«

So war ich in dieses Auto geraten, in dem ich jetzt auf dem Rücksitz saß. Sie hatten keine Fragen gestellt, weder über mein seltsames Styling – allerdings sahen sie auch nicht gerade unauffällig aus, wie Roma eben! Noch hatten sie gefragt, warum ich kein Geld hatte und kein Gepäck. Ob das am Sankt Georgs-Tag lag? Neben mir saßen die beiden kleinen Mädchen und in der anderen Ecke hockte Bibi, die Tante. Sie sprach kein Deutsch, lächelte mir aber von Zeit zu Zeit aufmunternd zu. Irgendwann schlief sie ein.

Ich schenkte Monica, einem der beiden kleinen Mädchen, meine Baseballkappe. Daraufhin fing Angela, das andere kleine Mädchen, an zu weinen. Ich schenkte ihr den Wohnwagenschlüssel, weil ich den nun ganz bestimmt nicht mehr brauchen würde. Angela freute sich über den klimpernden Schlüssel und ich war ihn endlich los. Es erschien mir wie die ideale Möglichkeit, die verdammte Kiste nie wieder zu sehen. Angela war wieder froh und kicherte. Kurz darauf waren beide eingeschlafen. Monika rutschte halb auf meinen Schoß und schnarchte leise. Tief unten in meinen Jackentaschen steckten die beiden Beutel mit den Ecstasy-Pillen. Ich hatte keine Gelegenheit gehabt, sie unauffällig wegzuwerfen.

Django, der Familienvater, war in Gesprächslaune. Nachdem er sich nun mal entschlossen hatte, mich als Sankt Georgs-Tag-Gast zu akzeptieren, wollte er bei mir Vorurteile, die ich gegen die Roma hätte, ausräumen und mir etwas über sie erzählen. Meinen Einwand, ich hätte gar keine Vorurteile, weil ich gar keine Roma kennen würde, ließ er nicht gelten.

»Alle haben Vorurteile gegen uns«, meinte er. »Wir Roma kommen eigentlich aus Indien«, holte er dann aus, »unsere Vorfahren sind zwischen dem fünften und elften Jahrhundert in Europa eingewandert. Wir sprechen eine eigene Sprache, Romani oder Romanes, und es gibt viele verschiedene Stämme bei uns.«

»Aber was ist denn nun der Unterschied zwischen Roma und Sinti?«, fragte ich schlau, immerhin hatte ich auch schon mal was darüber in der Zeitung gelesen.

»Da gibt es keine besonderen Unterschiede, die Sinti sprechen einen anderen Dialekt und haben in manchen Dingen andere Traditionen als wir. Aber eigentlich ist das gleich. Im Grunde hat jeder Stamm seine Sitten und Gebräuche und eigenen Traditionen. Jede Familie ist etwas anders«, fügte er hinzu, »es kommt darauf an, wo eine Familie herkommt. Wir zum Beispiel kommen aus Makedonien, wir gehen in die Moschee, aber es gibt eine Menge Roma, die in die Kirche gehen.«

»Und wie kommt das?«

»Die Roma haben im Laufe der Jahrhunderte immer die

Religion des Landes angenommen, in dem sie sich gerade aufhielten.«

»Aber der Sankt Georgs-Tag? Das ist doch ein christlicher Heiliger. Und Sie als Moslems feiern den auch?«

Er deklamierte:

»Baxtali ci teharin!
Glücklich dein Morgen!
Der Tag blüht auf, das St. Georgs-Fest ist da.
Alle Roma laufen zum Fluss
Und bespritzen sich mit kaltem Wasser,
Im Wald werden von den Bäumen
Zweige abgebrochen.
Vor dem Zelt wird ein großes Feuer angezündet,
Schafe werden geschlachtet,
Die Stirn wird mit dem Blut des Schafes verziert ...«

Verdutzt hörte ich zu. »Was, das kennen Sie auswendig? So ein langes Gedicht?«

»Das hat ein Freund von mir geschrieben!«, sagte er stolz, »pass auf, es geht noch weiter:

Lieder werden gesungen,
Es wird musiziert und getanzt,
Getränk und Schmaus,
Soviel dem Leib wohl,
Dieses Jahr sind sie glücklich ...
Der älteste Rom sitzt am Feuer
Und erzählt den Kindern:
›Was ist der glückliche Morgen?‹
›Das St. Georgs-Fest, das Fest der Roma‹
›Der Tag blüht auf‹
Wer am schnellsten den Fluss erreicht
Und sich mit kaltem Wasser bespritzt
Und aus dem Wald von den Bäumen Zweige abbricht,

Und das größte Feuer bei seinem Zelt anzündet,
Und ein Schaf schlachtet,
Und seine Stirn mit dem Blut des Schafes verziert,
Wird dieses Jahr glücklich werden!
Das St. Georgs-Fest, das Fest der Roma!
O rromano Djurdjevdan!«

Er holte tief Luft. »So sind wir Roma eben! Und die Religion, pfffft, die ist für uns nicht so wichtig, wie sie für andere Völker offenbar ist. Zum Beispiel – einen Religionskrieg anzufangen ist für uns nicht möglich. Überhaupt einen Krieg anzufangen ... Wir Roma, wir sind keine Krieger oder Soldaten. Das ist nichts für uns ...«

Als die Mädchen wieder aufwachten, gab es für jeden im Wagen ein paar dieser Tankstellenbutterbrote und Wasser aus einem Plastikbecher. Die Familie teilte sich einen Becher und ich bekam einen eigenen. Django fuhr, schien vergnügt zu sein und sprach auf Romanes mit seinen Kindern. Ich verstand nichts davon.

Bajramsche stillte ihr Baby ganz beiläufig, auf dem Vordersitz. Außerdem war sie nicht angeschnallt. Als ob ich keine eigenen Probleme hätte!

Irgendwie müsste ich dringend Rita erreichen. Ich wusste, dass sie auch Freunde in Frankreich hatte. Wenn ich erstmal bis dahin käme, könnte ich mir überlegen, wie es weitergehen sollte.

Ach, Winfried, dachte ich dann, diese Geschichte ist so schief gelaufen wie nur irgendwas! Wenn ich bloß wüsste, was sie mit ihm anfangen, dachte ich, damals, mit liebevollem Herzen.

Als ich mir allerdings vorstellte, wie Renate Bekirch gucken würde, wenn sie erführe, dass Winfried festgenommen wurde und unter welchen Umständen, glomm boshafte

Freude bei mir auf. Sie würde ihn doch wie einen Sack Kartoffeln fallen lassen!

Was mich betraf – wenn ich zur Polizei ginge und den Leichenfund berichten würde, käme auch meine Beteiligung beim Drogendeal heraus. Außerdem müsste ich dann Winfried verraten. Und der steckte ja wohl viel tiefer drin. Was wusste ich denn über seine Drogengeschichten? Wie lange sie schon liefen und in welchem Umfang? So gut wie nichts ...

Nach Köln in meine Wohnung konnte ich erstmal nicht zurück. An meinen Arbeitsplatz auch nicht. Ich hatte damals zwar nur eine zeitlich befristete Stelle als »Bürokraft« in einem Sportverein – aber die würden sich trotzdem wundern, wenn ich nicht wieder auftauchte. Naja, die Polizei würde ihnen schon stecken, was mit mir los war.

Im Grunde war hinter mir alles abgebrannt, ich konnte nicht mehr zurück, nur noch nach vorne. Ich war frei!

Was hatten diese beiden Beutel mit den Ecstasy-Pillen wohl zu bedeuten? Waren sie im Schrank vergessen worden, als Berties Leiche hineingestopft wurde, oder waren sie absichtlich hineingelegt worden? Vielleicht war es ganz gut, dass ich sie noch nicht weggeworfen hatte ...

Ja, ich war frei ... um herauszukriegen, in was für eine verflixte Geschichte ich da hineingeraten war. Um rauszukriegen, wer Bertie umgebracht hatte. Und wer den Deal verraten hatte. Um zu wissen, was mit Winfried los war und wie weit er in dieser Geschichte drin steckte. Sollte ihm die Leiche untergeschoben werden? War es ein Versehen ...? Ich müsste erstmal mit Rita sprechen.

»So, gleich sind wir an der französischen Grenze«, sagte Django irgendwann.

Er fuhr langsamer und ich dachte daran, dass mein Ausweis in Winfrieds Wagen lag und für die Polizei eine dicke Spur zu mir legen würde. Wie gut, dass ich jetzt weit genug wegfuhr, und wie gut, dass ich keinen Ausweis mehr brauchte, weil es in Europa keine Grenzen und Zollkontrollen mehr gibt. Dachte ich.

Wir fuhren zwischen den verfallenen Kabinen hindurch, in denen vor einiger Zeit noch die Grenzbeamten und Zöllner gesessen hatten. Es begann zu dämmern. Vorschriftsmäßig langsam fuhr Django über den unebenen Straßenbelag auf die französische Seite. Wir passierten die Lkw-Kontrollstelle, an der mehrere Lkw und Grenzer standen, dann einige Toilettenhäuschen und eine Wechselstube.

Die Autobahn war nicht besonders breit und wie eine Schneise in die Landschaft geschnitten. Links und rechts war nur eine hohe Böschung zu sehen, der Mittelstreifen bestand aus eine schmalen Reihe von Büschen. Django trat aufs Gas.

»Oh, Scheiße«, schrie er plötzlich auf, »sie haben uns erwischt. Die französische Polizei fährt hinter uns her!«

Ich drehte mich um und sah einen französischen Polizeiwagen hinter uns. Der uniformierte Fahrer blendete auf und wollte uns überholen. Bibi schreckte aus ihrem Dämmerschlaf auf und sprach aufgeregt auf Django ein, seine Frau gestikulierte hektisch und das Baby fing in der Unruhe an zu weinen.

Hinter mir dürften sie eigentlich nicht so schnell her sein, dachte ich voller Angst und umklammerte die Plastikbeutel mit den Pillen in meiner Tasche. Hatten die Roma vielleicht etwas angestellt, war das Auto geklaut, die Kinder entführt? (Soviel nur zum Thema – ich habe keine Vorurteile –, aber so etwas ging mir schäbigerweise durch den Kopf.)

»Wir haben keine Ausweise!«, sagte Bajramsche jammernd, »wir sind Asylbewerber und dürfen den Kreis Siegburg eigentlich gar nicht verlassen!«

»Ich habe auch keinen Ausweis«, sagte ich nervös und fügte in Gedanken hinzu: Und hätte mein Bett heute morgen nicht verlassen dürfen!

Bibi in ihrer Ecke sprach die ganze Zeit in Romanes auf Django ein. Er nickte und brummte vor sich hin. Bajramsche tätschelte das Baby und ich rang die Hände. War ich nun vom Regen in die Traufe gekommen?

Django bremste vorsichtig und ließ den Polizeiwagen vorbei. Der setzte sich vor den Mercedes und schaltete ein Blinklicht an.

»Er führt uns jetzt auf den nächsten Parkplatz. Wir müssen hinter ihm herfahren«, sagte Django »das tun wir auch besser.« Mit einem Blick auf mich fügte er hinzu: »Und du hast auch keine Papiere?« Er seufzte. »Iimmerhin, es ist Sankt Georgs-Tag und du bist unser Gast.«

Bajramsche und Bibi unterhielten sich kurz in Romanes und dann sprach niemand mehr, auch die Kinder waren mäuschenstill. Nur das Schnurren des Motors war zu hören.

Kurz darauf verwies ein Hinweisschild auf einen Parkplatz. Der Polizeiwagen fuhr vor. Django lenkte den Mercedes in die gleiche Richtung und hielt auf dem Parkplatz hinter dem Polizeiwagen. Zwei Uniformierte saßen darin. Der Beifahrer stieg aus und kam näher. Er grinste breit, als er sah, wer da im Auto saß. Django stieg aus. Er verhandelte mit dem Uniformierten über irgendetwas. Die beiden gingen ein Stück beiseite. Nach einer Weile lachte er und der Uniformierte schlug ihm kumpelhaft auf die Schulter.

Django kam allein zum Auto zurück. »Wir haben Glück. Er meldet uns nicht, er will nur sein Kadoo!«

Bibi nestelte in ihren Röcken und gab Django einige Geldscheine. Django ging zurück und schlug nun seinerseits dem Uniformierten auf die Schulter und lachte laut. Wie er das Geld übergab, sah ich überhaupt nicht, ich bekam nur mit, dass der Grenzbeamte nicht zufrieden war und an den Fingern etwas abzählte. Django kam zurück.

»Dieser Mann ist gierig. Er will noch mehr. Weil wir so viele sind und er seinen Partner auszahlen muss, sagt er. Er soll verrecken, das Schwein!«

Bibi zeterte herum und fischte noch einige Scheine aus ihren verborgenen Taschen, die Django dann, diesmal deutlich sichtbar, dem Grenzbeamten gab. Der stieg wieder zu seinem Kollegen ins Auto und sie fuhren weg. Als das Polizeiauto hinter der Kurve zur Autobahnauffahrt verschwunden war, reckte Django den ausgestreckten Mittelfinger hinter ihnen her.

»Wir Roma haben es schwer«, ächzte er, als er sich wieder hinters Steuer klemmte, »niemand will uns haben, überall haben wir Schwierigkeiten.«

»Was war denn da gerade los? Was wollten die?«

»Geld wollten sie, wie immer! Sie wollten ein Kadoo – ein Geschenk, auf französisch: Cadeau. Sie haben gesehen, dass hier Roma im Auto sind und haben abkassiert.«

»Französische Zollbeamte?«

»Ja, wenn wir nicht zahlen, können sie uns einen Riesenärger machen.«

»Wie denn?«

»Sie halten uns fest, melden dem Kreis Siegburg, dass wir im Ausland waren. Dann werden wir abgeschoben – dürfen nicht mehr in Deutschland bleiben. Der Kreis Siegburg schickt uns dann zurück nach Makedonien. Da zahlen wir doch lieber hier ein bisschen was ...«

Das konnte ich kaum glauben, aber Django nickte gewichtig mit dem Kopf.

»Das klingt so, als ob ihr das öfter macht ...«, sagte ich vorsichtig.

»Mir selbst ist das jetzt zum erstenmal passiert, aber mein Schwager hat mir davon erzählt und wie es läuft. Er sagt, wenn sie uns anhalten und mitnehmen und melden, haben sie einen Haufen mehr Arbeit ... Und so nehmen sie unser Geld.«

»Und was hat das jetzt gekostet?«, fragte ich ihn.

Er sah mich an, lachte und schlug auf das Steuerrad: »Du bist unser Gast, heute ist Sankt Georgs-Tag«, und lachte immer mehr.

Die Roma hatten mich kurz nach unserem Abenteuer mit den Grenzbeamten in Cambrai, der übernächsten Stadt, abgesetzt. Das heißt, nicht direkt in der Stadt, sondern an einer Autobahnausfahrt.

Plötzlich schienen sie es eilig zu haben oder wollten sie mich doch loswerden? Ging der Sankt Georgs-Tag nur bis zur Dämmerung? Der Abschied von der Familie fiel recht kurz aus.

In der Ferne konnte man ein Einkaufszentrum erkennen. Es war inzwischen dunkel, aber noch nicht spät, etwa sieben Uhr.

Die Wärme und Nähe der beiden kleinen Mädchen, die mich umgeben hatten, fehlten mir plötzlich. Als das Auto abgefahren war und ich genügend hinter ihnen her gewunken hatte, spürte ich, wie einsam ich war und wie kalt es geworden war. Kalt und dunkel.

Die Leuchtreklamen des Einkaufszentrums erschienen mir sehr einladend. Ich war müde und der Weg, immer an einer breiten Straße ohne Fußweg entlang, kam mir endlos vor. Viele Autos fuhren an mir vorbei, aber ich hatte keine Energie mehr zu trampen. Hoffentlich würde dort irgendwo ein Bankautomat funktionieren, damit ich Geld holen könnte. Ohne Geld, ohne Ausweis und ohne andere Kleidung, das war zu wenig.

Ich hatte plötzlich Lust, ein bisschen zu weinen, mich in meiner scheußlichen Lage zu bemitleiden. Ich dachte an mein mir lieb gewordenes Köln, das ich so schnell nicht wieder sehen würde, ich dachte an meine Freunde, ja, sogar an meinen Job, den ich immer öde gefunden hatte. Ich dachte an meine schlampige, aber gut eingerichtete Wohnung ... alles erschien mir nun wertvoller als je zuvor und begehrenswert. Und was hatte ich jetzt? Einen scheißweiten Weg zu einem blöden französischen Einkaufszentrum! Und viele Fragezeichen für den Rest.

Also gut, ich weinte ein bisschen. Dann kam ich mir kindisch vor und hörte damit auf.

Ich fand in dem Einkaufszentrum einen Bankautomaten, zog soviel Geld von meinem Konto in Köln, wie der Automat hergeben wollte, und ging erstmal in einer Cafeteria essen. Dort kaufte ich eine französische Telefonkarte und rief noch einmal bei Rita an. Sie war zu Hause.

Vor Erleichterung fiel mir fast der Hörer aus der Hand. Ich wusste überhaupt nicht, wo ich anfangen sollte, ich wusste nicht, was ich ihr alles sagen sollte und wie ... Ich brachte nur heraus, dass ich ziemlich in der Klemme säße und dass sie mich in Frankreich, in Cambrai treffen sollte.

Jetzt fiel ihr fast der Hörer aus der Hand, das hörte ich beinahe. Aber sie ist meine Freundin. Und sie ist klug. Daher stellte sie keine überflüssigen Fragen.

Wir verabredeten uns in dem Einkaufszentrum in der Cafeteria, in der ich gerade saß. Den Weg dahin konnte ich ihr ziemlich gut beschreiben, immerhin war ich ja das letzte Stück zu Fuß gegangen.

Morgen, morgen Mittag würde sie da sein, hatte sie gesagt. Ein Segen. Nur bis morgen Mittag müsste ich noch durchhalten und dann könnte ich die Katastrophe mit ihr teilen. Ich würde ihr alles erzählen, ihren Spott über mich ergehen lassen und dann mit ihr überlegen, was zu tun wäre. Ich war sehr erleichtert und froh.

In dieser Stimmung kaufte ich in der Textilabteilung des Supermarkts ein, was ich brauchte, Jeans, die ich vorsichtshalber in einer Umkleidekabine anprobierte, eine Jacke, einen Pullover, etwas Wäsche, eine Reisetasche. Bei meinem

Gang durch die Kosmetikabteilung ertönte ein Gong und eine französische Durchsage über Lautsprecher machte die Kunden auf irgendetwas aufmerksam. Auf den Geschäftsschluss, nahm ich an, denn es war inzwischen kurz vor einundzwanzig Uhr. Ich ging zur Kasse und zahlte. Meine Barschaft schrumpfte daraufhin beträchtlich. In einer Toilette zog ich mich um und stopfte den verflixten Trainingsanzug in die Reisetasche. In der Mitte dieses Bündels steckten die beiden Plastiktüten. Ich war todmüde.

Draußen vor dem Einkaufszentrum war Feierabendverkehr. Ich überlegte, wie ich jetzt irgendwie nach Cambrai in die Stadt kommen sollte, um mir für die Nacht ein Hotelzimmer zu suchen. Eine Buslinie zur Stadtmitte gab es jedenfalls. Leute stiegen dort ein – die letzten Supermarktkunden oder die ersten Verkäuferinnen?

Aber während ich noch überlegte, fiel mein Blick auf eine grün-weiß-gelbe Leuchtreklame: »Hotel Formule 1« stand da. Ich kannte diese Hotelkette. Auf irgendeiner Urlaubsreise Richtung Spanien hatte ich schon in Formel 1 Hotels übernachtet.

Diese Hotels sind genormt – jedes Hotel sieht aus wie das andere und auch jedes Zimmer ist gleich. Das ist für Reisende sehr beruhigend, sie kommen irgendwo an, wo sie schon einmal waren, suggeriert diese Normierung, es gibt keine unangenehmen Überraschungen. Und preiswert sind die »Formule 1« auch. (Nein, sie haben mir nichts dafür bezahlt, dass ich sie hier so lobe!)

Die Zimmer sind immer für drei Personen ausgerichtet – ein Doppelbett und ein einzelnes Bett. Mit einem winzigen Bad und einem Fernseher. Alles ist in grün und weiß gehalten. Ein ganz bestimmter Grünton ist das ... auch der hatte sich mir damals eingeprägt. Über die Kreditkarte wird hier Reservierung und Zahlung geregelt. Man steckt sie am Eingang in einen Computer und bekommt dafür einen Code, mit dem man seine Zimmertür öffnen kann. Keinen Schlüssel. Das Geld wird vom Konto abgebucht. Und kein Hotelpersonal, das einem Fragen stellt.

Genau das, was ich brauchte.

Auf dem Weg zum Hotel wurde ich immer müder. Meine Beine waren schwer wie Blei. Meine Arme waren lahm, die Tasche war mir zu schwer. Ich sehnte mich nach einem sauberen Bett, um mich nach diesem unglaublichen Tag abzuregen, um meine Gedanken in Ruhe zu ordnen, um endlich wieder auf den Teppich zu kommen.

Leise Zweifel beschlichen mich, als ich meine Karte in den Automaten eingegeben hatte und meine Geheimzahl eintippte, ein Zimmer und ein Frühstück bestellte und die Eingabe nur noch zu bestätigen brauchte. Ob das wohl klug war? Denn wenn nach mir gesucht würde, wäre klar, wo ich die Nacht verbracht hatte ... Die Polizei würde mich schnell finden. Allerdings hatte ich mir darum keine Gedanken gemacht, als ich den Bankautomaten im Einkaufszentrum benutzte, fiel mir ein. Na, dann brauchte ich mich jetzt auch nicht zu zieren. Ich müsste nur zusehen, dass ich morgen mit Rita weiterkäme ... weg von hier. Aber das wollte ich mir später überlegen. Ich bestätigte meine Eingabe, bekam einen Code, eine Zimmernummer und eine Quittung und ging in mein Zimmer.

Es war so eingerichtet, wie ich die Formel 1 Zimmer in Erinnerung hatte: Doppelbett, ein Einzelbett aufklappbar an der Wand, ein Minibad und ein Fernseher. Dieser hier war kaputt. Aber ich wollte sowieso nicht fernsehen. Ich zog mich aus, legte mich ins Bett und löschte das Licht.

Der Tag zog an mir vorüber. Und was für ein Tag! Das

konnte doch nicht alles in weniger als vierundzwanzig Stunden passiert sein!

»Erlebnisse auf belgischen Autobahnen«, dachte ich albern, dann »Erlebnisse auf französischen Autobahnen« – klingt fast so wie »Träumereien an französischen Kaminen«. Die vermasselte Drogenübergabe, Winfried, Berties Leiche im Wohnwagen ... Hatte ich den eigentlich abgeschlossen?, fragte ich mich absurderweise.

Wie Scarlett O'Hara in »Vom Winde verweht«, die die unangenehmen Gedanken auf »morgen« verschiebt, verdrängte ich die Fragen und schlief ein.

Rita war am nächsten Tag schon um halb zwölf in der Cafeteria. Sie saß aufgeregt hinter einer Tasse Milchkaffee, als ich hereinkam, und rauchte eine Zigarette. Das macht sie sonst erst abends.

»Meine Güte, Zora, du kannst einen aber erschrecken! Was machst du denn in diesem Einkaufszentrum?«

Ich setzte mich und berichtete ihr, was ich erlebt hatte.

Abgesehen davon, dass sie mir die Geschichte von den Roma nicht glauben wollte – »Französische Grenzbeamte machen so was nicht, Zora!« –, staunte sie und hörte zu, fast ohne mich zu unterbrechen.

»Und deswegen musstest du hierher kommen. Ich kann jetzt erstmal nicht nach Köln zurück«, schloss ich.

»Und dabei hatte ich dir doch so geraten, die Finger von diesem Elsdorf zu lassen«, sagte sie, als ich alles losgeworden war. »Warum hast du bloß die verdammten Ecstasy-Pillen mitgenommen?«

»Meine Güte, Rita – ich konnte sie nicht zurücklegen. Der Schrank war zu. Hätte ich sie unters Gaspedal klemmen sollen?«

Sie wollte sie sehen. Ich wühlte in meiner Tasche, bohrte ein kleines Loch in jede Plastiktüte und nahm jeweils eine heraus. Zum ersten Mal sah ich die weißen Dinger genauer an und wir stellten fest, dass auf jeder Pille ein kleines Symbol aufgedruckt war, ein kleines lachendes Gesicht, ein Smiley.

»Ich bin zwar eine alte Kifferkralle, aber von diesen Drogen habe ich absolut keine Ahnung. Die lagen einfach so im Schrank mit der Leiche? Und du kennst ... kanntest diesen Bertie?«

Ich hatte ihr zwar früher von den Drogenfahrten mit Winfried erzählt, aber nichts Genaues, und berichtete nun, was ich von Bertie wusste.

Dass ich dem Roma-Kind den Wohnwagenschlüssel geschenkt hatte, fand sie blöd von mir. (Aber das fiel mir erst später wieder ein. Im Moment sprachen wir nur kurz darüber.)

Ich musste ihr genau erzählen, was Winfried über den Drogendeal gesagt hatte. Dass ich für irgendeinen »Holländer« einspringen sollte, der nicht kommen konnte – oder wollte??? –, dass die anderen Profis wären, mit denen er seit Jahren zusammenarbeiten würde und dass sie vertrauenswürdig seien ... Und dann fiel mir ein, dass er mit dem Motorradfahrer auf dem Parkplatz deutsch gesprochen hatte.

»Alles sehr seltsam«, fand sie.

Ich fand das auch, im Nachhinein. Ein bisschen Gold aus dem Heiligenschein, den ich Winfried verliehen hatte, blätterte ab.

»Aber viele Holländer verstehen ja Deutsch und der Typ selbst hat nichts gesagt.«

Nachdem ich Rita alles noch einmal und langsamer erzählt hatte und wir inzwischen zweimal den Tisch gewechselt hatten, weil in der Cafeteria der große Ansturm zum Mittagessen tobte, meinte sie nachdenklich: »Komisch, wenn das alles Holländer waren, mit denen dein lieber Winfried zu tun hatte – warum machen die den Drogendeal in Belgien, mit einem belgischen Wohnmobil? Da müssen auch irgendwelche Belgier mit drinstecken. Ich könnte versuchen, etwas über diese Pillen herauszukriegen ... Schwierig, weil ich im Moment keine Leute in Holland kenne. Nellie ist inzwischen gestorben, sie war ja auch schon ziemlich alt ... Die hast du doch auch mal kennengelernt!«

»Stimmt«, sagte ich. Das war vor Jahren gewesen, als Rita und ich noch im Ruhrgebiet wohnten und einer Nachbarin nach Holland geholfen hatten, zu Nellie. Aber das ist eine andere Geschichte.

Rita nickte: »Also ohne Nellies Hilfe wird das eine Weile dauern. Außerdem will ich mal sehen, ob ich nicht erfahren kann, was mit deinem teuren Winfried ist ...«

»Bitte!«, sagte ich matt.

Sie grinste.

Wir mussten uns einmal die Beine vertreten, uns bewegen, nach draußen. Außerdem brauchten die Leute, die in der Cafeteria essen wollten, Platz für ihre Tabletts mit dampfenden Tellern.

»Los, bevor uns hier noch jemand anrempelt, gehen wir!«, sagte ich zu Rita.

»Unsere« Cafeteria war Teil eines Riesensupermarkts, der eine Lebensmittelabteilung und jeweils eine für Getränke, Textilien und Kosmetik hatte. Haushaltswaren und Schreibwaren gab es auch irgendwo. Alles in einem großen Bau untergebracht. Links war eine Tankstelle, auch von der Supermarktkette. Gegenüber, auf der anderen Straßenseite war ein Möbelsupermarkt, ein »Möbelhaus« – daneben ein

Supermarkt für Elektrogeräte. Dann kam ein Laden für Kinderkleidung und Kinderwagen und einer für Schuhe. Die hatte ich morgens von meinem Weg aus dem Formel 1 zur Cafeteria alle schon registriert.

Plötzlich sahen wir einen Polizeiwagen mit zwei Uniformierten darin in die Richtung des Hotels abbiegen.

»Oh Mann«, stöhnte Rita, »die können doch nicht jetzt schon hinter dir her sein?«

»Nee, wie denn? So schnell arbeiten die Banken bestimmt nicht. Ich habe doch erst gestern mit der Karte bezahlt. Wie soll die Polizei jetzt schon wissen, dass ich hier bin?«

»Naja, weiß der Teufel ... Jedenfalls sollten wir hier verschwinden.«

Rita schärfte mir ein, die Scheckkarte nie wieder zu benutzen: »Wenn du schon deinen Abenteuer-Streifen durchziehen willst, dann mach es mir nicht so schwer! Wenn du Geld mit deiner Karte holst, kriegen die dich sofort! Ich will dich nicht in zwei Wochen schon irgendwo im Knast besuchen!«

Dann sprachen wir darüber, dass ich keinen Ausweis mehr hatte.

Rita hatte vor einiger Zeit einmal eine »Bildungsreise« nach Paris gemacht. Die war von einem Friedensforum organisiert worden. »Auf den Spuren der Résistance« hieß das Thema. Da hatte sie drei alte Partisanen kennen gelernt, von denen einer gut Deutsch sprach. An den sollte ich mich wenden, meinte sie.

»Partisanen von der Résistance? Veteranen aus dem ZweitenWeltkrieg? Wie alt sind die denn?«, fragte ich vorsichtig.

»Och, an die achtzig, oder älter! Aber der eine ist ein

enorm zäher alter Bursche! Der hat bestimmt irgendwelche Connections, aus denen er dir Papiere beschaffen kann!«

»Rita, du spinnst!«

»Schreib dir wenigstens die Adresse auf.« Was ich dann auch brav tat.

Wir saßen in ihrem Auto, vereinbarten, dass wir uns in Paris wieder treffen würden, dass ich sie aus Paris anrufen und dort auf sie warten würde. Sie musste wieder nach Köln, abends hatte sie eine Verabredung und niemand sollte erfahren, dass wir uns getroffen hatten. Sie gab mir Geld, fünftausend Mark, die sie nach meinem Anruf eingesteckt hatte, als sie wusste, dass ich irgendwo in Frankreich festsaß und ratlos war.

Ich war gerührt.

Zum Abschied sagte sie: »Du darfst nicht verzweifeln, oft kommt Hilfe von unerwarteter Seite.« Dann fuhr sie ab.

Ich konnte im Augenblick nichts weiter tun, als mir ein Mauseloch zu suchen und mich zu verkriechen.

Es war Abend, als ich mit dem Zug in Paris ankam.

Genau wie Rita hatte auch ich einmal eine Woche mit einer Gruppe in Paris verbracht. Allerdings war das keine Bildungsreise gewesen.

Es wurde wieder kalt und meine neue Jacke war doch nicht so warm, wie sie beim Einkauf ausgesehen hatte. Nachdem ich mir an einer Metro-Station den Stadt- und Metroplan eines Kaufhauses genommen hatte, die dort kostenlos in Kästen auslagen, konnte ich mich einigermaßen orientieren. Fröstelnd suchte ich mir ein Hotel, ein kleines, leicht schmuddeliges, das in der Nähe des Centre Pompidou lag. Die Übernachtungspreise waren von außen lesbar.

Ich legte zweihundertfünfzig Francs auf die Theke – soviel sollte ein Zimmer laut Preisliste kosten – und war bereit, sofort wieder zu gehen, falls der Rezeptionist meinen Ausweis sehen wollte.

»Vous voulez une chambre, Madame?«, fragte er.

Ich verstand natürlich kein Wort und blieb einfach wartend stehen. Er seufzte, grabschte sich die Geldscheine und nahm einen Schlüssel von einem Brett, das hinter ihm an der Wand hing.

»Chambre 10, et remplissez cette fiche«, sagte er und drückte mir außerdem einen gelben Anmeldezettel in die Hand.

Zimmer 10 war ein kleines vollgestopftes Zimmerchen mit einer unmöglichen Tapete, einem durchgelegenen Bett und einem Klo und einem Waschbecken hinter einer Pappwand. Aber es war geheizt. Hier stellte ich nur meine Tasche ab und steckte die fünftausend Mark, die Rita mir gegeben hatte, in das Futter meiner Jacke, das ein kleines Stückchen aufgerissen war. Ich schminkte mir noch die Augen und die Lippen nach, damit ich nicht so erbärmlich aussah, wie ich mich eigentlich fühlte. Ich wollte etwas essen gehen.

Ich war in eins der Pariser Touristenzentren gefahren, weil ich dachte, dass ich hier am ehesten ohne Französischkenntnisse zurecht käme. Hier war ich absolut nicht die Einzige, die diese verflixte Sprache nicht verstand und würde nicht auffallen, dachte ich. Es gab viele Restaurants, in denen man essen konnte, und alle hatten mindestens dreisprachige Speisekarten aushängen. Ich hatte inzwischen großen Hunger, entschied mich schnell für irgendeines und ging hinein. Es war ein dunkles Lokal, vollgestellt mit Tischen mit rot-weiß karierten Tischdecken. Die Einrichtung würde man in Deutschland »rustikal« genannt haben, aber an den Wänden hingen Plakate vom »Moulin Rouge« und Drucke von den Tänzerinnen von Degas. Das passte zwar nicht, aber ich war ja nicht hier, um Dekorationsvorschläge zu machen ...

Es gab eine Bar und einen Barmann und ein Teil des Raumes wurde von einem gut beleuchteten Büfett in einer offenen Kühltheke eingenommen. Salate, Pasteten, Salatzutaten und Soßen in hohen Krügen wurden angeboten.

»Le buffet« war dann auch der wesentliche Punkt auf der Speisekarte. Um »le buffet« herum konnte man sich mit oder ohne Hauptgericht und/oder Dessert ein Menu zusammenstellen, jeweils zu einem unterschiedlichen Preis. Immer gehörte »le buffet« dazu. Das fand ich prima, denn die Speisen sahen köstlich aus. Ich bestellte mir einen kleinen Krug Wein von der Karte und einmal Büfett.

Der Kellner brachte mir einen großen Teller und wies wortlos auf die angebotenen Herrlichkeiten in ihrem kühlen Bett.

Ich lud ein großes Stück Pastete auf meinen Teller, dann

gab es noch geräucherten und gekochten Schinken, Salat mit Sellerie, Salat mit Möhren, harte Eier, auf die eine rote Dekoration geschichtet war, kalten Braten, verschiedene Sorten Räucherfisch, Radieschen, Mais, Thunfisch, Erdbeeren, Melone, saure Gürkchen und Zwiebelchen und etwas, das aussah wie Erbsen und Möhren in Mayonnaise, aber eine ziemlich interessante, kompakte Konsistenz hatte. Davon nahm ich auch etwas.

Ich fühlte mich völlig ausgehungert und schlang die ersten Bissen geradezu hinunter. Der Kellner brachte mir ein Körbchen mit Brot und verschwand wieder. Ich bemühte mich, nicht allzu schnell zu essen und auf den Wein zu warten. Aber der Kellner stand in einer Ecke und schwätzte mit dem Barmann.

Außer mir waren nur wenige andere Gäste da, ein älteres Paar, das offenbar englisch sprach, eine Familie mit zwei größeren Kindern, die sich überhaupt nicht unterhielt und eine alte Frau mit einem winzigen Hündchen, das sie während des Essens auf dem Schoß behielt.

Der Räucherfisch war köstlich und der Wein hätte gut dazu gepasst ... Aber der Kellner wedelte mit einer Serviette in einer anderen Ecke des Lokals herum und schaute nicht in meine Richtung. Endlich gelang es mir, ihn auf mich aufmerksam zu machen, und er brachte mir einen engen Tonkrug. Dieser Rotwein war ein bisschen sauer, aber wirklich lecker!

Ich trank den Wein und aß, obwohl ich fand, dass die Erbsen-Möhren-Mischung mit der kompakten Konsistenz irgendwie komisch schmeckte. Ich stopfte ein Stück Brot hinterher und ließ den Rest liegen.

Später goss ich mir Wein aus dem Krug nach und ein dickes schwarzes Etwas plumpste in mein Glas. Eine fette

Kakerlake schwamm in meinem Weinglas und paddelte mit den Beinen.

»Igitt, ist das eklig«, platzte es aus mir heraus, »wie widerlich!« Die Härchen auf meinen Armen richteten sich auf, ich bekam eine Gänsehaut vor Ekel, es schüttelte mich geradezu.

Ich suchte den Kellner. Er war inzwischen unsichtbar geworden, nur der Barmann war noch da und polierte Gläser. Ich winkte ihm, aber er schaute mich nur gelangweilt an. Die anderen Gäste sahen auch nicht zu mir herüber.

Puh, wie fies – würde man in Köln sagen, dachte ich. Die Kakerlake ruderte eifrig in ihrem roten Bad herum.

Ich brachte das Weinglas an den Tresen und zeigte dem Barmann das Insekt. Ungerührt nahm er mir das Glas ab und fischte die Kakerlake mit einer Gabel heraus. Er ließ das Tier auf den Boden fallen, trat mit dem Absatz darauf und ich hörte, wie der Panzer zerknackte. Dann gab er mir das halbvolle Glas zurück. Er machte ein Gesicht, als ob er sagen wollte, ich sollte mich nicht so anstellen.

Wie abscheulich, wie widerwärtig und unappetitlich das war! Protestieren, aber wie? Mich beschweren, aber wo? Mist, wenn man kein Französisch kann!

Ich zahlte an der Theke, weil der Kellner immer noch nicht wieder erschienen war, und ließ mir auf meine neunundneunzig Francs genau herausgeben. Trinkgeld würden sie von mir nicht kriegen – das sollte ihnen eine Lehre sein! Mir fiel absolut nichts ein, wie ich mein Missfallen anders ausdrücken könnte.

Danach machte mir ganz Paris keinen Spaß mehr. Ich fühlte mich elend und ging auf dem schnellsten Weg ins Hotel.

An der Rezeption stand inzwischen ein anderer Mann.

»La fiche, Madame, la fiche ...«, rief er und wedelte mit einem gelben Zettel.

Der sollte mich in Ruhe lassen mit seinem »Fisch«. Seine Berufskollegen aus der Tourismusbranche hatten mir für heute Abend genug zugesetzt.

Ich winkte ihm freundlich zu und ging nach oben. Es sollte eine unruhige Nacht werden.

Schnell einzuschlafen war kein Problem. Ich dämmerte weg, wie ein Stein durch Wasser sinkt.

Ich wachte auf, weil mir ein Fels auf der Brust lag. Mein Magen drehte sich um. Ich lief hinter die Pappwand ins »Bad« und erbrach mich, kotzte und göbelte »le buffet« in die Toilette. Dann ging es mir aber absolut nicht besser. Ich hatte rasende Kopfschmerzen und Schweißausbrüche. Ich tappte in Dunklen herum und kippte um.

Irgendwann kam ich wieder einigermaßen zu Sinnen und schleppte mich wieder ins Bett. Von der Straße fiel ein wenig Licht ins Zimmer. Ich sah mich um, ein Hotelzimmer ... scheußliche Tapeten, aber warm ... wo war ich eigentlich? Mir wurde wieder schlecht und ich robbte ins Bad.

Das wiederholte sich mehrere Male und irgendwann blieb ich einfach irgendwo liegen. Draußen wurde es hell, der Lärm der Straße wurde lauter, aber ich konnte nicht aufstehen. Mir war schlecht und Kopfschmerzen und Durst hatte ich auch noch. Ich hasste das Tageslicht und kroch wieder unter die Bettdecke.

Sie stand in der Tür und funkelte mich an: »Dépèchez-vous quand-même, Madame, vous êtes en retard!«

Sie war groß, hatte einen Staubsaugerschlauch unter den Arm geklemmt und trug etwas Blondes auf dem Kopf, das »Perücke« schrie.

Ich zog mich in eine Ohnmacht zurück.

Jetzt murmelte sie irgendetwas anderes. Mir war so sauschlecht, dass ich nur röcheln konnte: »Hauen Sie bloß ab!«

(Kantapper, kantapper, kantapper, immer weiter über die grünen und blühenden Weiden der Phantasie. – Dieser Satz ist für Friedhelm und Robert.)

Da lachte sie und sagte mit einer tiefen Männerstimme: »Ach, Deutsche sind Sie! Gérard vom Empfang hat mir schon gesagt, dass mit Ihnen etwas nicht stimmt. Sie haben Ihren fiche nicht ausgefüllt.«

Ich starrte sie an. Sie war ein Mann, zumindest als männliches Wesen irgendwann mal geboren. Und zwar vor ziemlich langer Zeit. Sie war bestimmt an die fünfzig Jahre, hatte ein faltiges Gesicht, sorgfältig rasiert, leicht eckig mit einem markanten Kinn. Sie war nicht zu groß für eine Frau, hatte aber sehr große, faltige Hände mit rosa lackierten Nägeln.

»Oh, mir ist so furchtbar schlecht«, grunzte ich hilflos.

»Sie müssen das Zimmer mittags verlassen. Es ist jetzt schon halb zwölf! Aber was ist denn los mit Ihnen?« Sie kam näher und sah mich forschend an. »Na, Ihnen geht es wirklich nicht gut. Sie müssen zum Arzt gehen!«

»Kann nicht gehen«, nuschelte ich.

»Aber hierbleiben können Sie auch nicht. Ich muss jetzt das Zimmer saubermachen. Es ist für heute Nachmittag reserviert.«

Ich stöhnte. Sie setzte sich auf die Bettkante und legte mir die Hand auf die Stirn. »Also Fieber haben Sie nicht!«

Sie brachte mir Wasser im Zahnputzbecher und sagte nichts zu der Sauerei, die ich im Bad angerichtet hatte. Während ich trank, beobachtete sie mich und schien zu überlegen.

»Was machen wir denn nun mit Ihnen? Kennen Sie denn niemand hier in Paris, wo Sie hingehen könnten, bis es Ihnen besser geht?«

Ich röchelte nur und ein neuer Schwall von Übelkeit schüttelte mich. Mir war so elend wie noch nie im Leben. Ich versuchte, mir etwas Erfreuliches vorzustellen, um wenigstens auf die Füße zu kommen. Ich dachte an Winfried und wie wir einmal in seiner Wohnung gekocht hatten und ich ihm beigebracht hatte, Pfannkuchen in der Luft zu wenden. Er war so stolz gewesen, als es ihm endlich gelang!

Aber der Gedanke an Pfannkuchen war keine gute Eingebung. Ich schüttelte mich vor Ekel. Pfannkuchen, Fett, Eier ...!

Meine Besucherin wartete immer noch.

»Ich kenne niemanden hier. Gestern abend beim Essen, – da muss ich mir ganz fürchterlich den Magen verdorben haben ...« Das Bild der im Rotwein schwimmenden Kakerlake drängte sich in meinen Kopf und eine neue Gänsehaut und ein neuer Schweißausbruch warfen mich um.

»Woher kommen Sie denn? Und was wollen Sie hier?«, wollte sie wissen.

»Ich komme aus Köln, ich heiße Zora Zobel und ich wollte eine Weile Urlaub hier machen, mir die Stadt ansehen und so ...«, sagte ich gequetscht und hielt mir meinen schmerzenden Kopf.

»Aus Köln kommst du? Na, dann können wir uns ja auch gleich duzen. Ich komme nämlich auch aus Köln. Ich nenne mich hier Amandine. Das heißt Mändelchen. Früher hieß ich mal Kurt und war Lehrer in Köln. Aber Amandine ist doch viel hübscher, nicht?«

»Ja, sehr hübsch«, sagte ich schwach.

»Also gut«, sagte Amandine resolut, »wir Kölnerinnen

müssen im Ausland zusammenhalten! Steht er denn noch, unser Dom? Mer losse dä Dom in Kölle«, zitierte sie das Karnevalslied, »du kannst ein paar Tage zu mir kommen, bis du wieder auf den Beinen bist. Mach dich mal fertig und warte unten. Zimmer 10 ist das letzte für mich heute, ich bringe es in Ordnung und dann fahren wir zu mir nach Hause.«

Ich war unglaublich erleichtert.

Amandine erhob sich mit einem leichten Stöhnen und knackenden Knien von der Bettkante. Sie murmelte vor sich hin, dass sie sowieso ein viel zu weiches Herz habe, und ließ mich allein. Ich hörte, wie sie draußen auf dem Flur mit jemand Französisch sprach, dann wurde ein Staubsauger angestellt und der Flur gesaugt.

Ich war zittrig und schlapp und musste mich mit aller Kraft am Rahmen der Pappwand hochziehen, um in die Senkrechte zu kommen. Ich kleidete mich nach und nach an. Unterwäsche, Socken, Hose, Schuhe, Pullover. Es dauerte unendlich lange. Zwischendurch wurde mir wieder schlecht und ich erbrach das Wasser, das Amandine mir gegeben hatte. Wenn ich jetzt sterben würde, dachte ich, das wäre gar nicht so schlimm. Mir war so elend!

Amandine kam zurück.

»Du bist ja immer noch nicht fertig! Warte, ich helfe dir ...«

Sie stopfte meine Sachen in die Reisetasche, hakte einen Arm unter meine Schulter und schob mich aus dem Zimmer. Dann half sie mir die Treppe hinunter und setzte mich unten im Hotel an einen Tisch in der Nähe der Rezeption. Ich muss ausgesehen haben wie ein Gespenst. Ein paar Gäste mit Koffern und Taschen, die an- oder abreisten, gafften mich an. Aber das war mir egal. Der Rezeptionist sah angewidert aus und sagte irgendetwas und Amandine stritt mit ihm herum.

Mir war alles egal. Ich starrte vor mich auf den Boden und versuchte, nicht vom Stuhl zu fallen.

Amandine hatte einen Freund, Dede. Er war Taxifahrer und holte uns mit seinem Taxi ab. Er sprach nur Französisch, allerdings hatte Amandine ihm offensichtlich ein paar deutsche Sprüche beigebracht.

»Ein Ärz fürr Tiere«, sagte er, als er mich sah, zu Amandine. Sie küsste ihn geziert hinter das Ohr und kicherte dabei rau.

Dede war recht klein und zierlich, dunkelhaarig mit einem kleinen schwarzen Schnurrbart. Er hatte braune Augen, mit denen er mich neugierig und wieselflink abschätzte.

Die Autofahrt tat mir gar nicht gut. Ich fiel irgendwann in Ohnmacht oder schlief ein, während Dede und Amandine sich vorn unterhielten. Ich kam erst wieder zu mir, als das Taxi vor ihrem Haus in der Rue des Pompes stand und das Schlingern des Wagens aufhörte.

»Das alte Viertel ist vor ein paar Jahren abgerissen worden und diese Häuser hier wurden gebaut. Die Wohnungen sind neue Sozialwohnungen, billig und sauber. Ich wohne ganz gern hier«, erklärte sie.

Mit dem romantischen Paris hatten diese Gebäude, die wie Betonwürfel untereinander verschachtelt und in Pastellfarben gestrichen waren, nichts zu tun. Es ging durch eine mit dunklem, glänzendem Stein ausgelegte Halle zum Aufzug. Dede hatte mich unter den Achseln gepackt und halbwegs geschleift. Amandine rückte ihre Perücke zurecht und hielt uns die Aufzugtür auf.

Ihre Wohnung war klein, sie hatte eine winzige Küche, ein Bad, einen »Salon«, wie sie ihr Wohnzimmer nannte, und ein winziges Schlafzimmer. Dede schien nicht hier zu wohnen.

Die Möbel waren alle unterschiedlich, alt und verschrammt und sahen aus, als stammten sie aus dem Möbellager der Caritas. Der Flur war nicht tapeziert. Das war das Letzte, was ich mitbekam, dann hatten Dede und Amandine das Sofa im Salon aufgeklappt und mit einem Betttuch bedeckt. Ich fiel in dieses Bett und schlief fast augenblicklich ein.

Stunden später wachte ich davon auf, dass mir jemand eine Tasse mit Hühnerbrühe unter die Nase hielt. Sofort wurde mir wieder schlecht.

»Soll ich nicht doch besser einen Arzt rufen?«, fragte sie, aber ich winkte ab.

»Ich hab mir bloß den Magen verdorben«, krächzte ich, »morgen geht's mir wieder gut.«

Es sollte aber insgesamt vier Tage dauern, bis es mir wieder gut ging. In dieser Zeit nahm ich nicht viel wahr, lag nur auf dem Bettsofa, trank literweise kohlensäurefreies Mineralwasser aus Plastikflaschen und röchelte herum. Amandine hatte sich gelegentlich abends zu mir gesetzt und ferngesehen, dabei aber rücksichtsvoll den Ton sehr leise gedreht, sodass ich auch davon wenig mitbekam. Zwischendurch hatte Dede ein paar Mal hereingeschaut und irgendetwas auf Französisch vor sich hingebrummt.

Eines Morgens schließlich wachte ich auf und hatte weder Schmerzen, noch war mir schwindelig.

»Das war aber eine ausgewachsenen Lebensmittelvergiftung, was du da hattest«, meinte Amandine, »wie hieß denn das Lokal, in dem du gegessen hast?«

Sie hatte die blonde Lockenperücke abgenommen und

war nicht geschminkt. Von Natur hatte sie kräftiges schwarzes Haar, das kaum ergraut war. Es war jetzt kurz geschnitten. Ihre Augenbrauen waren zu einem feinen Strich gezupft und sämtliche Haare in ihrem Gesicht waren säuberlich rasiert. Sie hatte braune Augen und ein gut geschnittenes Gesicht. Sie war sicher mal ein gut aussehender Mann gewesen.

Ich berichtete ihr von der Kakerlake im Wein und auch sie schüttelte sich vor Ekel.

»Die müsste man doch glatt verklagen!«, meinte sie.

Es war Mittag, sie war gerade von ihrem Job im Hotel zurückgekommen. Wir saßen in ihrer winzigen Küche, in der zwischen Hängeschränken, Gasherd und Kühlschrank auch noch ein kleiner Tisch stand, an dem gerade zwei Personen Platz hatten. Sie hatte einen Kaffee vor sich stehen und mir einen Kamillentee gemacht, von dem ich vorsichtig ein paar Schlückchen trank.

Ich verdrängte meine Sorgen und fragte sie: »Wie ist denn aus Kurt Amandine geworden?«

»Das ist in mehreren Etappen geschehen, erst eine Hormonbehandlung und dann eine Reihe von Operationen, dann wieder Hormone ... da zahle ich heute noch dran ab, an diesen Titten«, sagte sie und zog den Ausschnitt ihres chinesischen Morgenmantels etwas tiefer, damit ich den Ansatz von zwei prallen Brüsten besser sehen konnte. Also, so genau hatte ich das gar nicht wissen wollen.

»Und unten? Hast du da auch ...?«

»Zu diesen finalen Schnitten konnte ich mich noch nicht entschließen. Ich gehe hier in so eine Selbsthilfegruppe, weißt du. Da sind übrigens auch noch zwei andere Deutsche dabei. Jedenfalls ist das für die meisten von uns ein ganz schwieriger Schritt. Abgesehen davon ist diese Operation, in der Penis und Hoden weggenommen werden, enorm teuer. Und ich würde mich auch nicht jedem beliebigen Arzt unter das Messer legen. Und wenn du dann noch eine Vagina haben willst, kommen wieder Operationen auf dich zu ...«

Ich nahm noch zwei Schlückchen von dem Kamillentee.

»Aber wie bist du denn darauf gekommen, eine Frau sein zu wollen?«

Sie funkelte mich an: »Ich bin eine Frau! Aber ich weiß, was du meinst. Irgendwann bin ich dahinter gekommen, dass es eigentlich gar keine Männer und Frauen gibt. Frau ist gleich Mann und Mann ist gleich Frau. Dieser Unterschied zwischen den Geschlechtern ist alles Krampf und Quatsch. Männer können genauso gute Mütter sein und Frauen gute Soldaten oder Polizisten. Es gibt Frauen, die nach Herrschaft und Macht und Karriere streben, und weiche Männer. Also dachte ich mir, Kurt!, denn damals hieß ich noch so, mach Nägel mit Köpfen, geh aufs Ganze, leb deine weibliche Seite aus.«

»Wenn nach deiner These es aber doch sowieso gleich ist, ob man Frau ist oder Mann, hättest du doch nicht so weit gehen müssen ...«

»Ich wollte nicht wissen, wie es ist, eine Frau zu sein, ich will als Frau leben! Nachdem ich in der ersten Hälfte meines Lebens ein Mann gewesen bin, will ich in der zweiten eine Frau sein. Und zwar so umfassend und vollständig wie möglich.«

Sie zeigte mir ihr Schlafzimmer, ihren Schminktisch, ihre Perücken und ihren Kleiderschrank. Sie besaß erheblich mehr Utensilien und Kleidung, als ich zu Hause hatte.

»Das kostet alles viel Geld. Die meisten von uns gehen anschaffen. Aber für mich ist das nichts und die Konkurrenz ist gerade hier in Paris groß. Jeden Tag kommen neue, junge, schöne Frauen mit langen Beinen und glatten Gesichtern aus den Arztpraxen heraus. Und nun schau mich mal an!« Sie reckte mir ihr gepflegtes, aber eindeutig altes Gesicht entgegen und versuchte ihre Falten glattzuziehen. »Da gehe ich lieber als Zimmermädchen. Das bringt zwar nicht viel ein, aber Dede unterstützt mich auch noch.«

»Apropos unterstützen ... ich zahle dir natürlich was dafür, dass du mich aufgenommen hast und gepflegt ...«

»Unsinn«, meinte sie, »das ist doch nicht nötig ... Naja, aber wenn du meinst ...« Sie kramte in einer Schublade ihres Schminktischs und kündigte an: »Sieh mal, hier hab ich was für dich: ›Französisch in dreißig Tagen‹ heißt das Buch. Damit bringe ich dir Französisch bei.«

»In dreißig Tagen? Das klappt doch nie!«

»Bleib doch noch eine Weile hier, wenn du mir was zahlen kannst, ist das überhaupt kein Problem. Dann wirst du schon sehen, ob du was lernst.«

Amandine wollte sofort damit anfangen, aber ich konnte es mir noch nicht gemütlich machen. Es drängte mich, Rita anzurufen. Und zwar nicht von Amandines Telefon aus. Ich wollte nicht, dass sie mithörte.

Ich nahm meine Jacke, das Geld von Rita war noch im Futter. Meine Reistasche hatte Dede irgendwann während meiner Krankheit unter das Bettsofa geschoben, auf dem ich lag. Das restliche französische Geld und die Telfonkarte steckten in meiner Hosentasche ... alles noch da. Weil ich keinen Ausweis hatte, konnte ich den ja auch nicht verlieren, dachte ich grimmig.

An diesem Nachmittag ging ich zum ersten Mal gesund und zuversichtlich in Paris aus. Zunächst wechselte ich Geld an einer der städtischen Wechselstuben für Touristen.

Und kaufte mal wieder eine Telefonkarte. Ich musste Rita anrufen. Aber bei meinem ersten Versuch in einem Café war der Apparat kaputt.

In einer Telefonzelle, einige Zeit später, bekam ich Rita bei einem weiteren Versuch an die Strippe.

»Gut, dass du anrufst«, meinte sie, »ich habe eine Menge Neuigkeiten ... Weißt du, was mit deinem Wohnwagenschlüssel passiert ist? Die Roma müssen sofort, nachdem sie dich abgesetzt hatten, wieder zu dem Wohnmobil zurückgefahren sein. Genau in dem Moment, als sie es aufgeschlossen haben, kamen die Bullen dazu. Die hatten das Wohnmobil und die Leiche kurz vorher entdeckt, waren aber noch nicht mit der Spurensicherung da. Jedenfalls haben sie es von weitem im Auge behalten, da kamen dann die Roma an ...«

»Woher weißt du das denn so genau?«

»Steht heute im Express. Eine fette Überschrift: ›Siegburger Roma in Drogenmordfall verwickelt‹. Sie sitzen im Moment im Knast. Die Kinder sind in einem Kinderheim, hier in Köln. Die ganze Familie soll abgeschoben werden.«

»War denn noch mehr Droge in dem Wohnmobil? War da noch was anderes drin als die Pillen?«

»Darüber steht nichts in dem Artikel. Die Roma haben natürlich beteuert, dass sie damit nichts zu tun hätten, aber denen glaubt ja eh keiner. Zum Drogenmordfall wird es für den Express, weil das Opfer B. H. ein bekannter – jetzt halt dich fest, Zora – belgischer Drogendealer war. Dein Freund Bertie war Belgier. Vielleicht hing der mit drin und hatte das Wohnmobil besorgt ...«

»Er war nicht mein Freund und außerdem dachte ich, er wäre Holländer, weil er in Holland wohnte«, meinte ich nachdenklich.

»Willst du was Neues über Winfried wissen?«

»...«

»Der gute Winfried ist quietschvergnügt wieder zu Hause

und arbeitet in seiner Praxis. Ich war bei ihm und hab ihm erzählt, dass ich deine Freundin bin und Bescheid weiß. Zuerst wollte er mich rausschmeißen und sagte, er kennt dich gar nicht. Aber ich habe ihm gesteckt, dass ich dich getroffen habe und du mir von den Deals erzählt hast. Da ist er ganz schön zusammengeklappt. Er hat den Bullen gesagt, du wärst eine Tramperin und er würde dich gar nicht kennen. Du wärst ausgestiegen und hättest deinen Rucksack vergessen.«

»Wie, das haben die ihm geglaubt?«

»Jedenfalls haben sie ihn nach ein paar Stunden wieder laufen lassen. Er durfte sogar mit seinem eigenen Auto wieder nach Köln zurückfahren.«

»Und warum haben sie da auf dem Parkplatz so ein Riesenaufgebot an Polizei gehabt? Die waren doch bis an die Zähne bewaffnet und hatten Hunde dabei.«

»Winfried sagte, er könne sich das auch nicht erklären. Das sei wahrscheinlich ein Zufall gewesen. Und dir wünscht er viel Glück und du sollst die Ohren steif halten.«

»Ein Zufall! Das kann doch gar nicht sein! Hat er gefragt, wo ich bin?«

»Das wollte er zwar wissen, aber das wusste ich ja selbst nicht genau. Ich hab ihm gesteckt, dass du irgendwo in Frankreich bist.«

»Sonst hat er nichts gesagt?«

»Leider nicht. Nur noch, dass er das Gefühl hätte, er wird beobachtet. Stimmt vermutlich auch. Ich möchte nicht wieder zu ihm gehen, denn dass wir beiden befreundet sind, ist schließlich kein Geheimnis. Früher oder später kommen die Bullen auch bei mir vorbei, um nach dir zu fragen, das ist klar. Denn nach dir wird bestimmt gesucht, mindestens wollen sie dich als Zeugin! Wo bist du denn überhaupt?«

Ich schilderte ihr kurz meine Lage in Paris und sie beschwor mich, die Kreditkarte nicht zu benutzen und Amandine/Kurt nichts von meinen Problemen zu erzählen.

»Transsexuelle sind unglaubliche Plaudertaschen«, warnte sie mich, »da wird Amandine keine Ausnahme sein.«

Außerdem hatte sie demnächst, es war noch nicht klar, wann, eine Verabredung mit einer Sozialarbeiterin aus Amsterdam, die in einem Kölner Drogenprojekt arbeitete. Über die hoffte sie, einen Weg aufzumachen, um mehr über die Ecstasy-Szene in Holland zu erfahren. Einen neuen Ausweis könne sie leider noch nicht für mich herbeizaubern, fügte sie hinzu.

Wir verabredeten, dass ich sie in genau einer Woche wieder anrufen sollte.

Ich ging in eine Brasserie, in der es auch Zigaretten und Tabak gab, setzte mich in einen dieser Korbstühle vor einen dieser Marmortische und bestellte einen Kaffee und einen Cognak. Mal sehen, was mein Magen dazu sagte.

Mir wurde nicht schlecht. Ermutigt kauft ich mir ein Päckchen »Camel ohne« – die waren hier aber teuer, meine Lieblingszigaretten! – und steckte mir eine an. Davon wurde mir auch nicht schlecht. Sehr schön. Ich war also wieder lebendig und ließ mir das Gespräch noch einmal durch den Kopf gehen.

Die Roma, die Ärmsten! Da hatten sie ihrem Schicksal, abgeschoben zu werden, doch nicht entrinnen können! Waren dem französischen Zoll entgangen und dann noch viel blöder reingerasselt ... Was für eine Kater-Idee von Django, zum Wohnmobil zurückzufahren!

Und überhaupt Winfried! Winfried ... War er nun eine Ratte oder war es eine gute Idee von ihm gewesen zu behaupten, er kenne mich nicht? Immerhin hatten sie ihn mit dieser Story wieder frei gelassen. Aber ganz zu Anfang hatte er mir doch versichert, wenn etwas schief ginge, nähme er alle Schuld auf sich ... Was war ich doch für ein blindes Huhn gewesen, mich auf diese Geschichte einzulassen! Ich sollte die Ohren steif halten, hatte er Rita für mich mit auf den Weg gegeben ... das war ja auch mal ein guter Rat! Ich würde ihm seine abschneiden, wenn er mir wieder über den Weg laufen sollte!

Ich bestellte mir noch einen Cognak und staunte, als ich bezahlte, über die Preise. Umgerechnet hatte mich diese Kaffeepause über dreißig Mark gekostet. Ich hatte die ersten Scheine von Ritas Geld schon gewechselt und sah, wie die Francs-Scheine wegflatterten.

Wäre es nicht besser, nach Köln zurückzugehen?

Außerdem haderte ich immer noch mit meinem Urteil über Winfried. Er konnte doch nicht schlecht sein, ich hatte ihn doch geliebt! Oder liebte ihn noch ... so ganz sicher war ich mir nicht mehr.

Nein, ich wollte nicht nach Köln zurück, noch nicht. Ich würde versuchen, mehr über diese Geschichte herauszukriegen, über Winfrieds Rolle darin und die, die mir zugefallen war. Das ginge eindeutig besser, wenn ich mich frei bewegen könnte, sagte ich mir.

In den nächsten Tagen lernte ich mit Amandine die ersten französischen Sätze. Sie klebte sich derweil falsche Fingernägel auf und feilte und schabte daran herum, damit sie perfekt auf ihren eigenen saßen. Später würde sie sie in einem damenhaften Rosa-Ton lackieren.

Mein allererster Satz sollte ihrer Meinung nach sein: »Je ne pige que dalle.«

Für alle anderen Anfänger: »Schö nö piesch ke dall« und

heißt: Ich verstehe nur Bahnhof. Zur Not würde auch »piesch ke dall« reichen, meinte Amandine.

Sie war sicherlich ein guter Lehrer in Köln gewesen und hatte ihre diesbezüglichen Fähigkeiten in ihre neue Identität hinübergerettet. Sie ließ mich Vokabeln lernen und die Übungen aus dem Buch machen. Sie schickte mich einkaufen und genoss offenbar meine Anwesenheit. Wir schauten Fernsehen, sahen abends spät Schwarzweißfilme mit Simone Signoret oder den Film: »La femme du boulanger« – und ich lernte einige Feinheiten der französischen Kultur und des französischen Fernsehens kennen. Die Wettervorhersage verpasste Amandine nach Möglichkeit nie. Das Fernsehwetter wird von lauter aufgeregten Leuten gemacht. Abwechselnd sind es weibliche oder männliche Ansager. Aber alle machen es ähnlich und anders als in Deutschland: Sie wedeln mit den Armen und sprudeln ihre Weisheiten nervös hervor. Ich lernte auf diese Weise französische Städte und die Frankreichkarte besser kennen. So hat die Stadt Aurillac im Massif Central immer das schlechteste Wetter von ganz Frankreich, sagte Amandine. Im Hochsommer ist es glühend heiß mit Gewittern und im Winter ist es immer bitter kalt. Wenn es irgendwo in Frankreich regnet, dann bestimmt in Aurillac.

Sie erzählte mir Schwänke aus ihrer TV-Erfahrung und ich holte Erinnerungen vom letzten Karneval in Köln hervor, von der Nubbelverbrennung im Bürgerzentrum »Alte Feuerwache« und wie man heutzutage an Karten für die alternative »Stunksitzung« herankommt. Den Karneval vermisste sie in Frankreich. Einmal, als sie Dede zum Abendessen eingeladen hatte, betranken wir uns und sangen kölsche Karnevalslieder. Dede hielt uns für bekloppt.

Um einen Vorstoß zu machen und an einen Ausweis zu kommen, suchte ich die Adresse des alten Partisanen heraus, die Rita mir gegeben hatte. Seine Wohnung lag in der Nähe des Friedhofs Père Lachaise, den ich mir sowieso schon immer mal ansehen wollte.

Ich fuhr mit der Metro bis zur Place Gambetta und schlug mich dann durch die hügeligen Straßen. François Turesse wohnte in einem kleinen Haus, das in einer unauffälligen Straße zwischen anderen kleinen Häusern stand. Ein schwarz gestrichener Metallzaun umgab einen Vorgarten, in dem Gestrüpp wuchs. Die Gartentür war nicht verschlossen. Zur Haustür ging es fünf Stufen hoch. Auf einem Schildchen stand »f. turesse«, aber niemand öffnete auf mein Klingeln.

Ich beschloss, erstmal den berühmten Friedhof anzusehen und danach wiederzukommen.

Da fast alle Leute, die schon mal in Paris waren, diesen Friedhof kennen, erspare ich mir die Beschreibung: Zora Zobel besichtigt, zusammen mit vielen anderen Touristen, den Friedhof Père Lachaise, auf dem viel Prominenz beerdigt ist ... Überhaupt passierte da an diesem Vormittag nichts Besonders. Nun ja.

Ich ging wieder zu Monsieur Turesses Haus. Diesmal hörte ich Schritte, nachdem ich geschellt hatte, und eine Frau öffnete die Tür.

»Monsieur Turesse ...?«, fragte ich.

Die Frau, die etwa sechzig Jahre alt war, kurzes graues Haar hatte und eine Brille trug, wischte sich erstmal die Hände an ihrer Schürze ab und betrachtete mich eingehend. Sie sagte schnell etwas auf Französisch, von dem ich natürlich nichts verstand. Ich sagte mein Sätzchen, das Amandine mir beigebracht hatte.

Sie wiederholte, was sie vorher gesagt hatte, nur lauter. So ging das nicht weiter.

»Ich möchte gern Herrn Turesse sprechen«, sagte ich auf Deutsch, »meine Freundin Rita hat mir empfohlen, mich an ihn zu wenden. Sie hat ihn bei dem Kurs ›Auf den Spuren der Résistance‹ kennen gelernt.«

Die Frau sah mich unbeweglich an. Dann beugte sie sich vor und betonte jede Silbe: »Mon-sieur Tu-res-se ho-pi-tal. Ho-pi-tal.«

Oje, im Krankenhaus war er, der alte Partisan. Ich sah meine Hoffnungen auf den Ausweis schon zerschlagen. Aber sie kritzelte eine Adresse auf einen kleinen Zettel und drückte mir den in die Hand.

»Résistance! Résistance!«, sagte sie noch und es klang nicht nett, wie sie das Wort hervorstieß, bevor sie die Tür wieder schloss. Da war ich erstmal wieder ganz schön verdattert.

Das Krankenhaus fand ich auf meinem Stadtplan und fuhr mit der Metro hin. Irgendwie fand ich nach einigem Hin und Her auch die Station und das Zimmer von François Turesse. Er war ein steinalter Mann mit einem kleinen schrumpeligen Kopf und sehr wenigen großen gelben Zähnen. In einen Morgenmantel gewickelt saß er in einem Sessel. Er war über meinen Besuch hoch erfreut und stellte mich seinen Zimmergenossen vor. Das waren lauter neugierige alte Männer, die sich offenbar zu Tode langweilten.

Es stellte sich relativ schnell heraus, dass er nur auf eine kleine Anregung wartete, um von seinem früheren Leben zu sprechen. Einen Ausweis besorgen konnte er wahrscheinlich doch nicht, ich stellte die Frage auch besser gar nicht erst, dachte ich, als ich ihm zuhörte.

Sein Deutsch war gut verständlich.

Vor fast sechzig Jahren hatte er zunächst in den Cevennen in einem international zusammengesetzten Maquis und dann hier in Paris in der Résistance gegen die deutschen Besatzer gekämpft. Darauf war er noch heute stolz.

»Ich bin Cevenole, meine Familie lebte seit Jahrhunderten in den Cevennen. Unser Land ist eine der ärmsten Regionen Frankreichs, ist es schon immer gewesen, aber wir haben immer Flüchtlinge beherbergt. Das ist bei uns Tradition. Erst waren es die Hugenotten, später die Juden und Antifaschisten. Wir haben ein Sprichwort, das heißt: pour vivre heureux, vivons cachés! – Um glücklich zu leben, lasst uns versteckt leben ...«

Er strahlte mich an.

»Wir haben in dieser Zeit auch nie Lebensmittelkarten beantragt und trotzdem alle Illegalen durchgebracht. Wir lebten autark. Wir hatten alles, was wir brauchten, Milch, Butter, Schweine, Honig, um den Zucker zu ersetzen. Was uns ein bisschen fehlte, war der Kaffee, aber da haben wir eben Gerste gebrannt. Das alles wäre heute nicht mehr möglich, denn allein schon die Mühle, die damals unser Mehl gemahlen hat, die gibt es nicht mehr ... Einer von den deutschen Antifaschisten, das war ein starker Raucher, der hat sich sogar Zigarettentabak hergestellt. Aus Blättern, die er klein geschnitten hat, die hat er mit Nikotin beträufelt, aus einer Gärtnerei ... das brauchten sie da gegen die Blattläuse ... Ja, ja, so war das damals.«

Nach dem Krieg hatte der französische Staat seine Organisation jahrzehntelang nicht als reguläre Widerstandsgruppe anerkannt, weil sie sich nicht dem offiziellen Widerstand, der Fraktion von Charles De Gaulle, angeschlossen, sondern ihre eigene kleine Truppe aufgemacht hatten.

»Daher waren wir damals schlecht bewaffnet und hatten

hohe Verluste in unserem Maquis. Deswegen bin ich nach Paris gegangen, damals, und hier hängengeblieben ...«

Nach dem Krieg hatte er für die Anerkennung seines Vereins gekämpft und sie schließlich auch durchgesetzt. Alle, die noch übrig geblieben, also fünfzig Jahre später noch am Leben waren, hatten eine Auszeichnung bekommen und konnten seither eine kleine Rente beziehen. Die besserte Monsieur Turesse damit auf, dass er bildungsreisende Deutsche an die alten Kampfstätten seiner Pariser Widerstandstätigkeit führte und aus dieser Zeit erzählte.

»Wenn ich hier aus dem Hospital wieder draußen bin, kommen Sie zu mir, ich zeige Ihnen Fotos und Briefe von früher ... Aber Vorsicht! Meine Tochter lebt bei mir und sie liebt es nicht, dass ich den jungen Deutschen aus unserer Geschichte erzähle und soviel unterwegs bin. Sie sagt immer – Papa, warum kannst du nicht sein wie die anderen in deinem Alter? Ein bisschen Gartenarbeit machen und fernsehen ... Fernsehen! Pah!«

Wie Rita auf die Idee kommen konnte, dieser Alte könnte mir einen Ausweis besorgen, verstand ich nicht. Manchmal ist sie ein bisschen romantisch.

Ich hatte Mühe, mich zu verabschieden und das Krankenzimmer zu verlassen. Monsieur Turesse und die Mitbewohner seines Zimmers hatten nun bestimmt für einige Tage Gesprächsstoff, dachte ich, als ich zurückging. Die anderen waren Franzosen, die kein Deutsch verstanden, aber unserer Unterhaltung interessiert gefolgt waren. Was würde er ihnen alles über meinen Besuch berichten können!

Die Ausweisfrage blieb also weiterhin offen. Wie unselig!

Ich ging wieder nach Hause in Amandines Appartement. Sie war nicht da. Ich machte mich nützlich, spülte das Frühstücksgeschirr, das Amandine gerne stehenließ. Sie hatte die französische Angewohnheit übernommen, zum Frühstück eine große Schale Milchkaffee zu trinken, in den sie ein Stück Baguette mit Butter und Marmelade einstippte. Das machte klebrige fettige Ränder an Tassen und Tisch und ein Mordsgekrümel überall. Ich trinke immer noch nur Tee zum Frühstück und esse am liebsten Brot mit Nutella dazu. Der Tee macht braune festsitzende Ränder an den Tassen und an den Nutella-Messern bleibt gewöhnlich eine feste Masse.

Ich räumte ein wenig im Wohnzimmer auf und sortierte meine Wäsche in der Reisetasche. Dabei wickelte ich auch das ballonseidene Trainingsanzugsknäuel auseinander und wunderte mich, dass sich die Pillen in den Plastiktüten so leicht anfühlten ... Ich rollte es ganz auf ...

Sie waren weg! Statt der Pillen steckten zwei Klumpen zerknülltes Zeitungspapier in der Mitte des Bündels.

Amandine!

Amandine oder Dede! Sonst hatte niemand Gelegenheit gehabt, an meine Sachen zu kommen. Das durfte ja wohl nicht wahr sein. Ich schüttelte den Trainingsanzug sorgfältig aus. Drei Pillen fanden sich noch in einer Falte. Sie waren wahrscheinlich aus der zerrissenen Tüte gefallen. Drei blöde Smilies grinsten mich an. Drei!

Damit war die Möglichkeit für die Analyse der Pillen beträchtlich geschrumpft. Und damit meine einzige Spur zu Berties Mördern und zu Winfrieds schmutzigen Geschäften!

Amandine, die sollte mal nach Hause kommen – was fiel der denn ein!

Zuerst war ich zornig, dass sie mich beklaut hatte, dann aber bekam ich ein wenig Angst. Was wäre, wenn sie die

Pillen zur Polizei gebracht hatte? Transsexuell zu sein heißt ja nicht zwangsläufig, dass man auf allen Ebenen mit dem bürgerlichen Leben bricht. Was wäre, wenn sie mich angezeigt hätte, weil ich verbotene Drogen in ihrer Wohnung versteckte? Denn so musste es für sie ja aussehen. Solidarität unter Kölnerinnen im Ausland war schön, aber wie weit reichte die? Ich überlegte kurz, ob ich nicht besser spurlos verschwinden sollte, ohne Erklärung, ohne Auseinandersetzung. Aber wo sollte ich hin? Und so leicht wollte ich es ihr auch nicht machen ...

Unruhig wartete ich, dass sie nach Hause käme. Als ich den Schlüssel im Schloss hörte, setzte ich mich mit meinem Französischbuch aufs Sofa.

Amandine kam zusammen mit Dede. Sie schaute kurz ins Wohnzimmer und sah den auseinandergerollten Trainingsanzug auf dem Tisch liegen. Sie wurde knallrot.

»Äh, weißt du, ich wollte dir das die ganze Zeit schon sagen ...«, fing sie an.

Ich sagte gar nichts.

»Ja, ich hab mir von dir da was ausgeliehen ...«

»Wie, ausgeliehen?«

»Ja, ich wollte sie dir doch wieder zurückgeben. ...« Sie rang die Hände. Dede kam dazu, überblickte die Situation und wusste offenbar Bescheid. Hilflos schaute er zu Amandine.

Ich sagte immer noch nichts.

»Also das war so«, erklärte sie, »als du so krank warst, war mal wieder eine Rate fällig, die ich für meine Operation noch zurückzahlen muss. Ich hatte bloß überhaupt kein Geld. War total abgebrannt und Dede hatte auch nichts. Und weil du dich ja gar nicht rührtest – wir wussten ja auch gar nicht, was mit dir ist –, also da habe ich in deinen Sachen gekramt. Da habe ich dann diese Plastikbeutel gefunden. Ich wusste gleich, dass das Rauschgift ist. Dede hat den Stoff dann verkauft. Der kennt vom Taxifahren ein paar Leute, die auf so was stehen. Ecstasy – würde ich nicht anrühren ...«

»Amandine, du hast mich bestohlen! Und ich hab dir vertraut! Du hättest doch was sagen können, dann hätte ich dir Geld geliehen!«

»Nun, als du wieder fit warst, war es zu spät. Da war die Sache schon gelaufen. Ich wollte es dir die ganze Zeit schon sagen, aber ich hab mich nicht getraut!«

»Aber du konntest doch gar nicht wissen, was ich mit den Pillen vorhatte! Ich komme in Teufels Küche, jetzt, wo sie weg sind!«

Amandine ließ den Kopf hängen. »Außerdem«, sagte sie, »meinte Dede, dass wir dir neue besorgen könnten, dann hättest du das gar nicht bemerkt.«

»Sag mal, bist du so naiv oder tust du nur so? Ich brauche exakt, genau diese Sorte Pillen, die mit den Smilies drauf!«

»Können wir denn nicht andere nehmen und die Smilies draufmalen?«, schlug sie vor.

»Amandine! Sei nicht albern. Du weißt selbst, dass das nicht geht.«

»Ja, also ...«, stotterte sie, »es tut mir so Leid! Aber ich war so im Druck mit dieser Rate für den Arzt, ich wusste mir einfach nicht zu helfen ...«

Tja, da war wohl nichts mehr zu machen. Die Pillen waren weg.

Die zwei zogen sich in die Küche zurück und diskutierten auf Französisch. Dann kam Dede ins Wohnzimmer und entschuldigte sich bei mir. Beiden war die ganze Sache furchtbar peinlich. Sie schlichen herum und sahen mir nicht in die Augen. Ich saß auf dem Sofa mit dem Französischbuch in der Hand und wusste auch nicht, was ich sagen sollte.

Dede ging weg und kam kurz darauf mir drei Flaschen Wein zurück.

»Komm«, lud Amandine mich ein, »wir trinken jetzt zusammen und überlegen, was wir machen können. Dede und ich, wir schämen uns sehr. Aber vielleicht gibt es ja doch noch eine Lösung.«

Mir fiel im Moment keine ein. Ich schmollte. Sie entkorkte den Wein, roch an dem Korken, schnalzte mit der Zunge und goss drei Gläser voll. Eins reichte sie mir.

»Los, wir trinken jetzt und vertragen uns wieder! Es tut uns Leid, haben wir ja schon gesagt. Es war ein blöder Fehler!« Dann ging sie in ihr Schlafzimmer und kam mit einer Handvoll Geldscheine zurück. »Hier, das ist die andere Hälfte des Geldes, das Dede bekommen hat. Damit wollten wir versuchen, die Pillen zu ersetzen!«

Es waren zweitausend Francs, etwa sechshundertfünfzig Mark. Also hatte er tausenddreihundert Mark für die ganzen Pillen bekommen. Sie schien nicht besonders hoch im Kurs zu stehen, diese Droge. Vielleicht hatten sie ihn auch übers Ohr gehauen?

»Und Dedes Kunde hat gesagt, wenn er nochmal so was besorgen könnte, würde er mehr kaufen, für einen besseren Preis!«

»Meine Güte, Amandine, ich bin keine Dealerin!«, sagte ich empört.

»Nein? Nicht? Aber ich dachte ...«, stotterte sie, »ich meine, du hast keinen Ausweis, keine Papiere, nur ein paar wenige Klamotten zum Anziehen, deutsches Geld in dem Futter deiner Jackentasche, ich dachte, du handelst mit Drogen ...«

Mir wurde heiß. Sie hatte, als ich krank war, meine Habe gründlich durchsucht, das musste ich ihr lassen. Aber sie hatte nie eine Frage gestellt.

»Und dann lässt du mich bei dir wohnen?«

»Am Anfang warst du ja krank. Und da wusste ich das auch noch nicht. Und dann konnte ich dich wohl schlecht rausschmeißen, bevor ich nicht die Pillen aus deiner Tasche ersetzt hatte ...«

Das wiederum konnte ich auch verstehen.

»Ja, und außerdem finde ich dich nett, Zora. Mit Ecstasy unterwegs zu sein, ist ja sooo schlimm auch nicht. Meine Droge ist es nicht, wie gesagt, aber wem's gefällt, bitteschön ... Das ist immer noch das kölsche Mädsche in mir, ich denk mir einfach, ›jeder Jeck ist anders‹. Vielleicht können wir dir ja trotzdem weiterhelfen. Dede kennt einen Menge Leute vom Taxifahren, er hat einen Haufen gute Kontakte!«

»Also seine Kontakte, da möchte ich nichts mit zu tun haben«, zickte ich.

Jedenfalls war die Atmosphäre bei Amandine belastet. Ich war so verärgert über ihren Vertrauensbruch und meine Unfähigkeit, damit umzugehen, dass ich mich so selten wie möglich bei ihr zu Hause aufhielt. Stattdessen machte ich lange Spaziergänge durch Paris, schaute mir die Stadt an und überlegte fieberhaft, wie es weitergehen könnte. Ich musste auf Rita warten, auf das Ergebnis ihres Kontaktes nach Holland. Und das Warten fiel mir schwer.

Ein paar Tage nach unserer Auseinandersetzung kündigte Amandine an, dass Doris, eine Freundin aus Köln, angerufen und ihren Besuch in Paris angekündigt hätte.

»Ist das auch eine Transsexuelle?«, wollte ich wissen,

denn dann würde ich sie bestimmt nicht kennen. In Köln hatte ich mit dieser Szene nie etwas zu tun gehabt. Andernfalls müsste ich dringend hier verschwinden, denn vielleicht hatte Doris davon gehört, dass ich gesucht wurde.

»Nein«, lachte Amandine, »Doris ist eine biologische Frau. Und die ist damit auch ganz zufrieden, glaube ich. Sie kommt am Ende der Woche und bleibt ein paar Tage.«

»Dann wird es hier in deiner Wohnung aber ziemlich eng!«

»Daran habe ich auch schon gedacht. Ich will dich ja nicht rauswerfen, aber ich hab da eine ganz tolle Idee, wo du hin könntest ... also ein Kontakt von Dede, der hat einen Bruder ...«

»Hör bloß auf, Amandine, mit Dedes Kontakten will ich nichts zu tun haben!«

»Lieber Himmel nochmal, jetzt hör doch erst mal zu!« Die ganz tolle Idee war, dass ich in eine Landkommune im Süden Frankreichs ziehen sollte. »Da ist das völlig egal, ob du Geld hast oder Papiere oder nicht. Du musst da bloß auf dem Hof ein bisschen mitarbeiten. Das ist in den Cevennen und so einsam, da sucht dich keiner und keinem fällst du auf ...«

Ich dachte an Monsieur Turesse und an die Tradition in den Cevennen, Flüchtlinge aufzunehmen, von der er gesprochen hatte. Vielleicht war das doch keine so schlechte Idee, eine Weile aufs Land zu gehen ...

Es war heiß und ich stand mit einer Hacke bewaffnet in einem Maisfeld. Ökomais wuchs hier. Der war als Futter für Hühner, Enten und Gänse gedacht, hatten mir die Hippies, für die ich arbeitete, mit auf den Weg gegeben.

Ich musste um die kleinen grünen, etwa kniehohen Pflanzen herum das Unkraut weghacken. Das Feld kam mir riesig vor. Wenn ich mich bückte, schien es erst am Horizont zu enden. Die Sonne brannte und der lehmige Boden war staubig und steinhart verbacken. Ich fluchte und hackte. Mein Arbeitsgerät schien nach einer Weile Tonnen zu wiegen. Ich hackte und ging einen Schritt weiter zur nächsten Pflanze und hackte da weiter. Und zur nächsten Pflanze, hacken, hacken, hacken und weiter zur nächsten ... Wenn die Pflanzen noch so klein sind, werden sie vom Unkraut leicht erstickt, können nicht aufgehen. »Normale Bauern« spritzen oder streuen Unkrautvernichtungsmittel. Nicht so diese Hippies.

Gestern, als ich angekommen war, hatten sie mich als zusätzliche Arbeitskraft erfreut begrüßt. Eine Besprechung war anberaumt worden und sie hatten vorgeschlagen, dass ich auf dem Freitagsmarkt in Ganges ihre Produkte verkaufen sollte: verschiedene Ziegenkäsesorten, so genannte »Pelardons«, Bio-Brot und Marmelade. Alles selbst hergestellt. Besonders, dass ich Deutsche bin, war ihnen in diesem Zusammenhang wichtig. Dann könnte ich ja viel besser mit den deutschen Touristen reden als sie selbst, meinten sie. Das wäre eine prima Lösung, denn der Marktjob schien allgemein nicht sehr beliebt zu sein.

Aber ich wollte deutschen Touristen gern aus dem Weg gehen. Immerhin wurde nach mir gefahndet. Das wollte ich allerdings nicht preisgeben. Daher hatte ich mich damit herausgeredet, dass ich ungern so früh aufstände, wie man es bei so einer Arbeit tun muss, und sagte dazu, ich wäre ein bisschen menschenscheu. Ich hätte lieber etwas zu tun, was ich allein machen könnte.

Das hatte ich nun davon: Ich stand mutterseelenallein auf einem Maisacker und hackte Unkraut. Sie hatten mir einen Strohhut gegeben, damit ich keinen Sonnenstich kriegte, und Arbeitshandschuhe für meine zarten Städterinnenfingerchen. Fürsorglich waren sie schon, diese Hippies, und ich weigerte mich zu glauben, dass dieser Job eine Strafe für meine mangelnde Kooperationsbereitschaft sein könnte. Trotzdem empfand ich es so.

Dede hatte mich mit seinem Taxi von Paris hierher in die Cevennen gebracht. Amandine war neugierig mitgekommen. Der Bruder von Dedes »Kontakt« in Paris hieß Germain und wurde Bobo genannt. Weil es nämlich noch einen anderen Germain in diesem Kreis gab, der allerdings Jeje genannt wurde. Überhaupt hatten sie fast alle seltsame Namen: Bobo, Jeje, Nounou, Fifi, Sasa ... Kurz entschlossen machten sie aus Zora So-So. Was mir ganz recht war, denn ich hatte ja sowieso keine Papiere auf irgendeinen Namen, also warum nicht So-So?

Sie wunderten sich nicht darüber, dass ich vorhatte, eine Weile bei ihnen zu leben. Immer wieder fanden sich großstadtmüde Leute bei ihnen ein, die für ein paar Wochen oder Monate für Kost und Logis mitarbeiten wollten, das hatten Dede und Amandine schon in Paris herausgefunden.

Das Dorf hieß »Le Mas de Cazal« und lag zwischen den Städtchen Le Vigan und Ganges nördlich von Montpellier in den Bergen. Le Mas ist eine der ältesten Bezeichnungen für eine menschliche Ansiedlung in Frankreich, erfuhr ich, gleichgültig, ob es sich um ein Haus oder ein ganzes Dorf handelt. Viele Orte im Süden Frankreichs heißen Le Mas de ...

Le Mas de Cazal lag auf einem Hügel, der seinerseits von etwas höheren Bergen umgeben war. Viele Maronenbäume wuchsen dort mit lanzenförmigen, gezackten Blättern, kleine knorrige Eichen, Birken, Buchen mit kleinen Blättern und glatten Stämmen. Dazwischen Gestrüpp und kahler Felsen, der sich durch die Erde drückte. Es war heiß.

Die Maronenbäume wurden auch Brotbäume genannt und waren früher sehr wertvoll. Die Bestände wurden gehegt und gepflegt, weil die Maronen jahrhundertelang das Hauptnahrungsmittel der Cevenolen waren, hörte ich später. Heute allerdings werden die Maronenbäume von den wild wachsenden Pinien verdrängt und von verschiedenen Krankheiten befallen. Weil der Marktwert der Früchte immer geringer wird, sinkt auch das Interesse, die Brotbäume zu erhalten.

Die Felder ringsum waren als kleine Terrassen in die Hügel geschlagen und mit Feldsteinen abgestützt und begrenzt. Auch Le Mas de Cazal lag inmitten einer solchen Terrassenanordnung auf mehreren Ebenen an den Hügel gebettet. Das Dorf bestand aus verschieden großen Häusern aus Feldsteinen, von denen einige mit Schiefer gedeckt waren. Zwischen den Häusern waren kleine Gärten angelegt, Obstbäume spendeten Schatten.

Le Mas de Cazal war nur von den Mitgliedern der Landkommune bewohnt und lag sehr isoliert. Der nächste Laden, die Schule, das nächste Bistro gab es im Nachbarort Ganges, so wie die meisten anderen Dinge des alltäglichen Gebrauchs. Es gab allerdings eine Getreidemühle und einen großen Holzbackofen im Dorf. Das hätte Monsieur Turesse, dem Partisanen, gefallen, dachte ich, der so an Autarkie und

Selbstversorgung interessiert war. Die Vorstellung, mir aus klein geschnittenen Blättern und Nikotin aus dem Gartenbedarf Zigarettentabak herstellen zu müssen, gefiel mir allerdings nicht besonders.

Nach Ganges war es etwa eine halbe Stunde Fahrt mit dem Auto, es war eine enge und serpentinenreiche Strecke, die mühsam zu befahren war.

Bobo und die anderen jedenfalls hatten vor vielen Jahren als Landkommune hier angefangen, ökologische Landwirtschaft zu betreiben. Sie hatten das damals halb verfallene Dorf und einige verstreut liegende Terrassenfelder und Waldstücke auf den Nachbarhügeln gekauft.

Dafür hatten sie gemeinsam einen großen Kredit aufgenommen, den sie immer noch abzahlen mussten. Über die Jahre hatten sie sich dann untereinander zerstritten, sodass von dem ursprünglichen Kollektivprojekt wenig übrig geblieben war. Einige hielt nur der abzuzahlende Kredit und die mangelnde Alternative noch auf dieser Scholle. Die meisten lebten als Kleinfamilien, von denen einige Kinder hatten. Ein paar Einzelgänger gab es offenbar auch, aber so schnell blickte ich nicht durch, wer zu wem gehörte. Dass sich aber einige untereinander spinnefeind waren, war nicht zu übersehen.

Es war eine große Gruppe von Leuten, deren Namen ich mir zunächst nicht merken konnte. Es gab, wie immer, einen Anführer, Jeje. Er trug einen Turban, hinten dran hing ihm ein langes dünnes Zöpfchen, das er mit bunten Wollfäden umwickelt hatte. Er war groß und breit und redete viel und viel zu schnell für mich. Jejes Frau, Anne, hatte offenbar auch viel zu sagen in dieser Gemeinschaft. Die beiden schätzte ich auf Anfang vierzig. Sie hatten mehrere Kinder und das größte Haus.

Dann gab es noch eine Frauengruppe: Fifi, Sasa, Elodie und Nounou mit der kleinen Paulette. Diese Frauen waren gemeinsam für die Käseproduktion zuständig. Sie waren zwischen Mitte dreißig und Ende vierzig, nur Elodie, die schwanger war, war bedeutend jünger. Sie alle waren ebenfalls abenteuerlich gekleidet. Sie trugen lange, bunte Röcke, an den Füßen schwere Arbeitsschuhe. Nepalesischer Schmuck klingelte, wenn sie sich bewegten. Ihr Haar war struppig und sie hatten bunte Strähnen in Gelb und Blau und Grün eingefärbt – bis auf Nounou, die einen schwarzen Pullover zu einer alten schwarzen Jeans und keinen Schmuck trug.

Außerdem war da noch Bobo und seine Frau/Freundin Jeanne mit ihrer Tochter Pomme, denen ich als Hausgast zugeteilt worden war. Bobo hatte auch so eine zottige Mähne und Jeannes Haar war fast millimeterkurz rasiert.

Es gab noch drei weitere Pärchen mit Kindern, die ich aber erst später kennen lernte, und Lionel, genannt Leo, und Roger, der verwirrenderweise Lülü genannt wurde. (Oh, diese Namen!) Leo und Lülü lebten jeweils allein.

Die Gemeinschaft hatte mich nach einiger Diskussion in einem kleinen Anbau untergebracht. Dort standen neben einem schmalen Bett und einem Tisch mit Korbstuhl auch ein paar landwirtschaftliche Geräte, die nicht so dringend gebraucht wurden. Essen könnte ich, bei wem ich wollte, alle würden mich gern verpflegen, sagten sie mir. Früher hätten sie alle gemeinsam in dem großen Haus gewohnt und auch gemeinsam gekocht und gegessen, aber das wäre im Moment nicht mehr »efficace«, also sinnvoll. Warum genau, sagten sie allerdings nicht. Überhaupt bekamen sie sich häufig über die »efficacité« von irgendetwas in die Wolle.

Ich jedenfalls fand mich nach zwei Stunden im Mais überhaupt nicht mehr »efficace«. Es ging so langsam voran. Der Boden war hart und ich musste aufpassen, nicht den Mais mitsamt dem Unkraut abzusäbeln oder auf der anderen Seite eine Pflanze umzutreten. Ich war furchtbar ungeschickt. Mit war so heiß, dass ich dachte, ich bekomme gleich einen Sonnenstich. Bis zum Ende dieser Reihe würde ich noch hacken und dann eine Pause am Feldrand machen. Mich mitten aufs Feld zu setzen, erschien mir doch zu peinlich. Ich zählte die Pflanzen, noch zweiundzwanzig bis zur Ecke, und hackte und hackte und hackte. Bei der Pflanze Nummer achtzehn musste ich erstmal aufgeben.

Ich zog die Arbeitshandschuhe aus, trank etwas Wasser, fächelte mir mit dem Strohhut Luft zu und rauchte eine Zigarette.

Die Trennung von Amandine und Dede war mir schwer gefallen. Trotz der unglücklichen Geschichte mit den Ecstasy-Pillen hatte ich sie gern. Amandine hatte hier in der Sonne gesessen, mit ihren falschen, lackierten Fingernägeln durch die Luft gewedelt und über das Landleben geschwärmt. Wie gesund das doch wäre und wie gut mir das tun würde, eine Weile hier zu sein, was auch immer ich dann noch vorhätte. Ich sollte sie doch mal anrufen und sagen, wie es mir ginge, oder in Paris mal wieder vorbeikommen. Und ich hatte mich ganz schön verlassen gefühlt, als sie und Dede schließlich mit dem Taxi wieder Richtung Paris abgerauscht waren. Sie hatten mir zum Abschied das Französischbuch und ein kleines Radio geschenkt. »Damit du in die Sprache besser reinkommst, So-So!«

Ich hätte sie gern jetzt hier auf dem Acker gesehen! Mit ihren falschen Fingernägeln wäre das auch kein Vergnügen! Gesundes Landleben! Hah!

Ich schnappte mir die Hacke und hackte die Pflanzen achtzehn bis zweiundzwanzig frei. Dann ging ich die nächste Reihe an.

Dieses Maisfeld lag etwas abseits des Dörfchens, besser der Häusergruppe, in der die Hippies wohnten. Ein Wäldchen mit krüppeligen Eichen lag auf einer Seite, auf der anderen war ein Hügel, der mit Gestrüpp bewachsen war. In der Mitte das Maisfeld mit den leuchtend grünen kleinen Pflänzchen. Und dem Unkraut. Irgendwelche Gräser waren das, feinblättrige kleine Kräuter, die ich nicht kannte, ab und zu eine zarte Mohnblume oder ein Löwenzähnchen. Alles hackte ich weg, hack, hack, hack. Nur der grüne Maisstengel durfte bleiben. Hin und wieder brummte eine Hummel heran oder Fliegen, die mein Schweiß angelockt hatte.

Es war eine verdammte Schinderei und ich fing an Rückenschmerzen zu bekommen.

Zur Mittagspause würde ich abgeholt, hatte Bobo mir erklärt, als er mich mit einem alten grau-beigen Pickup hierher gebracht hatte. Wenn er ganz langsam sprach, konnte ich sein Französisch verstehen. Außerdem konnte er ein bisschen Englisch, wenn auch mit einem ganz grausigen Akzent. Sie arbeiteten von neun bis eins und nachmittags ab drei Uhr nochmal ein paar Stunden, hatte er gesagt. Für mich würde das nicht so eng gesehen, ich könnte auch Schluss machen, wenn ich genug hätte und nicht mehr könnte.

Aber ich wollte nicht so schnell aufgeben und als die schlappe Städterin dastehen. Die zwei Reihen, die ich bis jetzt mit meiner ganzen Kraft freigelegt hatte, sahen erbärmlich aus in Anbetracht des Feldes, das noch vor mir lag.

Eine Uhr hatte ich nicht und die Uhrzeit nach dem Sonnenstand lesen konnte ich zu jener Zeit noch nicht. Es blieb mir also nichts anderes übrig, als bis zur Mittagspause weiterzuhacken.

Endlich kam der Pickup in einer Staubwolke herangerumpelt.

Jeje, der Chef persönlich, kam, um mich abzuholen. Er sah meine Leistung und grinste. Dann schwang er sich aus dem Wagen, nahm die Hacke und führte mir vor, wie mann das Unkraut schnell, geschickt und scheinbar mühelos beseitigt. Ich hätte ihn an seinem Zöpfchen, das unter dem Turban auf seinem Rücken tanzte, erwürgen können.

Ich zündete mir eine Zigarette an, lehnte mich an den Pickup und sah ihm zu.

Recht bald war er es selbst leid und stieg in den Wagen. Wir fuhren zum Mittagessen in sein Haus zu Anne und den Kindern.

Auf der Fahrt dahin sprach ich nicht mit ihm. Am Nachmittag würde ich das Französischbuch mitnehmen und so viele Pausen machen, wie ich wollte, denn trotz des Sonnenhutes und des langärmligen Hemdes, das ich trug, hatte ich am Halsausschnitt und an den Armen einen Streifen Sonnenbrand bekommen. Und auf dem Öko-Maisfeld am Herzanfall sterben wollte ich auch nicht.

Am Nachmittag war es noch heißer oder es kam mir so vor. Ich hackte also ein paar Pflanzen frei, setzte mich dann in den Schatten und lernte ein paar Vokabeln. Die wiederholte ich dann beim Hacken, bis ich sie konnte. Dann machte ich wieder eine Pause, nahm ein paar Vokabeln dazu und ein paar weitere Pflanzen. Ich fand mich sehr »efficace«.

Abends rief ich dann Rita an, um sie über meinen Ortswechsel zu informieren. Von Paris aus hatte ich sie nicht mehr erreicht. Immerhin hatten die Hippies Telefon. Und weil sie kein Deutsch verstanden, konnte ich ungeniert telefonieren.

Rita war begeistert darüber, dass ich jetzt auf dem Land lebte. Sie stellte sich das wohl leichter vor, als es war. Aber ich wollte auch nicht herumjammern. Wichtiger war mir, von Amandine und den verschwundenen Pillen zu berichten. Aber auch das nahm sie leicht.

»Für die Analyse reichen drei Pillen allemal! Ich habe jetzt auch den richtigen Mann dafür gefunden. Er heißt Thejs und arbeitet als Sozialarbeiter in Amsterdam in einem Drogenprojekt. Und zwar fahren die da mit einem Bus, in dem ein kleines Labor ist, zu den Festivals und Großparties. Da können die Jugendlichen die Pillen analysieren lassen, bevor sie sie nehmen. Und Thejs macht mit in dieser Gruppe, die für den Bus zuständig ist. Der kann sie analysieren und weiß dann wahrscheinlich auch, wer sie hergestellt hat. Der soll in dieser Frage den absoluten Durchblick haben und kennt Hinz und Kunz in der Amsterdamer Szene.«

»Aber wie kommt er an die Pillen? Ich will sie nicht mit der Post schicken, denn wenn die auch noch weg sind, kann ich alles vergessen und melde mich am besten sofort bei der Polizei!«

»Thejs war bereit, nach Paris zu fahren, um dich zu treffen und die Proben zu holen, da wird er vielleicht auch noch ein bisschen weiter nach Süden fahren. Fragen kann ich ihn ja mal.«

»He, wieviel weiß der denn von der ganzen Sache? Hast du ihm auch von dem Wohnmobil und der Leiche erzählt?«

»Natürlich nicht, ich kenne den ja kaum. Ich hab ihn über drei andere Leute kennengelernt. War also etwas umständlich. Er scheint ganz nett zu sein. Ich hab gesagt, dass dich jemand mit diesen Ecstasy-Pillen reinlegen wollte und dass du gerade in Paris bist, um der Angelegenheit auf die Spur zu kommen.«

»Mit holländischer Droge in Paris? Fand er das nicht seltsam?«

»Nö, irgendwie nicht. Er war auf alle Fälle sofort bereit, zu dir zu kommen, um zu helfen. Ich glaube, er ist mächtig stolz auf seinen Bus und die Ausrüstung, die sie darin haben ...«

Wunderbar! Endlich ging es voran! Ich fragte sie, ob die Polizei schon bei ihr gewesen sei, um nach mir zu fragen, aber niemand hatte sich bei ihr gemeldet. Ich gab ihr meine neue Adresse und sie wollte Thejs sofort losschicken.

Ich wartete einige Tage, während ich mich auf dem Maisfeld herumdrückte, mit den Hippies zusammensaß und vegetarisches Essen zu mir nahm. Leider war mein Französisch immer noch so mäßig, dass die Unterhaltungen mit ihnen ziemlich schwierig waren. Mir fehlten zu viele Vokabeln. Also saß ich abends nach der Arbeit meist allein in meinem Zimmerchen, hörte Radio und rauchte. Eine streunende Katze hatte sich bei mir eingenistet, die mich an Mafu, das kluge Tier, denken ließ. Mafu, die unersetzliche Katze, die ich einmal gehabt hatte. Die neue nannte ich »Samedi«, weil es ein Samstag gewesen war, als sie plötzlich auftauchte.

Das Radio spielte Oldies – anscheinend war »Hotel California« besonders beliebt in Frankreich, denn dieses Stück wurde dauernd wiederholt, Samedi schnurrte und ich baute mir einen Joint mit einem kleinen Piece, das Lülü mir geschenkt hatte.

Mit meinem Maisfeld ging es inzwischen voran, aber mit

Schrecken hatte ich gesehen, dass an der Ecke, an der ich mit meiner Arbeit angefangen hatte, neues Unkraut nachwuchs. Wenn ich mit dem verflixten Feld fertig wäre, würde ich mit Jeje reden müssen, dass er mir eine andere Arbeit geben sollte. Den ganzen Sommer über Mais zu hacken, dazu hatte ich überhaupt keine Lust.

Ich wartete auf Thejs, die Lichtgestalt. Thejs, dessen Einsatz erst Sinn in diese ganze Unternehmung bringen würde, die ich jetzt schon seit einigen Wochen betrieb. Wieviel mehr wusste ich inzwischen über Berties Tod, warum er in dem Wohnmobil gewesen war und was Winfried, der Verräter, mit der Sache zu tun hatte?

Nichts.

Im Grunde war das genauso frustrierend wie das nachwachsende Unkraut am Maisfeldrand.

Hoffentlich sprach Thejs Deutsch! Aber Rita hatte mit ihm geredet und sie konnte auch kein Holländisch.

Meine Gedanken kreisten so um Thejs, dass ich, als er dann plötzlich vor mir stand, völlig irritiert war. Die Lichtgestalt war ein kleiner dicker Mann mittleren Alters mit braunen Knopfaugen. Er stieg aus einem roten Lada und lächelte mich so freundlich an, wie man einem ängstlichen kleinen Tier begegnet.

Ich war gerade mit Jeanne in der Backstube, als ein Wagen mit einem gelben holländischen Kennzeichen auf den Hof einbog und vor der offenen Backstubentür hielt. Jeanne und ich wühlten im Teig, der in einer großen hölzernen Mulde mit der Hand geknetet werden musste. Daraus würden ein paar Stunden später die Brote geformt werden, die am nächsten Tag auf dem Markt verkauft werden sollten.

»Hallo, ich suche Zora, ich bin Thejs ...«, sagte er und kam langsam näher. Er sprach Deutsch mit einem leichten

Akzent, hatte dünnes, lichtes Haar, trug ein leichtes hellbraunes Hemd und hatte die schönste Aura, die ich je bei einem Menschen gesehen habe.

Eigentlich habe ich es nicht so mit Auren. Ich sehe fast nie eine oder beachte sie meistens nicht. Oder vermeide es hinzusehen ... Bei Winfried hätte ich die Aura mal beachten sollen, die war nämlich ziemlich grau-gelb-blau und kümmerlich. Dünn. Blass. Vielleicht hätte mir das eine Warnung sein können und ich hätte mich nicht so auf ihn eingelassen ...

Thejs' Aura war orange und rot und blau und leuchtend und umgab ihn vollständig. Einige Tage später sprachen Jeanne und ich über Thejs. Und sie nannte ihn »den Mann mit der Aura« – obwohl ich ihr nichts über meine Wahrnehmung gesagt hatte. (Dazu hätten meine Französischkenntnisse auch nicht ausgereicht.) Also hatte sie sie auch gesehen!

»Thejs ist eine Abkürzung von Johan-Matthejs«, fügte mein Besucher hinzu, weil ich nichts sagte. Ich stand da wie Aschenputtel, mehlverstaubt und verschwitzt.

Dann klingelte sein Handy. Es klang in der grob gemauerten Backstube zwischen den verstaubten Geräten und den Mehlsäcken ausgesprochen seltsam und elektronisch verzerrt, denn es spielte eine kleine klassische Melodie – »Für Elise« von Beethoven. Thejs grub das Gerät aus einer seiner Taschen und unterhielt sich dann auf Holländisch mit irgendwem. Schulterzuckend steckte er es wieder weg.

»Das war überhaupt nicht so wichtig, der hätte auch später anrufen können«, und dann zu mir: »Rita hat mich hierher geschickt, wegen einer Analyse, du bist doch Zora?«

Jeanne meinte, ich könnte ruhig mal eine Pause machen, sie käme mit dem Kneten auch allein zurecht.

Als wir dann einige Zeit später in meinem Zimmerchen saßen, zeigte ich ihm die drei Pillen. Er setzte eine Brille auf, nahm prüfend eine in die Hand und betrachtete sie genau.

»Ich konnte keinen Analysekoffer mitbringen«, sagte er, »die werden im Moment alle gebraucht. Aber ich nehme diese Proben auf jeden Fall mal mit. Woher hattest du sie noch?« Das war zwar geschickt, aber ich wollte es in dem Augenblick nicht beantworten.

»Meine Frage ist – was sind das für Pillen? Wo kommen sie her? Wer könnte sie hergestellt haben?«

Thejs seufzte und ließ eins der runden Dinger in seiner Hand kugeln. »Schau mal, diese Pastille hat keinen Überguss und ist also eher bröckelig. Sie ist stark gewölbt, fast Dragee-förmig.«

Das war mir auch schon aufgefallen. »Sind das Ecstasy-Pillen?«, fragte ich.

»Wie kommst du darauf? Es kann alles Mögliche sein. Vielleicht eine ganz neues Diät-Mittel und das lächelnde Gesicht soll sagen: Freu dich, bald bist du schlank!« Er lachte und schlug sich auf seinen runden Bauch. »Warum sollte es gerade Ecstasy sein?«

»Naja, die Umstände, wie ich daran gekommen bin, lassen darauf schließen.«

»Das kann ich so nicht bestimmen. Aber – sieh mal das lachende Gesicht genauer an. Es ist keine schwarze Farbe, sondern eher Dunkelrot. Solche Dragees habe ich in Amsterdam schon seit Jahren nicht mehr gesehen. Außerdem – diese Aufdrucke sind seit Anfang der achtziger Jahre unmodern. Mehr kann ich dir dazu im Moment nicht sagen. Ich nehme sie mit und gebe sie unserem Labor. In ein paar Tagen rufst du mich an und ich sage dir, was da drin ist.«

Dann schaute er sich in meinem Kämmerchen um, sah die Honigschleuder und die anderen verstaubten Maschinen, mein zerwühltes Feldbett mit dem Katzenlager darauf und meine halb ausgeleerte Reisetasche – kurz, den ganzen schmuddeligen Sumpf, in dem ich hauste, und meinte: »Deine Freundin sagte, du steckst in Schwierigkeiten ... kann ich dir sonst noch irgendwie helfen?«

»Mir reicht es eigentlich erstmal zu wissen, was mit diesen Pillen ist, wo sie herkommen, wer damit zu tun hatte.«

Er versprach mir, sein Bestes zu tun, gab mir seine Karte mit seiner Handynummer und sagte, dass die Analyse umsonst gemacht werden könnte.

Eigentlich war damit war unser Geschäft erledigt. Aber ich konnte ihn nicht so gehen lassen. Seine Aura gefiel mir zu gut. Sie wärmte mich, sie erhellte mich, sie zog mich an. Ich hatte Lust, ihn anzufassen, nur einmal zu berühren, nur um zu spüren, wie er sich anfühlte. Völlig bescheuert! Aber so war mein erstes Treffen mit Thejs. Ich fasste ihn natürlich nicht an, sondern lud ihn auf eine Tasse Kaffee bei Bobo und Jeanne ein.

Bobo war nicht da und im Gespräch mit Jeanne stellte sich heraus, dass Thejs' Französisch nicht viel besser war als meins.

Schließlich bedankte ich mich artig bei ihm und erklärte ihm – widerstrebend, denn er hätte ruhig noch ein wenig dableiben können, fand ich –, wie er wieder auf die nächste Nationalstraße und zur Autobahn käme. Ich würde ihn ja hoffentlich bald wiedersehen und ein paar Informationen bekommen, um zu wissen, wie ich weitermachen könnte! Dann hätte diese Herumwarterei ein Ende, dachte ich. Endlich kam Schwung in meinen lächerlichen »Nachforschungen«.

In diesem Schwung ging ich auch zu Jeje und vermittelte ihm, dass ich den Maisacker satt hätte und lieber etwas anderes täte. Bei der nächsten Versammlung fragten die anderen Hippies mich, was ich denn tun könnte. In was ich geschickt sei ... Mir fiel nichts ein.

Die Arbeit mit den Ziegen und der Käseproduktion zog mich überhaupt nicht an, die Ziegen waren mir zu hektisch und zu wild, wenn sie um die anderen Frauen herumdrängelten und schubsten. Sie zu melken, konnte ich mir überhaupt nicht vorstellen. Die Käserei lief nach einem strengen, aber schwer nachvollziehbaren Zeitplan, da wollte ich mich nicht unbedingt einarbeiten. Außerdem wurde man den Ziegengestank aus den Klamotten nicht mehr los.

Dann gab es noch die Schreinerei, da wurde niemand gebraucht, beim Geflügel auch nicht, das Brot buken die Frauen reihum ... Kühe und Pferde gab es nicht, nur noch die Zuchtschweine.

Diese Schweine waren kleine, freundliche, muntere Wesen, mit intelligent dreinschauenden Äuglein. Irgendeine spezielle Rasse, die wieder aufgezüchtet werden sollte, damit ihre genetischen Anlagen nicht verloren gingen. Sie waren braun oder gescheckt und eins war völlig schwarz. Die Schweinezucht war ein Projekt, für das die Landkommunarden einen Zuschuss des Landwirtschaftsministeriums bekamen. Nicht zuletzt deswegen ging es den Schweinen wahrscheinlich so gut. Sie hatten eine nette Wiese mit Bäumen und einem Unterstand, sie hatten eine Matschgrube, die immer feucht gehalten wurde, damit sie sich darin wälzen konnten. Sie hatten viel Platz, um einfach nur herumzurennen und zu quieken. Mit ihnen hätte ich mich anfreunden können.

Aber leider war auch da kein Job frei. Nur um die Felder

und Gärten zu unterhalten, zu jäten und demnächst auch zu gießen ...

Irgend jemand fragte dann, ob ich denn Auto fahren könnte, dafür würde auch noch jemand gesucht. Die meisten der Kinder gingen im Nachbarort zur Schule und sie hin und zurück zu bringen war zeitraubend. Fifi mit ihrem Baby wollte einmal in der Woche zur Mutter-und-Kind-Gruppe und außerdem müsste ständig etwas von A nach B transportiert werden. Da wäre es schon gut, einen Transporteur zu haben.

»Ich habe meinen Führerschein leider nicht dabei ...«, warf ich vorsichtig ein.

Aber die anderen hatten sich schon so für die Idee erwärmt, dass ich sie von der leidigen Hin- und Herfahrerei erlösen würde, dass sie nur meinten: »Das ist nicht schlimm, hier in der Gegend wird man nicht kontrolliert.«

Ich hoffte, dass das stimmte, und war von nun an Fahrerin.

So war ich häufig mit dem alten Peugeot-Pickup unterwegs, mit dem Bobo mich an meinem ersten Tag zum Maisfeld gebracht hatte. Oder, wenn ich die Kinder fuhr, in einem neuen Fiat-Minibus. Darin durfte ich aber nicht rauchen.

Der Peugeot gefiel mir besser. Er hatte Lenkradschaltung, ausgeleierte Sitze für drei Personen und ein kleines Fenster, durch das man auf die Ladefläche schauen konnte. Die Scheinwerfer hatten kleine Chromschirme, wie die Schirme der Baseballkappen, und gelbe Lampen. Die Windschutzscheibe war rundum mit kleinen bunten Papierschnipseln vollgeklebt, Vignetten, die in Frankreich der Steuernachweis sind und die jedes Jahr erneuert werden müssen. Der Transporter war mindestens zwanzig Jahre alt und fuhr mitunter – mit aufgeblähten Ohren, Rückenwind und Heimweh – an die hundertzwanzig Stundenkilometer. Das war aber auf den kleinen Straßen, die ich meist benutzte, gar nicht nötig. Denn dass man in Frankreich nicht kontrolliert würde, konnte ich nicht glauben. Allerdings war dieser Wagen der Landkommune bekannt in den Nachbarorten und niemand schien sich so recht dafür zu interessieren, wer hinter dem Steuer saß. Ich hielt mich brav an die Verkehrsregeln, setzte den Blinker, wenn ich abbiegen wollte – was die Franzosen auf den Dörfern so gut wie nie tun, jeder weiß ja, dass sie da um die Ecke wohnen und um die Zeit immer zum Mittagessen nach Hause fahren, also, warum blinken? Ich bremste an Zebrastreifen und ließ alten Omas und jungen Müttern den Vortritt, ich fuhr nie zu schnell, was bei der alten Karre auch kein Kunststück war, kurz, ich verhielt mich im Straßenverkehr so umsichtig und stromlinienförmig wie irgend möglich. Vielleicht lag es daran, vielleicht hatte ich auch nur Glück – jedenfalls wurde ich tatsächlich nie kontrolliert. Obwohl es natürlich Kontrollen gab, einige Male blieb mir fast das Herz stehen vor Schreck, weil ich die blau uniformierten Gendarmen am Straßenrand sah, aber ich wurde immer durchgewunken.

Drei Tage nach Thejs' Besuch versuchte ich zum ersten Mal, ihn anzurufen. Aber ich bekam nur einen Anrufbeantworter mit einer holländischen Ansage an die Strippe. Dummerweise hatte ich mir nicht vorher überlegt, was ich in einem solchen Fall sagen sollte, und hängte erstmal wieder ein.

Ich stand in einer Telefonzelle neben der Markthalle in Ganges. Ich hatte die Kinder in die Schule gebracht und musste danach zum Baumarkt, um Bestellungen abzuholen.

Später versuchte ich es noch einmal und hatte wieder keinen Erfolg. Auf den Anrufbeantworter wollte ich nicht sprechen, denn man weiß ja nie, wer bei so einem Gerät mithört. Dass ich Renates Liebesgesäusel auf Winfrieds AB mitgekriegt hatte, war mir noch gut im Gedächtnis. Ungeduldig wartete ich noch einen Tag ab. Dann endlich hatte ich ihn! Thejs' ruhige, freundliche Stimme antwortete mir, klar und deutlich, als ob er neben mir stünde.

»Ja, ich habe Einiges herausbekommen. Interessante Sachen, wirklich. Ich kann aber leider hier nicht weg! Kannst du nicht nach Amsterdam kommen? Frag doch mal, ob du nicht ein paar Tage Urlaub kriegen kannst.«

Urlaub kriegte ich bestimmt, das war keine Frage, und am Telefon wollte ich seinen Bericht nicht hören. Außerdem wollte ich ihn gern wiedersehen.

»Komm doch mit dem Nachtzug morgen oder übermorgen, dann bist du morgens früh hier in Amsterdam ...«

Wenn ich bloß einen Ausweis hätte! Ich sagte ihm, dass ich noch nicht genau wüsste, wann ich kommen könnte, mich aber wieder melden würde.

Nachdenklich verließ ich die Telefonzelle und ging zu meinem Pickup, in dem diesmal Fifi mit ihrem Baby wartete. Ich sollte sie zu ihrer Stillgruppe bringen. Einmal in der Woche trafen sich die jungen »alternativen« Mütter mit ihren Babys oder Kleinkindern in einem Raum im Kindergarten des Städtchens. Dort saßen sie zusammen, stillten ihre Kinder und tauschten sich aus über Schwangerschaft, Geburt und die sich daran anschließenden Fragen und Probleme, sowie die Finessen der indischen Säuglingsmassage.

Ich hatte Fifi schon einmal dorthin gebracht und hatte, während sie mit den anderen Frauen klönte, im Café gesessen. Ich habe keine Kinder und hatte auch nie vor, welche zu bekommen. Daher interessierten mich die Stillgruppengespräche überhaupt nicht.

Diesmal ging ich aber mit, als Fifi mich einlud, doch mal hereinzuschauen.

Ein halbes Dutzend Frauen mit Säuglingen und Wickelkindern waren schon da. Jede hatte einen ganze Menge Gepäck dabei: Flaschen, Windeln, Tragetücher, Decken, Plastikkörbe, wie Schaukeln geformt, in die die kleinen Kinder hineingesteckt wurden, wenn die Mütter die Hände frei haben wollten. Eine Unmenge von Zeug lag herum. Sie wickelten ihre Kinder aus, wechselten Windeln und führten sich gegenseitig ihre Sprösslinge vor. Von den Gesprächen bekam ich nicht viel mit, nur dass sich einige Frauen über eine gewisse Charlotte empörten. Die käme ja inzwischen nicht mehr in die Gruppe und hätte ihr Kind Lucie nicht schnell genug abstillen können. Und dann sei sie tatsächlich in einem Bistro gesehen worden, wo sie drei Bier getrunken und zehn Zigaretten geraucht hätte.

Am meisten regte sich darüber eine große blonde Frau auf, die einen dicken nackten Jungen auf dem Schoß hielt und ihm, während sie ihn stillte, die Eier kraulte.

»Das hat er gern!«, sagte sie strahlend und fingerte an seinem winzigen Penis herum. So also wurden hier auf dem Land die Klienten für die französischen Psychotherapeuten herangezüchtet! Oder sollte das die indische Säuglingsmassage sein?

Ich warf noch einen Blick auf den vergnügt krähenden und strampelnden Säugling mit seiner Provinz-Jokaste und wandte mich meinem eigentlichen Problem zu. Dem Ausweis!

Welche der Frauen sah mir denn einigermaßen ähnlich? Eigentlich keine, fand ich. Aber vom Gesichtsschnitt und vom Typ her kam Silvie in Frage. Sie war zwar viel jünger als ich, aber ich hoffte auf ein unscharfes Foto in ihrem Ausweis. Wenn sie denn einen dabei hatte!

Silvie hatte zwei Kinder, einen Säugling, der auf ihrem Schoß saß, und einen etwa dreijährigen kleinen Teufel, der überall herumwieselte und nur Unsinn machte. Mit ihm spielte ich dann ein Weilchen und er wurde ganz zutraulich. Silvie und die anderen fanden es ganz normal und natürlich, dass ich mich mit dem Kleinen beschäftigte. Sie beachteten uns nach einer Weile nicht mehr und vertieften sich in ein Gespräch. Dann spielten der Kleine und ich das Spiel: Wir räumen Mamas Tasche aus. Das fand er fein. Er konnte schon ganz gut sprechen und kannte bedeutend mehr Vokabeln als ich. Er nahm also die Sachen aus der Tasche, zeigte sie mir und nannte die französische Bezeichnung. Lunettes, mouchoir, les clés, etc. Das »portefeuille« interessierte mich ganz besonders.

Es gelang mir im Verlauf des Spiels, Mamas Ausweis an mich zu bringen, ohne dass er oder sonst jemand es merkte. Leider konnte ich ihn mir nicht genauer ansehen, um sicher zu gehen, dass Silvie mir auf dem Foto ähnlich sah. Mit zitternden Fingern steckte ich die Identitätskarte in meinen Ärmel und ließ ihn alle Sachen wieder einräumen.

Ich war mittlerweile sehr nervös geworden, meine Glieder flatterten und ich konnte es kaum abwarten, dass die Stillgruppensitzung für beendet erklärt wurde. Bis alle Frauen ihre Kinder und ihre Siebensachen wieder eingepackt hatten und ich mit Fifi und ihrem Baby in den Pickup steigen konnte, war mir bestimmt ein Dutzend graue Haare gewachsen.

Silvie-Marie Josette Giraud sah auf ihrem Foto aus wie fünfzehn – aber ich war ja auch, vor tausend Jahren etwa, einmal fünfzehn gewesen, tröstete ich mich. Die Identitätskarte war in Plastikfolie eingeschweißt, genau wie die Ausweise in Deutschland und auch genauso groß. Das Foto war sehr klein und unscharf, wie ich erhofft hatte. Nur sah Silvie darauf so jung aus, so schrecklich kindlich! Ich würde den Ausweis trotzdem benutzen, ich hatte gar keine andere Wahl.

Silvie war in Aurillac geboren, dem Ort, den ich von der Wetterkarte her kannte – da ist immer das mieseste Wetter von ganz Frankreich, kein Wunder, dass es sie in die sonnigeren Cevennen gezogen hatte –, und war acht Jahre jünger als ich. Hm.

Im Nachtzug Paris-Amsterdam setzten sich zwei junge schwarze Männer zu mir ins Abteil. Sie hatten Einiges an Gepäck dabei, große rot-weiß und blau-weiß karierte Taschen aus verstärkter Plastikfolie und neue, verpackte Bettdecken in transparenten Tüten. Sie entschuldigten sich mehrfach, dass sie soviel Platz auf der Kofferablage beanspruchten. Ich zeigte ihnen meine kleine Reisetasche und bedeutete ihnen, dass das alles sei, was ich dabei hätte. Ihr Französisch war viel besser als meins. Daher sagte ich nicht viel. Als Silvie Giraud war ich heute nicht zu Gesprächen aufgelegt. Die beiden richteten sich auf den gegenüberliegenden Sitzen zwischen den Taschen ein, die nicht mehr in die Ablage gepasst hatten. Sie hatten wirklich viel Gepäck.

Ich war müde. Von Millau war ich auf umständlichem Weg über Béziers (umsteigen) und Nimes (umsteigen) nach Paris gelangt. Das war eine blöde Idee gewesen, ich hätte besser von Montpellier aus fahren sollen. Allein nach Millau zu kommen, war schon umständlich genug gewesen. Dann hatte einer der Züge auch noch Verspätung gehabt und ich (und viele andere Fahrgäste auch) hatten in Nimes den Anschlusszug nach Paris verpasst.

Eigentlich hatte ich noch kurz bei Amandine vorbeigehen wollen, dazu hatte die Zeit aber nicht mehr gereicht. Denn ich musste noch vom Gare de Lyon mit der Metro quer durch die Stadt zum Gare du Nord gelangen, wo mein Zug nach Amsterdam losfuhr.

Dort hatte ich mir hastig ein paar Zeitungen gekauft und die Flasche Mineralwasser, ohne die keine französische Frau einen Zug besteigt. Mit einem Stoßgebet an meine Göttin, dass sie mir stark kurzsichtige Kontrolleure schicken sollte, wenn überhaupt, hatte ich mir dann einen Platz gesucht.

Zur Beruhigung meiner Nerven blätterte ich in den Zeitungen und dachte an Thejs. Ob ich seine Aura auch diesmal so stark empfinden würde? Was er wohl herausgebracht hatte? Was wäre, wenn die Pillen tatsächlich harmlos wären? Aber warum hätten sie dann im Schrank unter Berties Leiche liegen sollen? Das ergab doch alles keinen Sinn. Ich schlief ein.

Ich wachte wieder auf, weil der Zug hielt. Ich machte das Licht im Abteil an. Draußen war alles dunkel. Ich schaute aus dem Fenster, aber es gab keinen Bahnsteig und ich konnte nichts erkennen. Der Zug stand auf freier Strecke. Laute Stimmen waren zu hören, Türen wurden aufgerissen – Kontrolle. Ich bekam fürchterliche Angst. Meine beiden schwarzen Mitreisenden auch. Sie hatten auch geschlafen und waren genauso plötzlich wie ich aufgewacht. Sie blinzelten ins Licht. Auch sie hatten das Wort Kontrolle gehört und sprachen aufgeregt in einer fremden Sprache miteinander.

Wir lauschten angespannt auf die Geräusche im Gang und die Schritte, die sich auf dem Flur näherten. Es dauerte eine ganze Weile, bis die Reihe an uns kam.

Dann wurde unsere Tür aufgerissen und zwei Zollbeamte standen in der Tür, ein Franzose und ein Belgier. Die beiden schwarzen Männer sahen völlig verängstigt drein. Die Zollbeamten fragten, wem welches Gepäck gehörte. Wortlos zeigte ich auf meine Reisetasche und fischte gleichzeitig den Ausweis von Silvie hervor. Aber sie wollten ihn gar nicht sehen! Sie wandten sich den beiden Männern zu und ließen sich deren Papiere zeigen. Dann mussten die beiden ihre Reisetaschen öffnen und einer der Zöllner durchsuchte sie oberflächlich. Er fand nichts zu beanstanden. Trotzdem mussten die beiden mit ihm gehen. Der andere Beamte wünschte mir »Bonne nuit, Madame« und ging ins Nachbarabteil. Ich machte drei Kreuze hinter ihm her und konnte es kaum glauben: Sie hatten meinen Ausweis keines Blickes gewürdigt!

Der Aufenthalt dauerte lange und die beiden Schwarzen kamen nicht wieder. Ihre halb ausgepackten Taschen standen auf den Sitzen um mich herum. Wäsche, Stoffe, neues, noch eingepacktes Kinderspielzeug lagen daneben.

Der Trubel im Gang des Zuges legte sich langsam, es wurde wieder still. Ich fing gerade an einzudösen, als ich wieder energische Schritte hörte, die sich näherten. Wieder wurde die Tür aufgerissen und der Schreck fuhr mir in die Glieder. Ein Zollbeamter kam mit einem meiner Mitreisenden ins Abteil. Während der Zöllner uninteressiert zuschaute, packte der Mann die Taschen, stopfte alles irgendwie zurecht, zerrte die Reißverschlüsse zu und schob sie auf den Gang. Dort wurden sie weitergereicht. Der Beamte ließ den Schwarzen vorgehen, wünschte mir »Bon voyage« und zog die Tür leise hinter sich zu.

Ich löschte das Licht und schaute aus dem Fenster. Neben dem Zug auf einem anderen Gleis unter einer Lampe, die ich vorher nicht bemerkt hatte – vielleicht war sie erst jetzt eingeschaltet worden –, stand ein verlorenes Grüppchen. Die beiden aus meinem Abteil mit ihren Taschen, zwei weitere schwarze Leute, ein arabisch aussehender Mann und ein Roma-Paar – zwei ältere Leute, er im schwarzen Anzug mit Hütchen und sie in einem bunten langen Rock. Der einzige Weiße, Nordeuropäer, der bei dieser Kontrolle hängen geblieben war, war ein völlig verkommen aussehender Penner in einem schmutzigen Parka. Und er wahrscheinlich, weil er keine Fahrkarte hatte, dachte ich. Um diese Ansammlung von Pechvögeln herum standen bewaffnete Grenzer, damit keiner weglief.

Der Zug stand noch lange da. Die beiden Männer kamen nicht wieder ins Abteil zurück.

Als ich in Amsterdam aussteigen wollte, fand ich ein gelbes Quietsche-Entchen, das beim Einpacken vergessen worden war. Ich nahm es nicht mit, sondern legte es auf das kleine Tischchen im Abteil. Es sah sehr verlassen aus.

Von den Ereignissen der Nacht noch ziemlich mitgenommen, drängte ich aus dem Zug zwischen anderen Fahrgästen, die so wie ich nicht an der Grenze aussortiert worden waren, die frei reisen durften im grenzenlosen Europa.

Eine ähnliche Geschichte passierte mir später in Paris bei einem Besuch bei Amandine. Ich hatte zu der Zeit immer noch oder schon wieder keinen Ausweis. In Belleville, in Amandines Viertel, gibt es einen Wochenmarkt, wo fast nur Ausländer – Chinesen, Araber, Schwarze, einige Polen oder Russen – kaufen und verkaufen. Dahin hatte mich Amandine schon früher geschickt, damit ich Französisch lernte ... Jedenfalls ging ich auch diesmal hin. Es war ein ganz normaler Markttag. Plötzlich stürmten eine Handvoll uniformierter Polizisten und eine Gruppe zivil gekleideter, stämmiger Frauen den Markt und suchten irgendwas oder irgendwen. Sie stürzten auf mich zu und ich fiel fast in Ohnmacht. Sie fragten mich ganz freundlich, ob ich nicht Madame Chirac, der Frau des französischen Präsidenten, die Hand schütteln wolle und ihr gratulieren? Ihr Mann habe gerade irgendeinen Preis gewonnen. Bevor ich meinen Ohren trauen konnte, wurde Madame Chirac herbeigeführt, die links und rechts von zwei dieser stämmigen Frauen flankiert war. Madame Chirac sah aus wie eine Mumie mit onduliertem Haar und war völlig verängstigt, auf diesem Markt. Ich dachte nur an meinen nicht vorhandenen Ausweis. »Non, non«, murmelte ich vor mich hin. Die beiden Frauen bestanden auch nicht darauf, sondern wandten sich ab und suchten nach einem anderen Opfer. Ich fragte mich, verdammt, warum die nun ausgerechnet mich herausgefischt hatten, drehte mich um und schaute in ausschließlich asiatische, arabische, schwarze Gesichter. Ich war weit und breit die einzige »Weiße«.

Als ich das Amandine erzählte, sagte sie: »Och, das hättest du doch ruhig machen können ...«

»Madame Chirac die Hand schütteln, Amandine, ohne Ausweis?«

»Mal abgesehen davon, Madame Chirac, also ich kenn sie jetzt nicht persönlich, das ist ja nicht Monsieur Chirac. Dem würde ich auch nicht die Hand schütteln. Aber sie soll eine sehr nette Frau sein und Schildkröten sammeln ...«

Na gut, kleiner Vorgriff, das ist eine ganze Weile später in Paris passiert.

Zu diesem Zeitpunkt der Geschichte hatte ich noch Silvie Girauds Ausweis in der Tasche und suchte Thejs auf dem Bahnsteig in Amsterdam. Er hatte versprochen, mich abzuholen, und da war er. Er wollte mir meine Tasche abnehmen, um sie zu tragen, aber ich behielt sie lieber selbst.

»Komm, wir gehen in ein Café hier um die Ecke, da können wir frühstücken, wenn du willst, und wir können in Ruhe reden.«

Mir war das recht. Wir mussten uns durch ein Gewimmel von Menschen und Lärm drängeln, so dass ich seine Aura nicht begutachten konnte. Er war ein bisschen umständlich, der gute Thejs. Bis wir in dem Café um die Ecke saßen und unser Frühstück bestellt hatten, dauerte es eine Weile.

Schließlich legte er mir einen Auszug aus einem Computer vor. Er war in niederländischer Sprache geschrieben, aber auch auf Deutsch hätte ich nicht viel mehr verstanden. Links standen chemische Begriffe und rechts Zahlenkolonnen.

»Bei der Probe, die du mir mitgegeben hast, handelt es sich tatsächlich um MDMA, auch XTC genannt, also Ecstasy. Es wurde 1913 von der deutschen Firma Merck entwickelt, wurde aber nie vermarktet. In den fünfziger Jahren wurde es in der US-Armee – möglicherweise als Wahrheitsdroge – ausprobiert. Außerdem sollte es die Soldaten angeblich kampffähiger machen und Hungergefühle unterdrücken. Dann ist es seit den achtziger Jahren hier in Europa immer mehr als Partydroge in Mode gekommen. Es enthält ein Amphetamin, also ein Aufputschmittel, und die unterschiedlichsten Zusätze. Über das Amphetamin, z.B. MDEA, wird im Körper der Stoff Serotonin freigesetzt. Und das Serotonin soll Glücksgefühle und Happiness bescheren. So heißt es jedenfalls.«

»Meine Güte!«, konnte ich nur hervorstoßen.

»Uns liegt es hier in einer der üblichen Kombinationen mit ein paar Vitaminen und Koffein versetzt vor«, fuhr Thejs fort, »es gibt Dutzende von Wirkstoffzusammensetzungen. In jedem Labor wird was anderes zusammengepanscht und mit anderen Mitteln versetzt, wie hier, mit Koffein und Vitaminen beispielsweise. Es gibt aber auch Chinin oder Hormone als Zusätze. Leider verursachen viele von diesen Zusätzen Nebenwirkungen, teilweise bleibende Schäden. Deine Pillen sind das Übliche. Nur die Präsentationsform ist ungewöhnlich.«

Mir wurde ganz mulmig zumute und ich dachte an die beiden Tüten voller Pillen, die über Dede in Paris in Umlauf gebracht worden waren.

»Soviel zur Analyse der Proben ...« Thejs faltete den Zettel ordentlich zusammen und reichte ihn mir. Dann nahm er ein Schlückchen Kaffee zu sich und sah mir in die Augen. »In unserem Projekt analysieren wir die Drogen, die die Leute nehmen wollen, um sich das Wochenende ein bisschen bunter zu machen. Außerdem haben wir ein sozialtherapeutisches Beratungsangebot für Konsumenten. Für die, die Drogen die ganze Woche über nehmen, weil sie psychische Probleme haben. Ich kenne eine Menge Menschen, die schon die Wirkung von diesen normalen Partypillen nicht so ohne weiteres verkraften, also solchen, die nicht einmal mit Hormonen oder Ähnlichem vermischt sind.«

»Besser wäre es doch, wenn die Drogen überhaupt legalisiert wären«, warf ich ein.

»Klar«, sagte Thejs, »natürlich bin ich auch dafür. Dann kämen gepanschte Pillen erst gar nicht unter die Leute ... naja, wir kommen wohl vom Thema ab ... Es gibt jedenfalls eine ganze Menge unterschiedlicher Mischungen auf dem Markt. Eine der Proben habe ich herumgereicht, bei meinen Kollegen und bei meiner Kundschaft. Ich habe gefragt, ob sie diese Smilies schon mal gesehen hätten. Mir war diese Achtziger-Jahre-Aufmachung von Anfang an aufgefallen – also diese kugelige Form und der Smiley. Das hatte ich dir ja schon in Frankreich gesagt, weißt du noch?«

Er schaute mich freundlich an und nahm noch ein Schlückchen Kaffee zu sich.

»Welche Augenfarbe hast du eigentlich, Zora?« fragte er dann. Was sollte das, was hatte meine Augenfarbe mit den Ecstasy-Pillen zu tun?

»Los, sag schon, kennen deine Kollegen diese spezielle Sorte?«, drängelte ich.

Er seufzte. »Ich habe einen Kunden, also einen Mann,

den ich schon seit Jahren betreue, der ist oder war mal ein guter Chemiker. Ist aber auf seinen Drogen hängen geblieben. Der kann nicht mehr arbeiten. Er war jahrelang in Psychiatrien, ist jetzt aber seit einiger Zeit wieder draußen, hier in der Stadt. Der sagte, er hätte diese Pillen schon mal gesehen. Ein großer Deutscher hätte ihm in dem Zusammenhang einen Job angeboten.«

»Was für einen Job denn?«

»Er sollte die Produktion von diesen Pillen aufnehmen. Sie sollten hier in Amsterdam hergestellt werden. Mein Bekannter hat abgelehnt.«

»Warum?«

»Der Deutsche war ihm nicht sympathisch, hat er gesagt. An der Mischung hatte er nichts auszusetzen, das interessierte ihn gar nicht.«

»Was war das denn für ein Deutscher?«

»Keine Ahnung.«

»Und wie sah er aus?«

»Danach habe ich nicht gefragt. Ist das wichtig für dich?«

»Mensch Thejs, ich interessiere mich für alles, was mit diesen Pillen zusammenhängt!«

»Tschulligung«, murmelte er betreten, »da hab ich nicht dran gedacht.«

»Warum will denn ein Deutscher in Amsterdam Drogen herstellen? Das kann er doch viel besser in Deutschland tun«, überlegte ich laut.

»Vielleicht. Aber hier in Amsterdam sitzt das internationale Know-How der Drogenkultur zusammen. Was meinst du, wie viele Hinterhoflabors es hier gibt? Was hier an Drogen gematscht, gepanscht und verschoben wird? Wenn ich irgendetwas herstellen wollte, würde ich es auch vorzugsweise hier tun.«

»Gut, und dein Bekannter hat also den Job abgelehnt. Und weiter?«

»Nichts weiter.«

»Dann möchte ich selbst mal mit deinem Bekannten reden!«

»Zora, das geht nicht ...«

Hoffentlich war der Typ nicht wieder in der Psychiatrie!

Thejs sah verlegen vor sich auf die Kaffeetassen und die leeren Frühstücksteller. »Ich habe dir das jetzt so unter uns gesagt. Ich bin als Sozialarbeiter zur Verschwiegenheit verpflichtet. Ich darf außerhalb nichts über die Probleme meiner Klienten sagen. Wenn er merkt, dass du von diesem Gespräch zwischen ihm und mir weißt, erzählt er mir vielleicht nie wieder was!«

»Ich dachte, du wolltest mir helfen! Und jetzt kommst du mit deiner Sozialarbeiter-Ehre!«

»Der Deutsche hatte ein Auto mit einem Leverkusener Kennzeichen«, schob Thejs hastig nach.

Aha, immerhin etwas. Dafür war ich aber nicht nach Amsterdam gekommen. »Hast du sonst noch was gehört?«

»Ja, aber es hängt nicht mit diesen Pillen zusammen ... Interessant ist es vielleicht nur deswegen, weil da wieder ein großer Deutscher ins Spiel kommt. Ich mache diesen Job als Sozialarbeiter in der Drogenszene schon seit einigen Jahren. Und da kenne ich eine Menge Leute aus anderen Städten. Und höre allerlei Gerüchte. Jedenfalls ist dieser Deutsche hier mit Albert, dem Belgier, gesehen worden. Der kam eigentlich gar nicht aus der Amsterdamer Szene, aber das ist ja auch egal. Er war jedenfalls bekannt hier. Bertie war eines Tages verschwunden und die Polizei fand ihn tot im Wandschrank eines Wohnmobils. In Belgien! Das war so seltsam, dass alle darüber sprachen.«

Ich rutschte langsam unter den Tisch.

»Weil alle Welt aber Bertie nicht über den Weg traute, wird die Sache nicht so hochgespielt. Kein schlimmer Verlust, so eine kleine Kröte los zu sein, meinen sie inzwischen. Aber dass er und der lange Deutsche sich kannten und irgendwie zusammensteckten, ist wohl ein Fakt. Und über diesen Deutschen und Bertie sind komische Gerüchte in Umlauf.«

»Was denn für Gerüchte?«, krähte ich heiser.

»Kann ich dir nicht sagen ... Es sind eben so Gerüchte. Dass etwas mit den beiden nicht stimmte. Du weißt doch, wie die Antennen in so einer Szene sind. Ist ja vielleicht auch gar nichts dran. Schließlich kam Bertie auch nicht aus Amsterdam, sondern aus irgend so einem Kaff an der Grenze.«

Oh Mist, der große Deutsche konnte nur Winfried sein!

Thejs' Handy meldete sich mit der Melodie von Beethoven. Er nahm es auf und sprach kurz mit irgendwem.

Dass Winfried sich mit Bertie auch in Amsterdam getroffen hatte, war mir ganz neu. Aber was wusste ich schon über Winfrieds Geschäfte und wie er sie betrieb?

Ich brauchte jetzt unbedingt einen Cognak. Thejs, als guter Sozialarbeiter, hatte gemerkt, dass mir seine Eröffnungen zu Herzen gingen und bestellte mir sofort einen.

»Ja, da ist noch was: Über diesen Deutschen wird gesagt, dass er aus Köln kommt und dass er manchmal eine Frau mitgebracht hätte, auch eine Deutsche.«

Oh dreimal Scheiße, das war Winfried und das andere war ich! Göttin, gib mir ein Mauseloch, in das ich mich verkriechen kann! Ich brauchte noch einen Cognak, den mein rundlicher Sozialarbeiter auch für mich bestellte.

Dann fragte er vorsichtig: »Sag mal, Zora, kennst du den

Typen vielleicht? Hast du damit zu tun?« Da klappte ich zusammen und weinte bitterlich. Thejs war besorgt und reichte mir eine Serviette als Taschentuch.

»Du hast doch keine Ahnung, in was der mich reingezogen hat«, jammerte ich. Thejs bestellte nun zwei Cognaks, einen davon für sich.

»Willst du vielleicht mal darüber reden? Das muss ja schrecklich sein, was du mitgemacht hast«, sagte er mitfühlend.

Das reichte aus, um mich noch heftiger weinen zu lassen, und ich erzählte ihm die ganze Geschichte: Dass ich das Wohnmobil mit dem toten Bertie gefahren hatte, wo ich die Pillen gefunden hatte, die er, Thejs, analysiert hatte. Dass ich wahrscheinlich die Frau war, die mit Winfried und Bertie gesehen worden war, dass Winfried mich hängengelassen hatte und dass ich keinen Ausweis hatte.

Die drei Cognaks und die schlechte Nacht taten ihre Wirkung: Ich war betrunken. Um halb zehn morgens! Er setzte sich neben mich, hielt meine Hand und streichelte mir über den Kopf.

»Und weißt du, diesen Winfried, den habe ich mal geliebt!«, schluchzte ich.

»Komm, ich besorg dir jetzt ein schönes Hotelzimmer, da weinst du dich dann aus und dann überlegen wir, wie ich dir helfen kann«, schlug er vor. Er zahlte, bestellte ein Taxi und ich folgte ihm schniefend und schwankend. Meine Reisetasche, in der Silvies Ausweis steckte, ließ ich diesmal nicht aus den Augen.

Im Taxi fuhren wir durch die Stadt, ein Stück Stadtautobahn und kamen in einem dieser anonymen Hotels am Stadtrand an. (Nein, es war kein Formel 1-Hotel, aber recht ähnlich.) Auch hier organisierte Thejs alles, von der Anmeldung bis zur Vorausbezahlung. Ich stand nur da und schniefte.

Er begleitete mich fürsorglich in das Zimmer, das er für mich belegt hatte. Ich ging ins Bad. Ich duschte, benutzte das Duschgel aus dem kleinen Plastiktütchen, das dort bereit lag, das große weiße Badehandtuch und suhlte mich in meinem Elend: Winfried war ein Dealer, und dass ich mit drin hing, pfiffen schon die Amsterdamer Spatzen von den Dächern!

Als ich wieder in das Zimmer trat, lag Thejs im Bett und hatte die Decke zurückgeschlagen. Er lag da, nackt und rund und friedlich. Und wie Scarlett O'Hara verschob ich alle Konsequenzen, die das jetzt haben würde, auf später und kroch zu ihm unter die Decke.

Später bestellte er uns in einem Chinese Take-Away etwas zu essen und etliche Zeit später wurde die Bestellung ins Hotel geliefert. Die Reistafel war inzwischen fast kalt geworden, als Thejs sie vom Empfang abholte, aber ich hatte fürchterlichen Hunger und mir schmeckte alles.

Er hatte noch ein paar Dinge zu erledigen und würde mich erst am nächsten Tag gegen Nachmittag wieder treffen können.

»Fahr doch morgen in die Stadt und sieh dir Amsterdam an«, schlug er vor.

Das war sicher eine gute Idee für normale Amsterdambesucherinnen, aber nicht für mich. Ich fürchtete, von jemand unter den vielen Touristen erkannt zu werden. Keine Grachtenrundfahrt und kein Kaufhaus Bijenkorf, kein Flohmarkt und keine »interessanten Viertel«, keine Museen und kein Commmissaris und Brigadier Grijpstra – nicht für mich diesmal. Ich blieb im Hotel, schlief ein paar Stunden und langweilte mich.

Etwas tat ich aber wieder mal: Ich rief Rita an, vom Telefon des Hotels aus. Aber sie war, wie gewöhnlich, nicht da. In ihrem Büro wollte ich nicht anrufen, auf ihren AB sprechen auch nicht. Vielleicht war die Polizei inzwischen doch schon bis zu ihr vorgedrungen ... Ich müsste es nochmal versuchen, wie gewöhnlich. Ich fühlte mich einsam.

Nachmittags kam Thejs ins Hotel. Aber nicht allein. Unter dem Arm trug er R2D2. Den Roboter aus der Filmreihe »Star-Wars – Der Krieg der Sterne«, der mit seinem Androiden-Freund C3PO und Luke Skywalker die Galaxis befreit.

Tatsächlich war es nicht der Roboter, sondern ein kleineres Modell, etwa kniehoch. Das Gerät hatte ein Kabel mit einem Stecker und oben eine Klappe, ein Display und verschiedene bunte Knöpfe.

»Thejs, was ist das denn?«

»Hm, ein Backautomat. Siehst du, in diesen Behälter im Inneren füllst du Wasser und Mehl und Hefe, eben alles, was du für ein Brot brauchst. Dann klappst du ihn zu, drückst auf die Knöpfe hier und er rührt und knetet und backt das Brot ganz allein.«

Er setzte ihn auf dem Bett ab und erklärte mir die Funktionen: dunkle Kruste, helle Kruste, Knetvorgang, Backvorgang ...

»Ich hab ihn gerade in einem Gebrauchtwarenladen entdeckt. Als ich dich in Frankreich getroffen habe, mit diesem großen Berg von Teig, im Backhaus, da dachte ich ...«

Na, das würde ja lustig werden, bei den Hippies, wenn ich mit dem Backautomaten anrückte!

»Das ist zwar eine prima Idee, Thejs, aber wie soll ich ihn denn transportieren?«

R2D2 hatte keinen Karton, war ziemlich voluminös und

wog bestimmt sechs bis acht Kilo. Der ideale Reisebegleiter – »Quatscht nicht und riecht gut« (Zitat Zigarillo-Werbung).

Thejs strahlte über das ganze Gesicht: »Ich fahr dich hin! Wohin du willst! Ich habe mir das ganze Wochenende frei genommen und komme mit dir, um dir zu helfen und um rauszukriegen, was es mit dieser Geschichte auf sich hat, in die du hineingeschlittert bist!«

Ich bat mir Bedenkzeit aus und schickte ihn erstmal wieder weg.

Vom Zimmertelefon des Hotels rief ich noch einmal Rita in Köln an. Wegen ihres derzeitigen Jobs in einer Theateragentur war sie äußerst unregelmäßig zu Hause. Und nur da wollte ich sie anrufen. Glücklicherweise ist sie nie sauer, auch wenn ich sie mitten in der Nacht anrufe. Manchmal ist sie gerade dann munter und gesprächsbereit. Ich musste sie nur erwischen. Ein Handy findet Rita »prollig«.

Es war am frühen Abend, als ich anrief. Sie war zu Hause und hatte wenig Zeit.

»Rita, nur kurz ... ich bin jetzt in Amsterdam,«

»Psst, sprich nicht weiter ... vielleicht wird mein Telefon abgehört ...«

»Hat sich die Polizei schon meinetwegen bei dir gemeldet?«

»Nein, das nicht, aber vielleicht ermitteln die ja heimlich, wer weiß?«

»Ach, Rita, warum hast du auch kein Handy?«

»Tja, meinst du, die werden nicht abgehört?«, sagte sie dazu nur.

Ich schluckte und versuchte es noch einmal: »Mit meinem Zahnarzt ist etwas oberfaul und die Pillen sind genau das, was wir vermutet haben ...«, sagte ich so kryptisch, wie ich in diesem Augenblick nur konnte.

»Ach – Winfried!«, rief sie fröhlich, »den habe ich neulich auf dem Ökomarkt auf dem Rudolfplatz getroffen ...« So ist sie nun mal.

Diese grässliche Nachtfahrt von Paris nach Amsterdam hing mir noch in den Knochen ... Samstäglicher Ökomarkt auf dem Rudolfplatz in Köln, da musste ich erstmal gewaltig umschalten.

»He, Zora, willst du nicht wissen, was er gesagt hat?«

»Grrm«, machte ich.

»Ich habe ihn mit seiner Perle getroffen, dieser Zahnärztin, du weißt schon ...«

»Allerdings«, knurrte ich.

»Sie machten ihren Wochenendeinkauf, er und Renate – gesundes Obst und Eier von glücklichen Hühnern und Fleisch und Gemüse, alles schön in Papier und im Körbchen verpackt ...«

»Mach schon, Rita, was hat er gesagt?«

»Das willst du also doch wissen?!« Jetzt konnte ich geradezu durch die Leitung sehen, wie Rita ihr Zeitproblem vergessen hatte und sich genüsslich und faul auf ihrem Sofa räkelte, um mir ihre Story zu erzählen. Und mich ein bisschen zu quälen. Da hat sie etwas von einer Katze, die mit einer Maus herumspielt. »Er und die Perle machen gerade ihren Honeymoon in Mimizan-Plage. Das ist doch bei dir um die Ecke!«

»Rita! Feind hört mit!«, rief diesmal ich mahnend.

»Jedenfalls heißt der Campingplatz ›Les Cédres‹, wie diese Bäume, Zedern ...«

Ich hoffte sehr, ihr Verdacht, dass ihr Telefon abgehört wurde, wäre falsch. Außerdem war ich froh, dass ihre Geographiekenntnisse sie irreführten, Mimizan-Plage ist am Atlantik, einige hundert Kilometer von meiner Landkommune entfernt.

»Ich sag ja gar nichts ... kann man doch mal im Gespräch erwähnen, so einen Campingplatz in Südfrankreich ...«

»Rita, bitte!«

»Da fährt er jedenfalls hin, er und Renate. Er wollte mir das gar nicht sagen, ihm war das wohl peinlich ...«

»Warum war ihm das denn peinlich?«

»Weil er ahnt, dass du da auch in der Nähe hockst. Ich hab es ihm aber nicht verraten.«

»Hat er noch etwas gesagt?«, fragte ich ungeduldig.

»Wenn du mich dauernd unterbrichst, rede ich gar nicht weiter.«

Rita, die Diva. Kenne ich auch schon seit Jahren. Seufz.

»Hab ich alles von Renate. Sie wollen einen schönen langen gemeinsamen Urlaub machen. Vier Wochen oder so. Renate ist ganz glücklich.«

»Kann die denn ihre Praxis so lange zumachen?«, fragte ich misstrauisch, »immerhin ist die doch Zahnärztin.«

»Ja, denn die Ärmste hat Probleme mit ihren Ohren, sie hat einen Tinitus, das ist ein Hörsturz, also schlicht gesagt: Ohrensausen. Da musste sie ihre Praxis wegen Krankheit eben zumachen. Sie hat einen Vertreter eingestellt. Und fährt in Urlaub mit Winfried.«

Und vor Glück und Stolz platzen ihr alle Knöpfe von der Jacke, dachte ich. Sollte ich immer noch eifersüchtig sein?

Pause in der Leitung.

»Das war's?«, fragte ich.

»Das war's. Nur noch – Winfried hat versucht, sie davon abzubringen und beispielsweise nach Italien zu fahren, hat er gesagt, aber sie wollte schon immer mal zum größten FKK-Strand Europas. Sie hat eine Schwäche für natürliche Dinge, hat sie mir gesagt. Die beiden müssten inzwischen schon unterwegs sein.«

Das war's noch nicht: Jetzt war mir gleich, ob das Telefon abgehört wurde oder nicht, ich musste es wissen.

Ich versuchte mal wieder zu kodieren: »Winfried ist hier in A.-dam bekannt und hat einen fragwürdigen Ruf. Und die Leiche stinkt auch ...«

»Ja, ja, habe ich schon verstanden...«, wehrte sie ab, »ich hab eigentlich gar keine Zeit. Ich muss gleich weg. Ich wollte dir nur das Neueste erzählen.«

»Halt, warte! Stand nochmal etwas in der Zeitung über den Wohnwagen und die Leiche? Wird nach mir noch gefahndet?«

»Ich weiß nichts über die Ermittlungen der Polizei, aber dass nach dir gefahndet wird, davon würde ich an deiner Stelle ausgehen. Also pass gut auf dich auf, Zora!«

»Und wann kann ich dir meine Neuigkeiten erzählen?«

»Ich komm dich besuchen ... demnächst ... ruf mich nochmal an!«

Mit diesem Versprechen ließ sie mich allein. Ich legte den Leicht-Plastikhörer auf, ließ mich auf das Bett fallen und starrte an die Decke. Ein anderes Problem wartete auf mich.

Thejs.

Das war ein großzügiges Angebot von ihm, mir helfen zu wollen, aber bisher war ich auch ganz gut allein zurechtgekommen. Andererseits war ich mit meinem Ausweisproblem auch langsam am Ende der Fahnenstange, am Ende meiner Weisheit angelangt. Als Silvie Giraud wollte ich nicht noch einmal die Grenze überqueren. Ich hatte mir vorgenommen, Silvies Ausweis bei der ersten Gelegenheit zurückzuschicken. Ich war heilfroh, dass ich ihn nicht vorzeigen musste. Denn sie sah mir absolut nicht ähnlich.

Ich stellte mich mit dem Papier in der Hand vor den Spiegel im Mini-Bad. Sie hatte ein völlig anderes Gesicht. Das Foto war alt, inzwischen sah Silvie auch völlig anders aus. Trotzdem: sie hatte andere Augen, einen anderen Mund und vor allem eine völlig andere Nase. Ihre hätte ich gern gegen meine eingetauscht. Aber den Rest ihres Gesichts könnte sie behalten. Ein ganz junges Gesicht hatte sie da auf dem Bild, rund, mopsig, leer. Diesen Ausweis konnte ich noch nicht einmal einem Blinden als meinen verkaufen. Ich musste ohne Pass durchkommen.

Das war der Punkt für Thejs' Einsatz. Er sollte mich nach Frankreich zurückbringen, ohne dass wir kontrolliert würden. Und dann wollte ich Winfried auf seinem Campingplatz in Mimizan aufsuchen und mal auf den Busch klopfen. Dass es ihm peinlich war, nach Frankreich zu fahren, konnte ich mir gut vorstellen – noch viel peinlicher war es ihm wahrscheinlich, dass Renate ihr Reiseziel ausgeplaudert hatte.

Das Zimmertelefon klingelte.

»Ich bin's, Thejs. Ich stehe hier unten vor dem Hotel. Es regnet. Kann ich reinkommen?«

Thejs. Schon wieder! Aber hätte ich da Nein sagen sollen?

Erst als er strahlend, von seiner Aura umlodert, im Zimmer stand, fiel mir auf, dass es draußen überhaupt nicht regnete. Er war nicht nass. Auch seine Schuhe waren trocken.

Wir verbrachten eine Nacht gemeinsam in diesem Hotelbett und fuhren am nächsten Tag mit seinem roten Lada durch Belgien. Der Backautomat R2D2 saß auf dem Rücksitz.

Ich hatte Thejs in der Nacht ausführlich in meine Sorgen mit Silvies Ausweis eingeweiht und auch von dem Erlebnis mit den Roma an der Grenze berichtet. Genau wie Rita wollte er kaum glauben, dass französische Zöllner korrupt sind, aber er ließ sich darauf ein, eine Nebenstrecke zu suchen und nicht die Autobahn zu nehmen.

Er fand sie, nach ausführlicher Lektüre seines Autoatlas. Sie führte uns über kleine Straßen durch das Land und schließlich nach Frankreich. Unterwegs meldete sich »Für Elise« wieder. Diese schöne Melodie wird durch die Wiedergabe auf einem Handy total verhunzt.

»Das ist der Chaos-Chemiker!«, flüsterte Thejs mir zu,

»ich hab ihm eine Nachricht hinterlassen, dass er mich anrufen soll, damit er mir den Deutschen, der ihn anwerben wollte, nochmal beschreibt ... Wie sieht dein Winfried denn aus?«

Ich beschrieb ihn, wie es mir gerade einfiel: Anfang vierzig, groß, schlank, breite Schultern, dunkles kurzes Haar mit Tendenz zum Grau werden, markantes Gesicht, gut gekleidet, eher elegant als sportlich, große feste Hände ...

Thejs rollte mit den Augen, bei dieser Beschreibung. Er sprach mit seinem Klienten.

»Nein, dieser Deutsche ist jemand anderes. Dieser hier war zwar auch groß und schlank, aber jünger, höchstens fünfunddreißig Jahre alt. Eher schmal als breitschultrig. Außerdem hatte er lange, blonde Haare und trug einen Zopf.«

Winfried war das nicht, davon war ich jetzt überzeugt. Man könnte ihn bei günstiger Beleuchtung zwar für einige Jährchen jünger halten, aber einen blonden glatten Zopf hatte er in diesem Leben sicherlich nie gehabt und er würde ihm nicht mehr wachsen. Und dass er sich eine solche Perücke aufsetzen würde, hielt ich für abwegig.

Nur, was war das für ein anderer Typ? Wie hingen diese Geschichten zusammen?

Nach Mimizan-Plage war es enorm weit. Wir fuhren inzwischen zwar über die Autobahn, doch die Strecke zog sich hin. Wir mussten einmal quer durch Frankreich und unterwegs noch einmal übernachten. Zwischen Tours und Poitiers wollten wir Rast machen.

Diese »neutralen« Hotels vom Schlage Formule 1 gaben mir inzwischen ein ungutes Gefühl. Selbst wenn kein Hotelpersonal zu sehen war und Thejs mit seiner eigenen Kreditkarte für uns beide zahlte, irgendwo waren in diesen Hotels sicher Videokameras untergebracht, die die Gäste aufnahmen. Wie wollten sie sonst Überfälle, Randale, Vandalismus vermeiden? Sicherlich wurden die Videofilme zumindest eine Weile zur Identifizierung möglicher Übeltäter aufbewahrt. Und immerhin hatte ich in Cambrai zusammen mit Rita diesen Polizeiwagen gesehen, der auf »mein‹« Formule 1 zufuhr. Das war vielleicht nur ein Zufall gewesen, wahrscheinlich sogar, beruhigte ich mich selbst, aber ich wollte keine weiteren Zufälle dieser Art provozieren. Rita hatte mir schließlich keine Entwarnung gegeben. Ich musste damit rechnen, immer noch gesucht zu werden.

Für Thejs waren solche Überlegungen neu, aber er folgte meinen Ausführungen und fuhr bereitwillig von der Autobahn ab, um ein Landgasthaus zu suchen. Dort waren wir, wie viele andere, ein Pärchen auf der Durchreise und ich konnte hinter Thejs' breitem Rücken als Holländerin durchgehen.

Die Inhaber der »Auberge des Voyageurs« waren nicht neugierig. Das Einzige, was sie interessierte, war, ob wir ein Abendessen und Frühstück in ihrem hoteleigenen Restaurant zu uns nehmen wollten. Das wollten wir und damit waren sie hochzufrieden. Ich auch.

Wir nahmen das Menü zu hundertdreißig Francs: Vorspeise: Salat nach Art des Hauses mit gekochten Kartoffeln, Wurststückchen, Tomate, Ei, Oliven, Mais und grünen Bohnen auf Blattsalat mit einer schön senfhaltigen Vinaigrette für mich. Thejs wollte lieber einen Schinkenteller mit dicken Scheiben feingeräucherten Schinkens, Butter, kleinen sauren Gürkchen und eingelegten Zwiebelchen. Das Weißbrot, das es dazu gab, war frisch und der Wein, den wir auf gut Glück von der Weinkarte ausgesucht hatten, war auch gut. Dann gab es Entenbrust mit einer Soße »nach Weinhändler-Art«, also mit reichlich Rotwein und grünen Pfefferkörnern für mich und für Thejs ein Steak mit Roquefortsoße. Zum Abschluss wählte Thejs die Käseplatte und ich entschied mich für eine Zitronencreme. Wir aßen entspannt und voller Behagen.

Ich dachte kurz an das biologisch-dynamische Essen in meiner Landkommune und meinen letzten Besuch in einem französischen Restaurant, »Le Buffet« in Paris, aber all das schien an diesem Abend zu einem anderen Leben zu gehören. Außer uns gab es noch einige andere Gäste, aber der Speiseraum war noch nicht einmal halbvoll. Niemand saß uns auf der Pelle, niemand lauschte unseren Gesprächen, ich entspannte mich langsam.

Wir schliefen in einem dieser ausgeleierten französischen Betten mit durchgehender Kopfrolle und einem über der Decke festgezurrten Laken, wo man unweigerlich in der Mitte zusammenrollt und sich am liebsten am Rand der Matratze festklammern will. Ich machte mir vor dem Einschlafen noch ein paar Sorgen über das Zusammentreffen mit Winfried am folgenden Tag und Silvies Ausweis, den ich unbedingt zurückschicken wollte. Thejs neben mir atmete gleichmäßig und seine Aura umspielte mich beruhigend, sodass ich auch einschlief.

Am nächsten Tag fuhren wir weiter in Richtung Bordeaux und irgendwo unterwegs kaufte ich in einem Tabakladen einen Briefumschlag und eine Briefmarke und entledigte mich meiner falschen Identität.

Als wir am nächsten Nachmittag in Langon von der Autobahn abfuhren, war es südlich heiß und ich wurde langsam wieder nervös. Wir näherten uns dem Küstenort, dem Campingplatz »Les Cèdres« – und Winfried.

Nachdem wir an der Péage-Stelle in Langon für eine Weile zum letzten Mal die Autobahngebühr bezahlt hatten – wobei Thejs den originellen Spruch von der modernen Wegelagerei brachte –, fuhren wir über eine kleine Straße in Richtung Ozean. Wir passierten endlose Weinberge, in deren Mitte das Schloss Yquem steht. Dort kommt der angeblich weltbeste Sauternes her, der berühmte »edelsüße« Weißwein. Nichts für mich. Über Villandraut, das als Sehenswürdigkeit eine gotische Burg aus dem vierzehnten Jahrhundert bietet, die auf Veranlassung von Bertrand de Goth – natürlich in Wirklichkeit von den fronpflichtigen Sklaven und Hungerleidern der Umgebung – erbaut wurde, der später einer der ersten Päpste in Avignon werden sollte, fuhren wir weiter auf Mimizan zu. Auch nichts für mich.

(Die Information über die Burg von Villandraut bekam ich viel später von Anne in der Landkommune. Sie hatte früher einmal Geschichte studiert. Als ich mit Thejs durch Villandraut fuhr, hatte ich die Nase in der Landkarte und versuchte, mir die nächsten Ortsnamen zu merken: Sore, Pissos, Parentis-en-Born, und hätte keinen Gedanken für die Päpste in Avignon übrig gehabt – selbst wenn ich es zu der Zeit schon gewusst hätte. Außerdem hasse ich die Besichtigung von Burgruinen in heißen Ländern an heißen

Nachmittagen. Ich habe immer Angst, auf eine Viper zu treten, in einen Skorpion zu greifen oder einer Hornisse in den Weg zu geraten, die gemütlich inmitten der heißen Steine leben und nun von mir dusseliger Touristin aufgestöbert werden. Dazu kommt, dass ich sinnlose Fußmärsche durch die Hitze nicht leiden kann. Und darüber hinaus ist mir die Existenz der Päpste in Avignon als ein Schnörkel an der Durchsetzung der Autorität des Vatikans bekannt und interessiert mich nicht im Detail.)

Jetzt fuhren wir durch eine heideartige Landschaft mit hohen Wäldern. Weit und breit war keine menschliche Ansiedlung zu sehen und die Straße war schnurgerade, sie schien genau nach dem Plan auf einem Reißbrett gebaut worden zu sein. Bei Parentis-en-Born wunderten uns die Erdölbohrtürme, sie gaben der Gegend etwas Texanisches. Endlich die Hinweisschilder nach Mimizan und Mimizan Plage.

»Les Cédres« war, wie einige andere Campingplätze auch, in der Ortsmitte ausgeschildert. Wir folgten den Hinweisen und fuhren schließlich einen Sandweg unter hohen Bäumen entlang. Bis zu einem recht gut belegten Parkplatz vor einem Gittertor. Dahinter lag »Les Cédres«. Wir fanden noch ein Plätzchen für den Lada außerhalb des Campinggeländes und stiegen aus. R2D2, der Backautomat, stand immer noch auf dem Rücksitz. Wir aber gingen zur Rezeption.

Winfried und Renate hatten sich unter Renates Namen eingetragen und waren viel zu leicht zu finden, fand ich. Jetzt, wo die Auseinandersetzung kurz bevorstand, hätte ich sie lieber noch etwas hinausgeschoben.

Die beiden hatten sich einen hölzernen Bungalow auf dem Campingplatz gemietet. Der Bungalow stand auf Steinen an einem schattigen Plätzchen unter silberblauen hohen Zedern. Er hatte einen Vorbau und eine überdachte hölzerne Terrasse rundherum.

Da saß Winfried in einem Liegestuhl im Schatten und las »Die Zeit«.

Mein Herz machte einen gewaltigen Hüpfer, als ich ihn wieder sah. Er sah immer noch so gut aus. Wenn er doch nicht so eine Ratte wäre! Er hatte einen Drei-Tage-Bart und war beim Frisör gewesen. Sein Haar war sehr kurz geschnitten. Er saß schlank und elegant und lässig da. Mir wurde ein bißchen flau und ich dachte, ich könnte keinen Schritt weiter machen.

»Hallo, Winfried, wic geht's denn so ...?« Ich, ganz cool.

Er stand langsam auf und sagte: »Ich wusste, dass du hier auftauchen würdest.«

»Nanu?«

»Renate hat deiner Freundin Rita ja haarklein erzählt, wo wir hinfahren ...« Er zuckte mit den Achseln und setzte sich wieder.

»Dann würdest du mir wohl lieber aus dem Weg gehen?«, fragte ich.

Winfried starrte auf die Beilage der »Zeit« und schwieg.

Thejs sagte gar nichts und stand da wie ein Teil der Landschaft.

Nun kam Renate aus den Waschräumen. Sie war groß und ebenfalls schlank und versuchte wie eine Königin über den staubigen Platz zu schreiten. Ihr dünnes graues Haar war noch feucht und klebte an ihrem Kopf. Beim Näherkommen nestelte sie darin herum, um es etwas aufzuplustern.

»Winnie, ich hab den Fön vergessen, kann ich mal deinen haben?« (Winnie! Winnie? Wer sollte das denn wohl sein?)

Sie war in ein weiches weißes Frottiertuch gewickelt und kam langsam auf uns zu. Unter dem Arm trug sie einen gestreiften Kulturbeutel, der so groß war, dass eine mittelgroße Drogerie bequem darin Platz gehabt hätte.

Keinen Fön, tss tss tss, wie bedauerlich. Winfried hatte bestimmt keinen, da konnte sie von ausgehen.

»Wer ist das, Winnie, haben wir Besuch bekommen?«, fragte sie, als sie Thejs und mich sah.

Was Winfried bloß an der finden mochte – sie sah aus wie die Hexe aus Hänsel und Gretel, fand ich, mit diesem Zottelhaar und der faltigen Haut. Eifersucht fiel mich an wie mit einem Keulenschlag.

»Ich bin Zora«, sagte ich, »ich glaube, wir kennen uns schon ...«

»Nicht, dass ich wüsste«, versetzte sie und stieg die Treppe zur Veranda herauf.

»Das ist *die* Zora, na, du weißt schon ...«, stellte Winfried mich vor, »und das ist ...?«

»Thejs«, sagte Thejs.

»Ja, also Thejs. Mit Zora hab ich kurz was zu besprechen ...«

»Ach, die ist das?« Sie sah mich abschätzend an. Meinen Besuch als Homöopathin hatte sie wohl komplett vergessen! Offenbar war sie auch so eine Zahnärztin wie Winfried einer war, die sich die Gesichter der Leute nicht merken! Er verpasste seinen Kunden Konfektionsgebisse und sie verpasste den Durchblick durch Winfrieds Leben. Selbst schuld.

»Na, denn red doch mal mit der ...«, versetzte Renate kühl und ging ins Haus.

»Ob unser Gespräch so kurz wird, Winfried, kann ich nicht sagen. Ich finde, dass du mir Einiges zu erklären hast.«

Unbehaglich räkelte er sich in seinem Liegestuhl und blinzelte in die Sonne. »Ja, wenn du meinst«, gab er zu und legte bedauernd seine Zeitung weg, »aber was für eine Rolle spielt dieser Thejs darin? Muss er alles mithören? Wir könnten doch auch später ...«

»Allerdings! Thejs bleibt und wir reden jetzt«, beharrte ich.

»Also gut, wenn du willst!«

Und ich platzte los: »Du hast mich belogen und betrogen und benutzt! Wenn die Sache schief ginge, wolltest du alle Schuld auf dich nehmen, hast du gesagt! Mit deinem so genannten letzten Deal wolltest du aufhören, hast du gesagt! Dabei sollte ich dir helfen. Und dann hatte ich den toten Bertie im Wohnmobil. Und du sagst bei der Polizei, dass du mich nicht kennst!« Wie lange hatte ich auf die Gelegenheit gewartet, ihm alles ins Gesicht zu spucken! Ich wütete und schimpfte und schrie vor Zorn.

»Jetzt beruhige dich doch mal, ich kann dir alles erklären.«

»Bertie! Ich dachte Bertie wäre dein Freund! Immerhin waren wir da schon mal zum Essen eingeladen! Er war doch verheiratet, hast du mal an Mariet, seine arme Frau, gedacht? Und dann drehst du mir seine Leiche an!«

»Von andrehen kann keine Rede sein! Ich habe erst von der Polizei gehört, dass er tot ist und wo er gefunden wurde! Und dass sein Tod mir sehr nahe geht, kannst du mir glauben!« Er scharrte mit den Füßen und schaute mich grimmig an.

»Winnie, ich finde deinen Fön nicht!«, klagte Renates Stimme aus dem Holzhäuschen.

Winfried zuckte zusammen.

»Verdammt, Renate, ich habe keinen Fön dabei! Ich brauche keinen!«, schrie er zurück, »hast du dir schon mal meine Haare angesehen?« Er fuhr sich mit der Hand über seinen kurzgeschnittenen Schädel und warf Thejs einen kumpelhaften Blick zu.

Ich hätte Thejs auf der Stelle erwürgt, wenn er diesen Blick erwidert hätte, aber er zuckte mit keiner Wimper.

Renate erschien im Türrahmen. »Ich gehe jetzt einkaufen«, verkündete sie. Sie hatte ihr Haar mit einer Spange zusammengefasst und trug eine knappe weiße Hose und ein winziges weißes T-Shirt.

»Ja, das ist eine gute Idee ...«, sagte ich zu ihr und wandte mich wieder Winfried zu.

»Aber Winnie, du hast doch das französische Geld ...«, jammerte sie.

Man sollte nicht glauben, dass sie Zahnärztin ist und eine eigene Praxis hat, dachte ich. War ich auch so degeneriert, als ich mit Winfried zusammen war? Und wenn ja, warum?

Er gab ihr sein Portemonnaie aus seiner Hosentasche und Renate dackelte ab.

»Also Zora, hast du nie daran gedacht, dass es in diesem Spiel vielleicht um etwas anderes geht?«, fragte Winfried gedehnt.

»Häh?«

»Dass ich diese Drogensachen vielleicht aus einer ganz anderen Ausgangslage betreibe?«

»Was?«

»Bertie war sozusagen ein Kollege, ein Kontaktmann, wir arbeiteten an einem größeren Projekt, zusammen mit dem Bundeskriminalamt. Daher hat sein Tod mich nicht nur persönlich schwer getroffen. Berties Informationen waren sehr wertvoll für uns!«

»Bertie war ein Spitzel? Und du bist ein Drogenbulle?«

Er nickte schwer.

»Das kann doch nicht wahr sein! Du kiffst doch selbst!«

»Auch der Esel frisst gern das Stroh, das er tragen muss ...«, zitierte er.

»Deswegen bist du immer so munter pfeifend mit mir und deinem Kilo Hasch über die Grenzen gefahren ...«, kombinierte ich, »und ich habe gedacht, alles wäre mordsgefährlich! Aber was ist mit den dunkelrot bedruckten Ecstasy-Smilies, die unter Berties Füßen lagen? Die hat dir wohl dein lustiger Bruder in Amsterdam angedreht?«

»Erstens habe ich nicht fröhlich gepfiffen, wenn wir zusammen gefahren sind, zweitens weiß ich nichts von dunkelroten Ecstasy-Smilies und drittens war Harald nie in Amsterdam!«

Holla, wer war Harald? Thejs und ich tauschten einen Blick aus.

»Dass du von den Smilies nichts weißt, wundert mich nicht«, sagte ich, »die habe ich nämlich aus dem Bus rausgenommen. Das ist keine besondere Qualität, habe ich gehört, einfache Durchschnittsdroge!«

»Aber Ecstasy ist in jedem Fall eine verbotene Droge«, belehrte er mich tugendhaft.

»Und was ist mit Harald? Wer ist das?«

»Harald?«

»Du hast den Namen eingebracht!«

»Habe ich Harald gesagt? Ich weiß von keinem Harald.«

Das stank ja zum Himmel!

»Meine Güte, Winfried! Harald in Amsterdam!«

»Das war Bertie! Bertie hatte dort einen Tarnnamen! Und überhaupt, wo sind denn die Ecstasy-Smilies, von denen du dauernd redest?«

»Dazu sage ich dir überhaupt nichts! Immerhin hast du mich in die Scheiße hineingeritten! Aber da du ja Bulle bist, wird jetzt alles gut. Du wirst deinen Kollegen erzählen, dass alles in Ordnung ist. Dann wird die Fahndung nach mir eingestellt und ich geh vergnügt nach Hause und alles war nur ein böser Alptraum!«

Er räkelte sich unbehaglich.

»Möglicherweise wird das alles ein wenig dauern. Wenn ich dir einen freundschaftlichen Rat geben darf: Bleib noch ein bisschen weg, bis sich alles aufgeklärt hat.« Dann fügte er treuherzig hinzu: »Weißt du, ich bin hier auch so ein bisschen in einem Zwangsurlaub ...«

»Dass ich nicht kichere! Im Zwangsurlaub als Lover-Boy?«

Als ob sie es gehört hätte, tauchte Renate am anderen Ende des Platzes auf. Sie lutschte ein Eis und kam langsam auf uns zu. Sie schwang die Hüften in ihren weißen Shorts und summte ein Lied.

Ich sagte zu Thejs: »Komm, wir gehen!«, und zu Winfried: »Pass bloß auf! Du wirst noch von mir hören!«

Da stand Winfried auf und umarmte mich, bevor ich noch irgendetwas machen konnte, drückte mich an seine breite Brust und sagte: »Ach, Zora, sieh das doch nicht alles so eng!«

»Du bist gut, warum hilfst du mir nicht, statt nur blöde Sprüche zu klopfen?«

Er kratzte sich unbehaglich und murmelte: »Ich kann dir jetzt nicht helfen.«

Von weitem kam Renate angeschlendert. Ihr gefiel die Szene, die sie sah, überhaupt nicht.

Und ich hatte auch keinen guten Abgang. Thejs, mein rundlicher Sozialarbeiter fuhr den Lada und ich heulte wie ein Schlosshund.

»Er heißt also Harald«, sagte Thejs, »dieser Kumpel in Amsterdam.«

Winfried ist ein Drogenbulle!«, schluchzte ich, »darum konnte er sich auch so eine schludrige Praxis leisten. Der hatte noch nicht einmal eine Sprechstundenhilfe. Die Praxis ist nur Tarnung. Und ich war die Tarn-Frau bei seinen Geschäften – als Pärchen fällt man weniger auf, hat er sich bestimmt gedacht. Sonst lag ihm gar nichts an mir.«

»Das ist Quatsch«, sagte Thejs, »als Pärchen fällt man genauso auf.«

»Na prima, danke«, sagte ich giftig, »das ist mir ja ein großer Trost.«

Thejs warf mir einen verzweifelten Blick zu und ich schraubte mich langsam wieder auf Normalumdrehung zurück.

Wir saßen im Lada und wussten nicht so recht weiter. Das Wochenende neigte sich rapide seinem Abschluss zu. Thejs musste zurück nach Amsterdam und ich musste mich aufs Land zurückziehen. Zwar schlug er heldenhaft vor, mich zusammen mit R2D2 an die Mittelmeerküste zu fahren, aber das hätte bedeutet, dass er an einem Wochenende einmal rund um Frankreich herumgefahren wäre. Das wollte ich nicht von ihm verlangen. Zurück nach Amsterdam zu fahren würde stressig genug für ihn werden.

Ich beschloss den Zug zu nehmen. In einem Souvenirgeschäft kauften wir eine riesige Strohtasche, in die wir den Backautomaten zwängten, dann fuhren wir noch gemeinsam nach Bordeaux zum Bahnhof und trennten uns.

Mein Zug nach Montpellier, von wo aus ich dann weiter mit dem Bus in meine Landkommune fahren würde, wurde erst in drei Stunden erwartet. Draußen zog sich ein Gewitter zusammen.

Ich mußte für R2D2 und meine Reisetasche zwei Schließfächer belegen, denn der Backautomat passte mit Mühe in eins hinein und ließ keinen Platz mehr für die gigantische Tasche.

Unter den aufziehenden Gewitterwolken ging ich die lange öde Straße vom Bahnhof aus in die Stadt. Der Bahnhof der großen Stadt Bordeaux liegt nicht etwa in der Stadtmitte, sondern ziemlich am Rand, man könnte sagen, in einem Vorort. Ich wollte in einem kleinen Restaurant etwas essen und die in Bahnhofsnähe erschienen mir alle zu teuer. Außerdem stand mir der Sinn nach etwas Chinesischem, vielleicht weil ich das China-Essen mit Thejs im Hotel am Amsterdamer Stadtrand so genossen hatte.

Ich suchte eine ganze Weile, bis ich ein chinesisches Restaurant in einem Viertel mit kleinen, zweistöckigen Häusern und Geschäften gefunden hatte. Obwohl es Samstagnachmittag war, hatten viele Geschäfte noch geöffnet und auch in zwei Autowerkstätten, an denen ich vorbeikam, wurde noch gearbeitet.

Das Gewitter rumpelte leise in der Ferne.

Das Chinarestaurant war äußerst simpel eingerichtet und leicht schmierig. Die Tische waren Gartentische und über die Löcher für den Sonnenschirm hatten die Inhaber chinesisch bedruckte Plastik-Deckchen gelegt. Darauf standen Blumenvasen mit schmuddeligen Plastikblümchen. Die Preise waren moderat und das leckere Tsin-Tao-Bier stand auch auf der Karte. Ich war bereit für ein neues kulinarisches Abenteuer.

Außer mir gab es nur noch einen einzigen anderen Gast. Es war eine Frau, etwa Ende zwanzig, groß und stämmig. Sie hatte langes, krauses, rotblondes Haar, ein gerötetes Gesicht und rote Arme. Genau dieser rothaarige Typ, der in der Sonne sofort verbrennt. Sie hatte einen ziemlich großen Rucksack dabei und versuchte, die Speisekarte mit Hilfe eines kleinen Wörterbuchs zu entziffern. Eine englische Rose, dachte ich.

Ich bestellte Nems und Schweinefleisch süß-sauer. Okay, das war als Bestellung wenig abenteuerlich, aber sehr viel mehr ließ die Karte auch nicht zu. Es gab keine Spezialitäten des Hauses oder aus irgendeiner chinesischen Region im Angebot. Und Schweinefleisch süß-sauer bietet einem engagierten Koch letzten Endes doch allerhand Möglichkeiten, den Gast zu überraschen.

Das Gewitter stand nun über der Stadt. Es wurde dunkel, die chinesische Kellnerin kicherte leise und knipste das Licht im Raum an.

Sie brachte mir eine Flasche Tsin-Tao und die Nems, die ich bestellt hatte. Nems sind kleine knusprige Frühlingsröllchen, gefüllt mit Gemüse und gehacktem Fleisch. Hier wurden sie mit Salatblättern, frischer Minze und einem sauren Sößchen in einem Glasschälchen serviert.

Plötzlich ging das Licht aus. Nicht nur hier im Restaurant, sondern in der ganzen Straße. Patsch, es war dunkel. Aus der Küche rief eine Männerstimme etwas auf Chinesisch.

»What's that?«, polterte auch die rothaarige Frau vom Nebentisch.

Es war nicht stockdunkel, man konnte alles noch einigermaßen erkennen, aber es war eindeutig ein Stromausfall im Viertel.

In der Küche des Restaurants zischten Pfannen über den Flammen des Gaskochers. Das war das einzige Licht und es drang bläulich durch eine Luke hinter der Theke, durch die sonst die gefüllten Teller gereicht wurden.

Ich umwickelte ein Nem mit einem Minzblatt, rollte es dann in ein Salatblatt und stippte das Ganze in die saure Soße ein. Ich biss ab und kaute und schmeckte ... göttlich! Wie sich der Geschmack der Minze mit dem der Füllung des Nem vermischte! Diese Knackigkeit des Salats und die Knusprigkeit der Teigumhüllung des Frühlingsröllchens! Wie es knirschte und schmeckte! Himmlisch. Der Stromausfall war mir gleich, diese Nems waren ein Gedicht!

»May I sit down?«, fragte jemand und weiter in Englisch: »Es ist zu dunkel, um allein am Tisch zu sitzen.« Glücklicherweise sind meine Englischkenntnisse passabel und ich lud sie ein, sich zu setzen.

Sie hieß Maria – »and don't call me Mary!« – und kam aus Australien. Doch keine englische Rose.

Sie war auf Europa-Trip und hatte gerade ihr Examen als Anwältin abgelegt. Einen festen Job hatte sie auch schon. In ein paar Wochen müsste sie in einer Kanzlei in Brisbane anfangen und dann monate-, jahrelang fünfzig bis sechzig Stunden in der Woche arbeiten. Vorher wollte sie noch einmal tun, was ihr Spaß machte, sagte sie. Wir teilten uns die Nems.

Inzwischen hatte die Kellnerin leise und beruhigend kichernd und zwitschernd Kerzen im Raum verteilt und einige Petroleumlampen angezündet, von denen sie eine auf unseren Tisch stellte.

Maria fragte, wie ich hieße und was ich machte, und ich erzählte von der Landkommune und dass ich dort, ähnlich wie sie, Distanz von meinem Alltag in Deutschland bekommen wollte.

»Was für ein chinesisches Sternzeichen bist du?«, wollte sie wissen.

Ich gestand, dass ich es nicht wüsste. Zwar hatte mir mal jemand gesagt, dass ich im Zeichen der Ratte geboren wäre, aber ich war dem nicht weiter nachgegangen. Mein damaliger Wahrsager war bei dieser Interpretation zu bedröhnt gewesen. Ich hatte ihm nicht zugetraut, dass er mein Geburtsdatum richtig in seiner Tabelle ablas. Die Ratte schien mir zudem eine unangenehme Zeitgenossin zu sein. Ich hatte mich nie wieder mit chinesischer Astrologie beschäftigt.

»Lass mich überlegen«, sagte sie, »ich habe eine gute Intuition dafür.« Sie sah mich eine Weile aus braunen Augen forschend an. »Du bist Hund«, beschloss Maria, »deine Geburt stand unter dem Zeichen des Hundes!«

Hier fügte ich nun die Ratteninterpretation ein und fragte, ob sie nicht mein Geburtsdatum wissen müsste. Maria wischte meine Einwände mit einer großzügigen Handbewegung vom Tisch.

»Das ist alles Unsinn, was hier in Europa gesagt wird. Auch was in diesen übersetzten, so genannten chinesischen Horoskopbüchern steht, alles falsch. Übersetzer haben geschummelt, falsche Berechnungen wurden zugrunde gelegt. Das ist inzwischen alles bekannt und überholt, aber es wäre zu aufwendig, alles wieder gerade zu rücken. Ich kann mich auf meine Einfühlungsgabe verlassen, du bist Hund. Ratte, hah!«

Unsere Hauptgerichte kamen. Maria hatte gebratene Ente bestellt. Die Kellnerin stellte die Platten und Teller zwischen Kerzen und der Petroleumlampe ab. Wir aßen in dieser diffusen Beleuchtung gemeinsam von der Ente und dem süß-sauren Schweinefleisch.

Diese Gerichte waren eher durchschnittlich, kein Vergleich zu der Qualität der Nems ...

»Der Hund ist ein geborener Kämpfer«, sagte Maria zur Einführung. Sie blätterte in dem Buch, das ich für ein Wörterbuch gehalten hatte. Tatsächlich war es eine Ausgabe von

Theodora Laus chinesischem Astrologiebuch. »Trotzdem: Der Hund ist wohl das sympathischste Zeichen des chinesischen Tierkreises. Wer im Jahr des Hundes zur Welt kam, ist ehrlich, intelligent und unumwunden. Er hat einen fest geprägten Sinn für Loyalität und eine Passion für Gerechtigkeit und Fair Play«, zitierte sie aus dem Buch.

Ich fühlte mich geschmeichelt. Draußen blitzte und krachte es. Das Gewitter war genau über uns.

»Wer einen aufrichtigen Hund zum Freund hat und in Not ist, braucht ihn nur zu rufen – wie sehr der Hund auch klagen, schimpfen oder Gleichgültigkeit vortäuschen mag, einen echten Hilferuf kann er einfach nicht ignorieren. Gelegentlich schützt er fremde Interessen mehr als seine eigenen ...«

Ich kannte Maria doch überhaupt nicht. Wie konnte sie so leicht den Schlüssel zu meinem Problem mit Winfried finden? Unruhig hörte ich weiter zu.

»Der Hund mag zwar angriffslustig und zänkisch sein, kämpft aber offen und fair und lässt sich nur selten zu hinterhältigen Methoden herab«, las Maria im Schein der Petroleumlampe.

Mir fiel ein, wie ich Silvie Girauds Ausweis an mich gebracht hatte. War das hinterhältig gewesen? Immerhin hatte ich ihn inzwischen schon zurückgeschickt!

»Die meisten unter diesem Zeichen geborenen Menschen sind zäh, will sagen, sie können allerhand Stress vertragen, ohne darunter zusammenzubrechen. Zu Krisenzeiten kann der Hund klaglos große Not und Entbehrungen ertragen.«

Wuff, wuff, dachte ich beifällig. Draußen toste das Gewitter und heftiger Regen fiel.

»Ich halte dich für einen Metall-Hund. Das heißt, jedem Tierkreiszeichen ist auch ein Element zugeordnet. Metall,

Wasser, Feuer, Erde oder Holz. Du wirkst auf mich, wie aus Metall gegossen ...«

»Aber woher denn, ich bin doch nicht aus einem Stück gegossen ...«

»Schscht, hör zu! Der Metall-Hund kann unerschütterliche Überzeugungen haben und äußerst kritisch auf jeden Verstoß gegen das Gesetz, wie er es interpretiert, reagieren. Er ist jedoch prinzipientreu und im Grunde nobel und wohltätig. Findet er ein Objekt, das seiner Hingabe wert ist, so kann er ihm aufopfernd sein Leben widmen. Dennoch mag er, wenn er erzürnt, grausam werden und seine Feinde verfolgen, bis sie vernichtet sind.«

»Hui!«, sagte ich beeindruckt.

»Findest du dich in dieser Beschreibung irgendwo wieder?«, fragte sie.

Über uns dröhnte ein Donner, dicht gefolgt von einem krachenden Blitz.

Ich nickte nur und sagte: »Naja, gelegentlich wäre ich schon gern hinterhältiger, insidious.«

»Underhand, malicious, sly ...«, sagte Maria und ihre Augen glitzerten, »jetzt ist gutes Wetter für insidious actions«, meinte sie. »Hast du besondere Wünsche?«

Ich starrte sie an. Sie saß mir gegenüber, groß, dick und rosa, und ihr goldrotes Haar, das winzige Löckchen schlug, schien zu sprühen und kleine Funken auszusenden. Sie stocherte mit ihrer Gabel im Reis auf ihrem Teller, der mit Erbsen und ein paar Maiskörnern vermischt war. Ihr Mund glänzte fettig.

»Come on, wen soll ich für dich verwünschen? Whom to bless or whom to blame?«, lachte sie. »Ich ahne es. Du brauchst einen Fluch. Die Hunde haben es immer schwer. Und ich kann dir helfen. Ich kann eine Person deiner Wahl verwünschen und ich schwöre dir, dieser Person geschieht ein Unheil – ganz besonders bei diesen Wetterverhältnissen. Ein Gewitter kann negative Energie ungeheuer potenzieren. Ich bin eine Meisterin in der Zielrichtung. Los! Wen?!« Sie funkelte mich an.

Wen? Winfried ans Messer liefern? Dann doch wohl lieber Renate! Ich dachte daran, wie sie erst vor ein paar Stunden in ihren weißen Shorts über den Campingplatz geschaukelt war. Tacker, tacker, mit Winfrieds Portemonnaie mit dem französischen Geld in ihrer großen, heißen Hand. Wut, Neid, Eifersucht schossen in mir hoch.

»Nun, was ist? Verfluchen wir ihn?«, fragte Maria.

»Es ist eine Sie. Sie heißt ...«

»Stop! Ich brauche ihren Namen nicht zu wissen. Du konzentrierst dich auf sie und ich stoße den Fluch aus. Besser wäre es allerdings, wenn du irgendein Objekt dabei hättest, das dieser Person gehört, am allerbesten ein Fingernagel oder ein paar Haare ...«

»Hab ich aber nicht.«

»Naja, hab ich mir fast gedacht ... Aber es wird schon so gehen. Also los, konzentrier dich!«

Maria und ich steckten die Köpfe zusammen und setzten einen Fluch gegen Renate Bekirch in die Atmosphäre.

»Well, obwohl der Hund auch hinterhältig sein kann, kämpft er normalerweise offen und fair«, sagte sie dann nachdenklich und verkokelte ein Maiskörnchen auf einem Zahnstocher.

»Okay, offen und fair finde ich eigentlich auch besser«, lenkte ich ein und dachte, auf was für einen Unsinn lasse ich mich eigentlich noch ein?

»Gut, dann diktiere ich dir jetzt das Lebensmotto des Hundes. Du übersetzt es in deine Sprache, und wenn es dir schlecht geht, liest du es durch und dir geht es gleich besser! Ich kenne mich ein bisschen bei den Tierkreiszeichen aus«, sagte sie und holte tief Luft, »und wie ich bereits sagte, my dear, die Hunde haben's immer schwer.«

Sie fragte die Kellnerin, die im Hintergrund des Raumes stand und die immer noch unbeleuchtete Straße betrachtete, in einem schauderhaften Französisch nach einem Blatt Papier. Daraufhin wurde uns ein chinesischer Kalender auf Hochglanzpapier gebracht. Sicherlich ein Restbestand von der Neujahrsgabe des Restaurants an die Gäste.

»Kriegerische Klänge rufen mich,
Euren Kummer zu hören,
Eure Schmerzen zu stillen.
Ich bin der Schützer der Gerechtigkeit;
Gleichheit – mein einziger Freund.
Mein Blick von Feigheit nie getrübt,
Meine Seele nie in Ketten.
Ehrlos gelebt
Umsonst gelebt.
Ich bin der Hund.«

Das wollte sie mir auf die Rückseite eines Kalenderblatts diktieren, einer grellbunten Ansicht von Kanton, damit ich es immer bei mir trüge und es mir helfen sollte. Mir war das aber zu schwülstig und die ganze Angelegenheit ging mir langsam zu weit. Ich weigerte mich, den Spruch auch noch abzuschreiben. Daraufhin schrieb sie ihn in einer energischen, eckigen Handschrift auf Englisch auf, riss das Blatt vom Kalender ab und faltete es zusammen. Sie schob es über den Tisch und bestand darauf, dass ich es einsteckte.

Erst als die Kellnerin fragte, ob wir einen Nachtisch wollten, stellte ich fest, dass wir zu Ende gegessen hatten. Ich hatte nicht darauf geachtet, wie mein süß-saures Schweinefleisch, auf dessen Bestellung ich so viel Nachdenken verwandt hatte, geschmeckt hatte. Es war eben durchschnittlich gewesen.

Ein Hund sollte ich sein? Naja, ein wenig von einem Terrier hatte ich wohl, so verzweifelt wie ich mich an meinen Nachforschungen festgebissen hatte und daran zerrte ... Zäh und stressfähig wären wir Hunde, hatte Maria gesagt und Schützer der Gerechtigkeit ... Ging es mir überhaupt um Gerechtigkeit? Oder mehr darum, meine Feinde zu verfolgen, bis sie vernichtet sind, wie Maria vorgelesen hatte, aus Rache, aus Ärger, aus Frust? Was würde aus dem Fluch gegen Renate werden?

»Bist du okay?«, fragte Maria und schaute auf ihre Armbanduhr. »Ich muss jetzt gehen. Gleich treffe ich mich mit meiner Reisegruppe und wir fahren mit einem Bus weiter nach La Rochelle.«

Das Gewitter war inzwischen weitergezogen, draußen goss es in Strömen. Maria zahlte ihre gebratene Ente und die Cola, die sie getrunken hatte. Gleichzeitig zog sie aus ihrem Rucksack ein gigantisches grünes Regencape. Sie wuchtete sich den dicken Rucksack auf den Rücken und ich half ihr dabei, das Cape darüberzustülpen. Mit dem Rest der Plane deckte sie sich selbst gegen den Regen zu.

»Vergiss nicht, du bist ein Hund – kriegerische Klänge rufen dich!«, sagte sie zum Abschied und verließ das Restaurant. Die Tür klappte leicht quietschend hinter ihr zu.

Vor mir lag die Ansicht von Kanton. Viele Hochhäuser gab es da offenbar ... Die Rückseite des Kalenderblatts mochte ich nicht anschauen.

»Kriegerische Klänge rufen mich ...« – so ein Unsinn!

Nach einer ziemlich langen und langweiligen Bahnfahrt nach Montpellier war ich mit dem Bus weitergefahren und hatte schließlich in der Landkommune angerufen, dass mich jemand in Ganges abholen sollte.

Anne, die Frau von Jeje, kam mit dem Fiatbus (in dem ich nicht rauchen durfte). Sie staunte etwas über den riesigen Bastkorb, den ich als Gepäck dabei hatte. Oben konnte man den runden Deckel von R2D2 sehen. Ich hob mir meine Erklärungen dazu für später auf.

Unterwegs fragte sie mich, ob ich denn ein nettes Wochenende verbracht hätte. Ich erzählte, dass ich in Bordeaux und Mimizan-Plage gewesen sei. Sie fand, dass ich für ein Wochenende am Meer sehr wenig gebräunt wäre. Daraufhin sagte ich blöderweise, dass ich mit Thejs da gewesen war. Von Thejs, dem Mann mit der Aura, wie Jeanne ihn getauft hatte, hatte sie natürlich auch schon gehört.

»Ach so«, lachte sie, »da seid ihr zu wenig aus dem Bett herausgekommen, um an den Strand zu gehen.«

Wenn's mal so gewesen wäre, dachte ich verstimmt und sagte nichts mehr.

Um mich wieder aufzumuntern, erzählte sie mir nun die Sache mit der Burg von Villandraut, die ich bei unserer Fahrt durch die Landes von Langon aus völlig übersehen hatte. Auch dass Anne einmal Geschichte studiert hatte, erfuhr ich jetzt. Das überraschte mich einigermaßen, denn ich hatte sie für eine recht beschränkte Landpomeranze im Hippiekostüm gehalten.

Sie erzählte, dass sie sich mitten im Studium in Jeje verliebt hätte und prompt schwanger geworden wäre, das Studium abgebrochen hätte etc. Ich hörte nicht mehr zu, sondern blieb an der französischen Formulierung »tomber amoureux« – sich verlieben hängen. Genau betrachtet, heißt es »verliebt fallen«, und das war mir mit dem verdammten Winfried passiert. Ich war verliebt gefallen ... in einen Drogenfahnder.

Ich spann das Garn weiter: Der tote Bertie war ein Spitzel gewesen, der mit Winfried zusammengearbeitet hatte. Winfried, genannt »Winnie« von dieser Erbse von einer Zahnärztin. Renate, die Tusse.

Dann gab es noch den ominösen Harald – war das wirklich Berties Tarnname, wie Winfried gesagt hatte?

Berties Leiche hatte auf den Ecstasy-Pillen gelegen. Und die hatten eine Durchschnittsqualität ...

Der verrückte Chemiker, Thejs' Klient, wiederum hatte sich mit einem Deutschen aus Leverkusen getroffen – Harald? Ich würde Rita anrufen ...

Ich kam nicht mehr dazu, Miss Marple einzuschalten und sie darum zu bitten, den Schlussstrich unter diese Rechnung zu ziehen. Wir kamen an.

Ich musste mir blöde Sprüche wegen des Backautomaten anhören, Bemerkungen über mein Wochenende mit Thejs, weil Anne das sofort ausplauderte – irgendwie lungerte die ganze Hippiegemeinde auf dem »Dorfplatz« (der winzigen Wiese zwischen drei Häusern) herum und hatte nichts zu tun. Ich wollte meine Ruhe haben und den Überlegungen nach der Verbindung zwischen Bertie und den Ecstasy-Pillen und Winfried nachgehen. Keine Chance.

Ich versuchte, sie mit R2D2 abzulenken. Ob sie den Film »Der Krieg der Sterne« gesehen hätten?

Jeje hatte den natürlich gesehen, und während er Anne das jüngste ihrer vielen Kinder reichte, das sich bis dahin an seinen Hals geklammert hatte, referierte er über den Inhalt und die Rolle von R2D2.

»R-Zwo D-Zwo bildet zusammen mit seinem Androiden-

Freund C3PO ein Gespann in den Filmen der Star-Wars-Reihe. Der Androide ist goldfarben, menschenähnlich, sprechend, während R2D2 nur elektronische Töne von sich gibt. Aufgrund seiner ›Körperlichkeit‹ und seiner eingeschränkten Äußerungsmöglichkeiten sind seine Talente eher verborgen. Er ist aber der Praktischere, Logische, Rationale, Zielstrebigere der beiden. C3PO ist ein eitler, von sich und seinen Fähigkeiten äußerst überzeugter, aber sympathischer Typ, redet ständig und weiß (fast) alles besser als seine Umgebung.«

Hier machte einer aus der Runde »Hoho« und alle kicherten.

Ungerührt fuhr Jeje weiter: »C3PO stolpert also in die aufgestellten Fettnäpfchen und Fallen, aus denen R2D2 oder eine andere Filmfigur ihn dann retten müssen. Sein Verhältnis zu R2D2 lässt sich am besten als paternalistisch ...«

Hier hohote schon wieder einer.

»... beschreiben«, dozierte Jeje.

»Action, wir wollen action!«, rief es aus der Runde.

Jeje zupfte an seinem Zopf. »Bien, alors – die beiden werden von der schönen Prinzessin Leia ausgesandt, um dem Jedi-Ritter Obi Wan Kenobi eine Nachricht über die fiesen Machenschaften des fiesen Imperators und Usurpators und Unterdrückers der Galaxis zu überbringen. Sie werden von Luke Skywalker als Erntehelfer eingekauft – an der Stelle von So-So, denn die gibt's nur in unserer Galaxis ...« Er wies auf mich und alles lachte.

»Der goldfarbene Androide C3PO versucht allerdings, sich vor körperlicher Arbeit zu drücken und bietet sich als doch weitaus wertvollerer Übersetzer an – er spricht x galaktische Sprachen und Dialekte, was So-So ja leider nicht tut. Alle drei, Luke Skywalker, C3PO und R2D2 geraten in Erfülllung von Prinzessin Leias Auftrag in eine Menge von Abenteuern und Verwicklungen zusammen mit Darth Vader, Leia und Han Solo und einer Menge anderer Figuren. Der Imperator wird gestürzt, die Galaxis befreit, Han Solo und Leia ›tombent amoureux‹ (!) und Luke Skywalker ist der verschollene Bruder der Prinzessin.«

Alle waren schwer beeindruckt.

»Und Brot backen kann er auch?«, fragte jemand.

Das wollten sie ausprobieren. Mehl, Wasser, Hefe, Salz und ein Verlängerungskabel waren schnell zusammengetragen. R2D2 sollte draußen im Freien, vor aller Augen, arbeiten.

Ich füllte die Zutaten ein, drückte die Tasten, so wie Thejs es mir in Amsterdam gezeigt hatte, und der Automat fing leicht rumpelnd an, den Teig zu kneten.

Dann machte es Peng! und die Sicherungen im Haus sprangen heraus.

Allzu belastbar war die elektrische Installation nicht. Zum ersten Mal sah ich die vielen verhedderten Kabel, die Verlängerungsschnüre und Dreiersteckdosen, die kreuz und quer eingestöpselt waren. Mit ihrem Ziegenkäse und dem Biobrot gaben sie sich viel Mühe, sie sollten die vielleicht auch mal auf die Elektrik ausdehnen, dachte ich ärgerlich, als ich den verklebten Teig aus dem Backautomaten schaben musste.

R2D2, der Backautomat, landete bis auf weiteres nach einer langen Reise ausgestöpselt in meinem Anbau. Bei den anderen überflüssigen Geräten.

Erst viel später kam ich dazu, die Resultate meiner Nachforschungen weiter zu ordnen. Wer war dieser Harald? Der

Typ, der Thejs' Klienten, den Chemiker für die Ecstasy-Produktion, anwerben wollte? Um die dreißig, groß, schlank, blonder Zopf? Aus Leverkusen?

»Harald war nie in Amsterdam«, hatte Winfried gesagt, als ich ihn nach den Pillen und seinem Kumpel gefragt hatte. Dann hatte er sich korrigiert und behauptet, dass »Harald« wohl Berties Tarnname gewesen sei. Bertie aber war als Bertie in Amsterdam gewesen, sonst hätte man ihn in der Szene dort nicht gekannt ...

Zumindest hieß das, dass Winfried einen Kumpel namens Harald hatte. Aber wo war der, wenn nicht in Amsterdam, und was hatte er mit der Sache zu tun?

Und warum konnte Winfried nicht dafür sorgen, dass die Fahndung nach mir eingestellt wurde? Sein Tipp, mich noch eine Weile verborgen zu halten, war ja wirklich ein Witz! Er konnte einfach kein Polizeibeamter sein, mit seiner Praxis in Köln. Diese Tarnung wäre fast zu perfekt. Als Drogenbulle musste er doch eine Spezialausbildung gehabt haben. Er war Zahnarzt ... aber darüber hinaus??? Und dann sein Abschiedsspruch, ich solle doch alles nicht so eng sehen!

Ich rief wieder einmal Rita an, um zu sehen, was sie inzwischen dachte und wann sie kommen könnte, um mit mir die Fäden neu zu ordnen.

Das Ergebnis dieses Anrufs war niederschmetternd: Erkan war in Ritas Leben getreten. Sie hatte ihn in der Theateragentur kennengelernt. Erkan war Türke und Musiker, zwölf Jahre jünger als Rita und wohnte jetzt bei ihr. Sie hatte beschlossen, dass sie ihren frischen Gefühlen für ihn ein bisschen Zeit widmen müsste. Ein bisschen mit ihm zusammen sein müsste. Und in den nächsten zwei Wochen ganz bestimmt keine Zeit hätte, nach Südfrankreich zu kommen.

»Aber Erkan kann doch mitkommen, dann macht ihr hier einen netten Urlaub ...«, schlug ich vor.

»Sein Pass ist abgelaufen, er kann im Moment nicht reisen«, sagte sie, »außerdem hat er noch ein Problem mit dem Wehrdienst in der Türkei ... der kann jetzt nicht aus Köln weg.«

Sie sprach mir noch Mut zu und hängte ein.

Ich fühlte mich wie ein herrenloser Hund.

»Zu Krisenzeiten kann der Hund klaglos große Not und Entbehrungen ertragen«, hatte Maria, die Australierin, gestern noch zu mir gesagt. Zählte Herrenlosigkeit auch als Not und Entbehrung?

Ich verbrachte ein paar Tage in einer miesen Stimmung. Rita ließ mich hängen und Thejs war auch nicht da. Die Hippies gingen mir auf die Nerven.

Wieder und wieder drängten sie mich, den Marktjob zu übernehmen. Das hieß, in aller Herrgottsfrühe aufstehen, den Pickup beladen – wobei mir jemand helfen würde –, dann in den Nachbarort Ganges fahren. Den Stand aufbauen und das Brot, die Eier, die Marmelade und den Käse auspacken und verkaufen. Das sollte ich dann allein machen.

Ich redete mich damit heraus, dass ich die französischen Zahlen nur schlecht kannte. Das französische Zahlensystem ist einigermaßen kompliziert – achtzig heißt quatrevingt also vier zwanzig, und neunzig: vier zwanzig zehn. Und neunundneunzig beispielsweise heißt vier zwanzig neunzehn.

»Neunundneunzig brauchst du nie, wir haben nur glatte Preise, fünfzehn Francs, zwanzig, dreißig Francs ...«, versuchte Jeanne mich zu beruhigen, aber ich sträubte mich weiterhin. Zum Anlernen schickten sie mich eines Tages mit Elodie mit.

Elodie war im siebten Monat schwanger und konnte die schweren Körbe mit den Broten nicht mehr heben. Die Einzelteile des Standes waren auch nicht gerade leicht. Sie würde den Verkauf machen, ich sollte nur fahren und den Stand aufbauen und später alles wieder abbauen und einpacken. Dagegen konnte ich nichts mehr sagen. Schon gar nicht in meiner neu entdeckten Identität als Hund. (Ich hatte das Panorama von Kanton doch in meinem Hüttchen aufgehängt.) Schließlich würde es nur darauf ankommen, dass ich mich einigermaßen diskret und unauffällig im Hintergrund hielte, sagte ich mir. Aber es passte mir ganz und gar nicht.

Oh, ich hatte eine riesige Lust darauf, so früh aufzustehen und mit der muffeligen, unfreundlichen Elodie zusammenzusein.

Elodie war Anfang zwanzig und sehr stolz auf ihre Schwangerschaft. Sie war mit ihrer Mutter in die Landkommune gekommen und hier aufgewachsen. Und als ihre Mutter die Kommune vor Jahren im Streit verlassen hatte, war Elodie geblieben. Sie tat immer so, als hätte sie das Schwangersein erfunden. Über den Vater des Kindes wurde nie gesprochen. Es gab ihn nicht.

Ich hatte mit ihr bisher nie etwas zu tun gehabt. Als Marktfrau, so hieß es, sei sie erstklassig. Das konnte ich mir kaum vorstellen, denn sie war entweder schnippisch oder mundfaul. Das heißt, auf eine Frage antwortete sie mit einer Frechheit oder gar nicht. Nie normal. Ein wirklich ganz reizendes Mädchen.

Sie hatte den Marktverkauf bisher gemacht. Das würde sie in der nächsten Zeit nicht mehr können. Ich ahnte, dass ich als Talent aufgebaut werden sollte.

Bobo war auch früh aufgestanden und half mir, den Pickup zu beladen. Wir zogen die Plane auf das dafür vorgesehene Gestell auf der Ladefläche. Elodie stand daneben, hielt ihren Bauch und aß einen Apfel. Sie trug eine schwarze Weste und ein orangebunt gefärbtes T-Shirt über ihrem Bauch. Darunter einen groben, gewebten rosa Rock. An den Füßen hatte sie selbstgenähte Lederpantoffeln mit kleinen Glöckchen daran. Sie hatte langes, hellblondes, gewelltes Haar, das sie aber leider zu einer klumpigen Masse im Nacken zusammengeknetet trug. Das einzig Schöne an ihr war ihre Jugend. Mir hatte sie offenbar die Rolle der Magd zugedacht, die ihr jeden Stein aus dem Weg räumt.

Bobo und ich waren fast fertig mit dem Einräumen der Ware.

»Da liegt noch ein Ding«, sagte Elodie zu mir und wies auf eine Stange, Leichtmetall!, die vor ihren Füßen lag.

Ich tat so, als hätte ich nicht gehört. Diese Stange sollte sie selbst auf die Ladefläche legen!

Elodie ging ins Haus. Die Stange blieb liegen.

Dann kam Bobo um den Wagen herum, sah die Stange auf der Erde und legte sie im Vorbeigehen auf die Ladefläche. Er wünschte mir viel Glück und riet mir noch, mich wegen Elodie nicht aufzuregen, sie sei eine wirklich gute Marktverkäuferin.

Unterwegs durfte ich im Auto nicht rauchen. Auch nicht bei geöffnetem Fenster. Elodie vertrug den Rauch nicht. Sie bekam ja bald ein Kind! Rauchen ist sowieso ungesund! Meinte sie. Ich sollte es mir auch besser abgewöhnen ... Ich sagte nichts dazu, rauchte nicht und ärgerte mich.

Als wir ankamen, parkte ich den Wagen, baute den Stand auf, schleppte die Kisten herbei. Elodie stand derweil herum, hielt ihren Bauch und gab mir Anweisungen. Dann entließ sie mich gnädig zum Kaffeetrinken. Ich ging in die

Bar-Tabac des Halles und fürchtete mich vor bekannten Gesichtern. Aber ich kannte niemanden und niemand kannte mich.

Als ich zurückkam, hatte Elodie alles ausgepackt und mit grünen Zweigen und frischen Kräuterbüscheln dekoriert. An allen Artikeln hatte sie kleine, sauber geschriebene Preisschilder angebracht. Sie verhandelte mit den ersten Kundinnen und sah aus wie Mutter Natur persönlich. Frisch, blühend, schwanger – inmitten von gesundem Brot, Ziegenkäse-Pelardons und glücklichen Eiern. Sie war völlig verändert – sie legte Charme an den Tag, lachte mit den Käufern: Sie hatte Publikum und war in ihrem Element.

Wie schön für sie.

Ich setzte mich in den Peugeot und rauchte. Langsam kamen immer mehr Menschen zum Markt, alte Leute, junge Leute, Hippies mit Kindern, Bürger mit Kindern, Leute mit Hunden – alles Franzosen. Keine Touristen. Dafür war es auch noch zu früh. Die Touristin und der Tourist und schlafen gerne lange, frühstücken dann in aller Ruhe und kommen gegen Mittag zum Markt, kurz bevor er abgeräumt wird. Ich brauchte mich um neun Uhr also noch nicht zu ängstigen.

Ich saß in der Fahrerkabine des Peugeot. Er stand in einer Seitenstraße gegenüber der Markthalle, Rue du Chateau. Es war eine Sackgasse und im Augenblick parkten nur kleinere Lieferwagen der Markthändler dort. Ich rauchte, betrachtete die Menge, die zum Markt oder zurück strömte, und dachte an Rita.

Rita und Erkan. Erkan! Rita liebt schöne, junge Männer. Ich konnte mir Erkan fast vorstellen ... Rita ist es wurscht, ob ihre Männer gescheit oder ein bisschen blöde sind, ob sie reich oder arm sind, ob blond oder dunkel, ob mit Ehefrau und Kind oder frei.

Nur schön müssen sie sein. Ihre Affären halten nicht lange an, aber wenn eine aktuell ist, hat Rita für wenig anderes Zeit. Und wenn die Affäre vorbei ist, ist sie tagelang geknickt und leckt ihre Wunde wie eine Katze ihr Fell. Dann reckt und streckt sie sich und geht wieder zur Tagesordnung über.

Rita! Sie würde jetzt kaum nach einem Harald aus Leverkusen forschen wollen.

In der Nähe meines Parkplatzes war ein neues Element aufgetaucht. Aus der Tiefe der Sackgasse kam ein herrenloser, ziemlich großer Schäferhund, der unsympathisch aussah. Er trug ein ausgeleiertes Lederhalsband, an dem das abgerissene Ende eines Stricks hing. Man hatte ihn angebunden und er hatte sich losgerissen. Kein Hundebesitzer schien ihn zu suchen. Der große Rüde streunte herum, schnüffelte hier, schnüffelte da und pinkelte an die Reifen der geparkten Autos. Von weitem knurrte er andere Hunde an, die frei herumliefen. Ich beobachtete ihn eine Weile. Der Hund ließ sich vor einem Lieferwagen nieder und schaute verschlagen umher.

Die Leute, die ihn bemerkten, machten einen Bogen um ihn. Er sah äußerst gereizt aus.

Ich musste aussteigen. Vielleicht brauchte Elodie Nachschub an Brot oder Eiern ...

Ich drückte meine Zigarette aus und stieg aus. Wie alle anderen machte auch ich einen Bogen um das Tier und ging zu unserem Stand in der kleinen Straße hinter der Markthalle. Normalerweise standen hier die Tische des Restaurants »Chez Bea«. Dienstags und Freitags mußte Bea diesen Platz räumen. Aber ab vierzehn Uhr scheuchte sie den zahnlosen Altfreak, der bei ihr Kellner, Küchengehilfe und »Mädchen für alles« war, wieder los, um die Tische und Stühle wieder aufzubauen. Bis dahin hatte er allerdings noch reichlich Zeit.

Für Elodie kam ich gerade recht: »So-So, bleib einen Moment, ich muss Pipi! Hier ist sowieso gerade Flaute.« Sie ging zur öffentlichen Toilette auf der anderen Seite der Halle – der Toilette, in der die Wasserhähne der Handwaschbecken abgeschraubt sind und wo man sich die Hände an der Wasserleitung draußen waschen muss. Das könnte eine Weile dauern, bis sie wiederkäme ...

Sie ließ mich allein.

Ich verkaufte ein Brot für zwanzig Francs. Das war leicht. Die Kundin nahm das Brot und gab mir zwanzig Francs. Kein Wort wurde gewechselt. Das war mir sehr recht. Elodie hätte ihr noch einen schönen Nachmittag gewünscht und »beehren Sie uns bald wieder« gesagt oder so etwas. Ich war als Marktfrau hier eher der stille Typ.

Im Übrigen war unser Stand recht leer gekauft. Im Pickup lagen noch ein paar Vorräte, davon würde ich später etwas holen.

»Puh, hast du den grässlichen Köter gesehen?«, fragte Elodie, als sie wiederkam, »was der für Zähne hat!«

Ich brachte zwei Kisten mit Brot und eine Stiege Eier zu unserem Verkaufstisch. Auf dem Rückweg sah ich, dass der Hund immer noch übellaunig unter dem Wagen lag. Ein anderer Hund kam neugierig herbei und schnüffelte in der Nähe des Großen herum. Der Schäferhund knurrte grollend und sprang auf. Geifernd schnappte er nach dem Kleineren. Der verzog sich jaulend mit eingekniffenem Schwanz. Einige Leute wurden dadurch auf den Hund aufmerksam. Ein Mann rief nach dem Marktmeister. Der kam aber nicht.

Der Hund legte sich wieder hin und die Leute gingen auseinander.

Ich stieg in den Wagen und zündete mir eine Zigarette an.

Zwei junge Hippiemütter mit einer Kinderschar kamen näher. Die Frauen unterhielten sich und setzten sich an der Straßenecke auf den Bürgersteig. Den Hund in ihrer Nähe streiften sie nur mit einem kurzen Blick. Die größeren Kinder sprangen um sie herum und die kleineren hatten die beiden Frauen zu ihren Füßen abgesetzt. Sie lehnten sich an die Fassade der Société Marseillaise de Crédit und das war der einzige Rückhalt, den sie von dieser Kreditanstalt jemals bekommen würden. Die beiden packten Getränke aus und etwas zu essen. Sie begannen zu verteilen.

Ich schaute zu. Niemand anderes war in der Nähe.

Die Kinder schubsten und drängelten sich, um als Erste an der Reihe zu sein. Gewinner war ein etwa sieben Jahre alter Junge. Er hatte ein dickes Brot ergattert und stolzierte siegesbewusst damit herum.

Dann sah der Junge den griesgrämig daliegenden Hund. Statt ihm auszuweichen, ging der kleine Idiot näher an das jetzt schon knurrende Tier heran und wedelte mit seinem Butterbrot vor dessen Nase herum.

Der Hund knurrte lauter, bellte kurz und sprang den Jungen an. Der fiel hin und kreischte in heller Panik. Die Frauen sprangen auf und schrien. Der Köter bleckte die Zähne und verbiss sich knurrend, spuckend, hechelnd in das Kind. Er wollte es in den im Schatten liegenden Teil der Sackgasse zerren.

Ich sprang aus dem Wagen und schnappte mir das erstbeste Werkzeug, das mir unter die Hände kam. Eine Gartenharke, die an einem der anderen Wagen lehnte. Damit drosch ich auf den außer sich geratenen Hund ein. Er lag auf dem strampelnden, heulenden, kreischenden Kind. Meine Schläge waren nicht sehr effektiv. Aber der untere Teil der Harke blieb im Halsband des Köters stecken. Ich zerrte den Hund damit zurück. Er gab das Kind frei und wollte nun mich angreifen. Ich stolperte. Dann löste sich der Stiel der Harke mit einem Ruck und ich lag auf dem wütend tobenden Vieh. Ich bekam die beiden Enden des Harkteils zu fassen und drehte. Der Hund war stark. Ich zog das Halsband wie einen Knebel zu und würgte ihn. Und drehte weiter. Er wand sich knurrend und geifernd und versuchte mich mit seinem riesigen Maul zu erwischen, aber ich lag über ihm und drückte ihn mit meinem ganzen Gewicht nieder. Er begann zu japsen. Ich hielt die beiden Enden der Harke umklammert und zog. Er röchelte und würgte, zappelte mit den Beinen, wand sich immer noch, um mich abzuwerfen. Eisern hielt ich die beiden Enden der Harke fest. Langsam, sehr langsam wurde er schwächer. Schließlich ließ er den Kopf sinken und wehrte sich nicht mehr. Seine Beine zuckten noch ein wenig. Es dauerte lange, bis ich dachte, dass er tot sei.

Plötzlich war der Marktmeister neben mir. Er hatte einen dicken Knüppel. Er zog mich an der Schulter von dem Tier zurück und schlug mit dem Knüppel auf das inzwischen völlig verdreht liegende tote Tier ein.

Nach und nach nahm ich meine Umgebung wieder wahr. Die Frauen hatten sich über das blutüberströmte Kind gestülpt. Es schrie ununterbrochen, gellend, in den höchsten Tönen.

Ich zitterte am ganzen Körper, keuchte und schwitzte. Meine Knie waren wackelig und ich setzte mich unelegant auf den Boden.

Eine Menschenmenge hatte sich um uns herum gesammelt. In gebührendem Abstand hatten sie meinem Kampf mit dem Tier zugesehen. Nun drängten sie heran und tauschten Beobachtungen aus. Die ersten Gerüchte wurden geboren und weitergereicht.

Ein Mann half mir aufzustehen, ein anderer rief mit seinem Handy einen Arzt herbei. Ein paar Leute bemühten sich um die Frauen und das Kind. Die anderen Kinder hatten sich verängstigt bei der Société Marseillaise zusammengedrängt.

Jemand nahm dem Marktmeister den Knüppel aus der Hand.

Immer mehr Menschen strömten zusammen. Darunter war auch Elodie. Schwer atmend und mit zitternden Händen fischte ich meine Zigaretten aus meiner Jackentasche. Sie waren völlig zerkrümelt.

Elodie hatte kaum »was ist denn hier los?« gesagt, als ihr schon von allen Seiten mein Einsatz zugetragen wurde. Alle starrten mich an. Der Kellner von der Bar-Tabac näherte sich mit einer Flasche Brandy und einem Glas.

Oje. Wie diskret und unauffällig war das doch mal wieder gewesen!

Ich trank den Brandy und nahm die Zigarette, die mir jemand anbot. Elodie hörte und staunte. Dann verschwand sie aus meinem Blickfeld.

Ich versuchte den Hund noch einmal anzuschauen. Inzwischen standen viele Leute um seinen Kadaver herum. Er sah nur noch aus wie ein blutverschmiertes zottiges Bündel Pelz. Die Umstehenden debattierten, stießen ihn mit dem Fuß an und sprachen dann über mich. Man klopfte mir auf die Schulter, eine Frau, die völlig unbeteiligt gewesen war, dankte mir. Ich verstand nicht alles, was sie sagten, aber das war auch nicht nötig.

Wie konnte ich verhindern, zur Heldin des Tages erklärt zu werden?

Als schließlich auch noch der Fotograf des »Midi Libre« auftauchte, um ein Foto für die Lokalseite »Pays D'Herault« zu machen, verwies ich auf den Marktmeister. Der habe den Hund mit einem Knüppel erschlagen.

Die Aufmerksamkeit der meisten Leute hatte sich inzwischen den Frauen mit dem Kind zugewandt, weil der Arzt erschienen war und ein Krankentransportwagen in die Rue du Chateau bog. Das Kind wimmerte laut.

Neben mir stand der Marktmeister. Erst schaute er mich verdutzt an, dann aber schilderte er seinen Kampf mit dem wilden Hund in allen Einzelheiten. Währenddessen machte der Fotograf ein paar Fotos. Ich zog mich vorsichtig zu unserem Fahrzeug zurück.

Dort wartete Elodie. Sie reichte mir ein Päckchen Zigaretten. Camel ohne, meine Marke.

»Du kannst auch im Auto rauchen, wenn du willst ...«, sagte sie.

Auch auf der Rückfahrt im Pickup wurden wir nicht unbedingt die besten Freundinnen. Elodie sprach nicht über den Vorfall auf dem Markt. Aber sie sah mich mit einem anderen Blick an. Und ich rauchte nur eine einzige Zigarette aus dem Päckchen, das sie mir geschenkt hatte.

An diesem Abend nahm ich die Ansicht von Kanton von der Wand und verbrannte das chinesische Astrologiegedicht über den Hund. Ich fand, dass ich mein Soll als Hund für dieses Leben abgeleistet hätte.

Einige Tage nach meinem Kampf mit dem Hund hatte ich die Kinder von der Schule abgeholt und kroch mit dem Fiatbus die steile Straße nach Le Mas de Cazal hoch. Auf dem

Parkplatz vor den ersten Häusern stand ein neuer goldbrauner Renault Mégane mit einem Pariser Kennzeichen.

Besuch aus Paris?

»Das ist bestimmt mein Onkel Antoine!«, sagte Bobos Tochter Pomme, »der hat immer so schöne Autos.«

Den Bruder von Bobo, Antoine, Dedes Kontakt in Paris, hatte ich nie kennen gelernt, obwohl ich über ihn eigentlich in die Landkommune gekommen war. Jetzt saß Antoine mit Bobo vor dessen Haus am Tisch unter Bäumen.

Amandine war auch mitgekommen. Ich hörte ihre brummige Baritonstimme. – Ja mir sind kölsche Mädscher und han Spitzenhös'scher an, do lasse mer uns nit dran fummele, do lasse mer keinen draan – fiel mir ein, als ich sie sah. Amandine hatte weiße Handschuhe an, ein ärmelloses Sommerkleid und trug einen Strohhut. Sie sah überaus »ladylike« aus und war für einen Besuch auf dem Land gekleidet.

Antoine, Bobos Bruder in Hemd und Jeans, wirkte etwas weniger förmlich. Aber verglichen mit Bobo, Jeanne, Pomme und mir sahen die beiden eindeutig städtisch aus, fiel mir auf.

Die beiden Brüder sahen sich ähnlich, Antoine war etwas größer und erheblich dicker als Bobo. Pomme freute sich, dass ihr Onkel da war, und kletterte auf seinen Schoß. Er stellte sofort die erste typische Onkelfrage: Wie es denn in der Schule gehe?

Jeanne brachte Brot, Butter, Käse, Oliven und Gurken auf den Tisch und legte den »Midi Libre« dazu auf den Tisch.

Der »Midi Libre« hatte so gut wie alle kleinen regionalen und lokalen Zeitungen aufgekauft. Daher musste er auch Lokalnachrichten aus den kleineren Ortschaften bringen. Auf einer Seite pro Tag wurde beispielsweise über die Verlegung der Haltestelle für den Schulbus in einem Dorf berichtet, über Schulfeste, über Rugby-Matches von verschiedenen Dorfmannschaften und Ähnliches. Außerdem bot er uralte Bilderwitze oder Haushaltstipps. Und Suchbilder von der Art: Finden Sie die fünf Fehler, die unser Zeichner hier versteckt hat. Eine Zeitung für die ganze Familie ist dieser »Midi Libre« ...

Die Ausgabe, die Jeanne auf den Tisch legte, war drei Tage alt und enthielt eine halbe Seite mit Foto und einer Grafik zu dem Ereignis auf dem Markt von Ganges. Offenbar war an dem Tag außer einem Unfall ohne Personenschaden und dem achtzigsten Geburtstag eines ehemaligen Bürgermeisters in der ganzen Region nichts weiter los gewesen.

Auf dem Foto waren der Marktmeister und ich zu sehen. Ich stand halb abgewendet da, war aber viel zu gut zu erkennen. Der Marktmeister erzählte gerade seine Story ...

Im Artikel stand, dass der Marktmeister und eine Käuferin (damit war ich gemeint) einen wilden Hund erschlagen hätten, der ein Kind angefallen hatte. Das Kind habe Verletzungen im Gesicht und am Arm davongetragen und würde im Krankenhaus behandelt. In den nächsten Tagen könnte der kleine Kyann aber wieder nach Hause. Seine Mutter und seine Geschwister würden sich darauf schon sehr freuen. Der Hund sei untersucht worden, es bestünde keine Tollwutgefahr. Und dann wurde noch der Marktmeister zitiert, der sagte: »Im Prinzip haben alle Hunde Marktverbot. Wir werden in Zukunft energischer durchgreifen müssen, damit alle Besucher ihre Hunde anleinen.«

Die Grafik zeigte eine Frankreichkarte, auf der die tollwutgefährdeten Gebiete schraffiert waren. Südlich von Paris gab es offenbar keine Tollwut ...

Wie sich der Vorfall tatsächlich ereignet hatte, wussten

nur ich und diejenigen in der Landkommune, die Elodie darüber informiert hatte. Elodie war nach unserer Rückkehr wieder in ihre übliche Grantigkeit verfallen, daher vermutete ich, dass es nicht allzuviele wüssten. Ich hatte nicht von meinem Abenteuer gesprochen.

Bobo zeigte die Zeitung herum.

»Frag So-So, wie es wirklich war!«, forderte Bobo Amandine mit einem verschmitzten Lächeln auf.

Amandine entdeckte mich auf dem Bild und schaute mich an.

Ich druckste herum: »Ja, ich war auch dabei. Aber die ganze Geschichte auf Französisch zu erklären, das ist mir zu kompliziert ...«

»Ach so«, sagte Amandine, »dann sprechen wir eben deutsch ...«

»So wichtig war es auch nicht«, wehrte ich auf Deutsch ab.

Amandine zuckte die Achseln und meinte dann wieder auf Französisch zu den anderen: »Sie will nicht. Da kann man nichts machen.«

Nach dem ersten Kaffee zogen Amandine und ich uns zurück. Ich war so froh, dass sie gekommen war! Ich war so froh, mal wieder deutsch sprechen zu können!

Wir gingen zu meiner Behausung in den Anbau. Unterwegs schaute sie sich in dem Garten um, durch den wir hochsteigen mussten, um hinter das Haus zu kommen.

»Was für eine wunderschöne Natur hier ist«, schwärmte sie, »da lebt man doch richtig auf. Wie gut, dass du hier gelandet bist! Das Landleben würde mir auch gefallen.«

Ich freute mich, dass sie da war, aber fragte mich trotzdem, *warum* sie hier war.

In meinem Zimmer betrachtete sie neugierig die spärliche Einrichtung, die Gartengeräte, die Honigschleuder und den Backautomaten. Wir setzten uns, ich an den Tisch in den Korbsessel, sie nahm auf dem Bett Platz. Aus einer Ecke holte ich eine Flasche Rotwein, Corbières, und suchte vergeblich nach zwei Gläsern.

Sie atmete tief durch, griff mit ihren behandschuhten Händen in ihren Ausschnitt und reichte mir ein Bündel Geldscheine.

»Zähl nach, es sind zweitausend Francs, die schulde ich dir doch noch, wegen der Pillen damals. Die vom Hotel mussten mir noch was nachzahlen.«

Ich hatte das Geld längst abgeschrieben und keinen Gedanken mehr daran verschwendet, es zurückzubekommen.

Ich zählte nach, es waren zehn Scheine à zweihundert Francs. Ich steckte sie ein und entkorkte den Corbières.

»Übrigens, Antoine, mit dem ich gekommen bin, ist mein neuer Chef. Er hat in der Nähe der Porte St. Ouen eine Werbeagentur. In zwei Monaten fange ich dort als Empfangsdame an. Das liegt mir sowieso mehr als das Putzen.«

»Was ist denn mit der Stelle im Hotel?«

»Meinen Job im Hotel ›Du Globe‹ habe ich geschmissen«, sagte sie, »das wurde zum Schluss unerträglich. Ständig sind mir die Fingernägel abgebrochen und manchmal waren die Gäste auch unangenehm. Neulich war es so ein schmieriger Japaner – der ist richtig zudringlich geworden. Dabei heißt es doch, die Japaner wären so höflich und zurückhaltend ... aber der! Und das war nicht das erste Mal. Ich habe gekündigt. Die Bezahlung war sowieso schlecht. Schließlich bin ich jetzt auch mit der Ratenzahlung für meine Titten fertig.«

Wir saßen in meinem Kämmerchen und tranken Rotwein aus Blechtassen. Amandine hatte endlich den Hut abgenommen und die Handschuhe ausgezogen. Sie trug keine künstlichen Nägel und rieb sich die juckenden Hände.

»Zora, du hast eine Menge Geheimnisse, willst du nicht etwas davon loswerden?«

Ich holte tief Luft.

»Ich muss erst morgen zurück, ich habe massenhaft Zeit!«, sagte sie schnell, goss sich ein Glas Wein ein und lehnte sich erwartungsvoll zurück.

Amandine war zwar ein schräger Vogel, aber eine gute Seele. Sie spielte mitunter die Naive, aber dumm war sie ganz bestimmt nicht. Außerdem hatte sie Recht, ich musste etwas von meinen Sorgen loswerden. Vielleicht könnte sie mir helfen.

Ich berichtete ihr von meiner unglücklichen Liebe zu Winfried, der nun behauptete, Drogenbulle zu sein, von dem Drogengeschäft, das laufen sollte, von der Leiche und wie ich dann mit den Ecstasy-Pillen nach Paris zu ihr gekommen war. Ich sprach über Thejs und was ich von ihm erfahren hatte. Dass ich letzten Endes an diesem unbekannten Harald aus Leverkusen hängen geblieben war und dass meine Freundin Rita einen neuen Liebhaber hatte, der sie daran hinderte, unsere Nachforschungen weiterzubetreiben.

»Hähähä, Harald aus Leverkusen kenne ich.« Amandine, wollte sich ausschütten vor Lachen. »Aber der ist das bestimmt nicht. Das ist nämlich der Ehemann einer Ex-Kollegin von mir. Zu der Zeit, als ich noch Lehrer war ... hihihi ... Harald!«

Ich hätte ihr nicht nachmittags schon eine Flasche Rotwein geben dürfen, ärgerte ich mich. »Jetzt hör doch mal zu, Amandine, willst du mir nicht helfen?«

»Sicher«, sagte sie, »wenn ich kann ... Aber das ist ein dickes Ding, auf das du dich da eingelassen hast. Du musst mir das alles noch genauer erklären. Ich hatte eigentlich die Sache mit dem Hund auf dem Markt gemeint ...«

»Oh, Amandine, ich sitze hier doch nur in dieser blöden Kommune auf dem Land, weil ich rauskriegen will, warum ich die Leiche im Schrank gefunden habe!«

»Harald aus Leverkusen zu suchen ist aber schwierig«, meinte sie vorsichtig, »was glaubst du, wieviele Haralds es in Leverkusen gibt? Die Stadt hat etwa hundertfünfzigtausend Einwohner. Die Ausländer ziehen wir ab. Von denen heißt keiner Harald. Die Hälfte vom Rest ist männlich. Zwar ist der Name Harald inzwischen unmodern, aber ich schätze, dass es ein paar hundert Haralds ...«

»Stop, Amandine, du hast ja Recht!«

»Ich würde anders anfangen ... Was ist denn mit dem Umfeld der Leiche – da würde ich nachforschen.« Sie schien sich langsam für das Problem zu erwärmen. »Woher wusstest du eigentlich, dass die Leiche Bertie heißt? Stand das in der Zeitung?«

»Ich kannte Bertie schon vorher, als er noch lebte. Ich war bei ihm sogar mal zum Essen eingeladen, zusammen mit Winfried.«

»Bei ihm zu Hause? Hatte er Kinder? Eine Frau?«

»Keine Kinder, eine Frau, Mariet hieß sie, in Weert.«

»Was weiß sie denn? Vielleicht sollte man die mal fragen ...«

Das war eine gute Idee. Thejs sollte da hinfahren, meinte ich, möglicherweise brachte das ja was.

»Nein, nein«, meinte Amandine, »ich kenne Thejs zwar nicht, aber ich finde, das sollte besser eine Frau machen. Immerhin ist dieser Bertie ermordet worden, wahrscheinlich ist seine Frau am Boden zerstört. Eine Frau kann in so einer Situation zartfühlender sein als ein Mann.«

»Und wer sollte das deiner Meinung nach tun? Ich will nicht nochmal mit einem falschen Ausweis über die Grenze fahren. Und was Rita zur Zeit treibt, habe ich doch schon ...«

»Na, ich fahre dahin. Bin ich eine Frau oder nicht?«

Sie stemmte die Arme in die Hüften und funkelte mich an.

»Aber du sprichst doch gar nicht Holländisch!«

»Die meisten Niederländer sprechen oder verstehen Deutsch!«

Ich versuchte mich an die Einladung bei Bertie und seiner Frau zu erinnern. Hatte sie sich an der Unterhaltung beteiligt? Ich konnte mich nicht erinnern. Ich hatte Mariet als große, dürre, unangenehme Frau mit vorstehenden Zähnen im Kopf. Sie hatte das Essen serviert, aber selbst nicht mit am Tisch gesessen. Sie brachte viele Platten und Tellerchen mit Gemüse und Obst mit scharfen und salzigen Soßen. Kokosnuss, Erdnusspaste und Ingwer zu Reis.

Bertie hatte gesagt, dass es ein malaysisches Gericht sei.

Mariet war stumm geblieben, hatte serviert und war verschwunden. Nachdem wir gegessen hatten, war sie wieder aufgetaucht und hatte abgeräumt. Und als wir gingen, stand sie wortlos an der Tür.

»Vielleicht war sie gar nicht Berties Frau«, sagte ich zu Amandine, »damals habe ich nicht darauf geachtet, aber im Nachhinein kann ich mich nicht erinnern, dass sie dabei war, als wir uns unterhielten.«

»Vielleicht war sie seine Haushälterin?«, schlug Amandine vor, »oder, wenn er ein Spitzel war, war sie vielleicht eine Kollegin von der Polizei?«

»Wieso sollte eine Kollegin bei ihm das Küchenmädchen spielen? Was wäre der Zweck eines solchen Treffens?«

»Wenn dein Zahnarzt ein Drogenfahnder ist, wollte er sich vielleicht mal mit seinem Kollegen austauschen?«

»Nein, ich war die ganze Zeit über dabei. Die haben auf Deutsch über Musik und Filme geredet. Und über Motorradrennen. Kein Wort über Drogen oder Geschäfte und kein einziges persönliches Wort. Das war so ein echtes Männergespräch.«

»Haben die sich vielleicht was zugesteckt?«

»Könnte sein, aber wenn sie das gemacht haben, war das irrsinnig geschickt. Ich habe nichts bemerkt.«

Amandine lehnte sich zurück und verschränkte die Arme hinter dem Kopf. Sie entblößte die weiße Haut ihres Unterarms und eine sauber rasierte Achselhöhle. Die Haut und der Muskel waren faltig und schlaff. Amandine war wirklich nicht mehr die Jüngste.

Sie bemerkte meinen Blick und legte die Arme wieder an.

»Zora, ich habe Zeit und was soll ich im Moment in Paris? Dede hat zu tun und meinen Job bin ich los. Ich will dir helfen. Ich fahre nach Weert und schau mich nach Mariet um. Ob sie nun seine Frau war oder nicht, irgendetwas wird die schon über ihn wissen.«

»Mir wäre lieber, Thejs würde das machen ...«, sagte ich.

»Was hast du nur mit diesem Thejs? Ich verstehe ja, dass es dein neuer Liebhaber ist, aber muss der überall dabei sein?«, fragte sie spitz.

Sie war nicht davon abzubringen, dass sie nach Holland fahren würde.

»Ich wollte sowieso in der nächsten Woche nach Köln. Von da aus ist es nicht weit nach Holland. Ich kann mir in Köln einen Wagen leihen und nach Weert fahren.«

Wenn ich Rita dazu überreden könnte, mit Amandine zusammen die Spur von Mariet aufzunehmen, wäre mir wohler, glaubte ich.

Ich rief Rita von einem der Telefone der Landkommune aus an. Sie war zu Hause. Natürlich. Seit Erkan bei ihr wohnte, ging sie wahrscheinlich selten aus. Vielleicht noch zur Arbeit.

»Nein«, sagte sie entrüstet, als ich ihr meine diesbezüglichen Fantasien schilderte, »ich verbringe doch nicht jede freie Minute mit Erkan. Der muss doch auch arbeiten. Musiker ist er!«

»Hättest du denn einen Tag Zeit, um mit Amandine nach Weert zu fahren?«

»Amandine? Dem Transsexuellen? Na klar, den würde ich gern kennen lernen!«

»Sie, Rita, sie!«

Ich gab Amandine die zweitausend Francs als Reisegeld zurück und sie versprach mir, sich mit Rita in Verbindung zu setzen, sobald sie in Köln war.

Einige Tage, nachdem Amandine wieder nach Paris zurückgekehrt war und, wie ich hoffte, nach Köln fahren würde, schickten meine Arbeitgeber mich mit dem Pickup nach Brocas.

Das ist ein winziges Kaff südlich von Bordeaux. Auf gleicher Höhe wie Mimizan, nur weiter drinnen im Land gelegen. Dort gab es offenbar auch einen Idealisten, der die gleiche Schweinerasse züchtete wie meine Landkommune. Bei ihm sollte ich einen Tiefkühlbehälter mit Sperma seines reinrassigen Ebers abholen. Das würden unsere fünf Säue dann zu Ferkeln verarbeiten.

Die Diskussion um diese Maßnahme war hitzig gewesen. Die meisten Frauen hatten gemeint, man solle den Eber zu uns in die Cevennen kommen lassen, damit die Schweine auch Spaß an ihrer Befruchtung hätten. Monsieur Legrand, der Besitzer, jedoch wollte sein wertvolles Tier nicht von seinem Hof lassen. Unsere fünf Schweine nach Brocas zu transportieren wäre zu aufwendig, befand Jeje. Außerdem hätten Schweine keine Freude bei der Befruchtung, behauptete er. Bobo pflichtete ihm bei. Murrend fügten sich die anderen dem Entschluss.

Ich kannte die Strecke von Millau nach Bordeaux noch und wusste, dass es sehr weit war. Besser wäre es, über Montpellier zu fahren und die Autobahn zu nehmen, überlegte ich, die Gefahr dabei waren die Polizeikontrollen an den Péage-Stationen. Andererseits wäre ich auf den Nebenstraßen erheblich länger unterwegs. Weil ich allerdings lieber mit dem Peugeot fahren wollte, der auf langen Strecken leider etwas unkomfortabel war, empfahl sich doch die Autobahn ... Heiß würde es tagsüber auch werden ...

Ich fuhr sehr früh los.

Auf dem Weg über Toulouse in die Landes auf der Autobahn dachte ich an Thejs. Er hatte mir eine Postkarte aus Amsterdam geschickt, mit Backsteinhäusern und Grachten. Ich würde ihm fehlen, stand darauf, und in zwei Wochen hätte er Urlaub und würde zu mir in die Cevennen kommen.

Ich kam gut voran und fuhr in Damazan von der Autobahn ab. Hinter der Péage-Station – keine Polizeikontrolle – zwang mich ein offensichtlich neu eingerichteter Kreisverkehr, mich für eine Richtung zu entscheiden. Der Kreisverkehr war so neu, dass es noch überhaupt keine Hinweisschilder gab. Alle drei Straßen sahen gleich aus. Ich bog in eine ein.

Plötzlich fand ich mich nicht mehr zurecht. Überall wuchs Mais.

Hohe, leuchtend grüne Pflanzen standen rechts und links der Straße. Sie standen in dichten Reihen, eine hinter der anderen. Wie fettiges, gekämmtes Haar durch eine Lupe betrachtet sahen die Felder vom Straßenrand aus und die Straße war nur eine Schneise durch das Grün. Kein anderes Auto war unterwegs und ich begegnete auch keinem Menschen. Es gab nichts, nur saftiggrünen Mais voller Kraft, der kurz vor der Blüte stand.

Die Äcker wurden bis knapp zum Straßenrand genutzt und das Gras zwischen Teerbelag und den ersten Reihe war raspelkurz geschnitten. Es war heiß und fast windstill. Manchmal drehte sich der Schwenkarm einer Bewässerungsanlage. Wasser rauschte auf die Pflanzen und der Mais raschelte, knisterte. Die schlanken grünen Blätter, die wie Schwerter geformt waren, rieben aneinander. Der Mais wiegte sich, schüttelte sich kurz und stand dann wieder wie eine lebende Mauer.

Es gab nichts außer der Straße und den grünen Maispflanzen. Kein Vogel war zu hören, kein Auto, keine Maus, noch nicht mal eine Dorfkatze auf der Pirsch. Nur das Rauschen der Maispflanzen, wenn der Wasserguss von oben auf sie fiel. Und das Knacken ihrer winzig kleinen grünen Gefäße, wenn sie sich dehnten.

Die ganze Gegend war flach, platt lag das Land da, nur in der Ferne, fast am Horizont, schmiegten sich Täler sanft an Bergkuppen. Ich hatte mich gründlich verfahren und irrte durch die Landes.

Vor einer Stunde war ich an vereinzelten großen alten Bauernhöfen aus rotem Backstein vorbeigefahren. Die Dächer der Häuser waren mit Ziegeln gedeckt und tief nach unten gezogen. Nach außen hin ohne Fenster und Türen, bestanden sie nur aus Ziegelmauern und Dach. Manchmal gab es ein großes, halb offen stehendes Gittertor zur Straße, das einen Blick auf den Innenhof zuließ. Riesige alte Scheunen enthielten völlig verrostet aussehende Maschinen, die wie sich selbst überlassen wirkten. Nirgendwo war ein Mensch zu sehen. Die Innenhöfe bestanden aus buckligen Lehmklumpen, die im Regen irgendwann aufgeweicht, von Traktorspuren zerfurcht und zerfahren und inzwischen zu schweren trockenen Klumpen verbacken waren.

In einem Hof pickten drei Hühner. Alles auf diesem Hof sah gleich viel fröhlicher aus, einfach weil die Hühner lebendig und da waren.

Dann gab es wieder eine grüne Mauer von Maispflanzen.

Die zweispurige Landstraße der untersten Kategorie hatte mit Teerbuckeln verklebte Schlaglöcher und die Markierung in der Mitte war völlig verwittert und fast unkenntlich. Die Sonne brannte. Es war heiß.

Dörfer, kleinere Orte musste es hier auch irgendwo geben. Sie hatten klingende Namen, die mir unaussprechlich schienen. An einer Kreuzung, die plötzlich auftauchte und den Mais teilte, standen Straßenschilder. Von Jagdgewehrschüssen zerbeulte, völlig ramponierte Straßenschilder wiesen nach: Singleyrac, Puysserampion, Montignac-Toupinene. Nur waren die Dörfer nicht zu sehen, weil der Mais so hoch stand. Auf meiner Straßenkarte standen sie sowieso nicht, genau wie der letzte Ort, durch den ich gekommen war. Ich fuhr geradeaus weiter, in die einzige Richtung, die zu zwei Orten führte. Wieviele Kilometer es bis dahin noch waren, stand nicht auf den Schildern. Ich fuhr einfach geradeaus, weiter durch die grüne Schlucht. Es war heiß.

Ein Wäldchen überragte den Mais und nach einer Kurve ging es eine kleine Anhöhe hinauf. Uff, Wald, Schatten.

Ich überlegte kurz anzuhalten und im Schatten ein Päuschen zu machen, fuhr dann aber doch weiter. Ich wollte lieber wieder unter Menschen sein, ich hatte seit Stunden niemanden mehr gesehen. Und kein Wort gesprochen.

Maispflanzen links und rechts, nur Mais gab es hier. Dieser Mais ging mir langsam auf den Geist.

Das Wasser in meiner Vittel-Flasche war schon lange warm geworden. Ich brauchte jetzt kaltes Wasser und einen Kaffee. Einen schönen kleinen heißen bittersüßen französischen Kaffee.

Aber es gab nur Mais und die Landstraße, auf der mir niemand entgegenkam. Ich schwitzte gottserbärmlich und fuhr weiter. Als ich schon bereute, nicht in dem Wäldchen angehalten zu haben und eine Pause zu machen, sah ich vor mir einen Wasserschleier und eine Riesenpfütze auf der Straße. Kaltes klares Wasser prasselte als perfekte Dusche herunter. Nur kurz, dann verschwand der Arm des Wassersprengers wieder und prasselte auf gierigen Mais. Dann wieder auf die Straße.

Ich hielt an.

Ich rollte an den Straßenrand, schaltete den Motor des Peugeot ab und stieg aus. Draußen war es genauso heiß wie im Auto. Der Wasserschleier näherte sich mit einem Rauschen und dem noch lauteren Rauschen der Maisblätter. Dann fiel kaltes Wasser über mich und platschte auf die Straße, um sich kurz darauf mit seinem Rauschen wieder in den Mais zu drehen. Ich stand eine ganze Weile in dieser Wechseldusche und ließ mich danach in der Sonne trocknen.

Der Mais rings herum stand still und starr in der Sonne, bis der Arm des Wassersprengers ihn beregnete. Er rauschte und tropfte dann und stand wieder still.

Nein, nach jedem Guss streckte er sich ein ganz klein wenig und wurde ein wenig breiter. Er wuchs. Er trieb saftige grüne Hülsen, die bald zu Kolben werden würden, die die ersten Körner enthielten. Die Körner würden gelb werden und reifen und dann würde das Grün verdorren. Die Kolben würden geerntet werden und der Mais daraus würde auf dem Weltmarkt nur einen beschissen niedrigen Preis erzielen können. Die Bauern würden unzufrieden sein und demonstrieren. Einige von ihnen würden Autoreifen vor der Präfektur anzünden und in der Hitze des Gefechts würde ein Polizeibeamter verletzt werden. Es würde einen Haufen Ärger geben, wenn der Mais so kräftig wuchs ...

Aber das war dem Mais egal. Er lebte jetzt, sog gierig das Wasser auf und streckte seine grünen Arme in die Sonne, um zu wachsen.

Ich ging auf der trockenen Seite gegenüber ein Stück am Straßenrand entlang und betrachtete die saftigen, starken Pflanzen. Wieviele Kolben mochten diese vielen Pflanzen tragen? Hier würde bald eine irrsinnige Menge an Mais geerntet werden! Ich bog zwei Maisstauden beiseite und zwängte mich in das Feld und in den Mais. Er stand gerade so weit auseinander, dass ich hindurchgehen konnte.

Reihe um Reihe standen grüne Stengel mit ihren Blättern, dicht an dicht. Es war dämmrig, weil die Pflanzen so hoch waren. Das Licht fiel leicht grünlich ein und es war kühl und still. Ich tappte noch ein Stück weiter, bemühte mich, keine Pflanze zu zerknicken oder ein Blatt abzureißen. Grüne Stille! Fast ein bisschen kalt war es.

Ich drehte mich um und konnte die Straße nicht mehr sehen. Der Schreck fuhr in mich.

Die Idee, mich im Maisfeld zu verlaufen, schlug mir aufs Zwerchfell, machte mir Angst. Nur grüne Pflanzen, die leise rauschten, standen um mich herum, es gab keine Fliegen, keine Geräusche. Auch das Platschen des Wassers auf der Straße war nicht mehr zu hören.

Aber ich konnte mich gar nicht verlaufen, ich war doch nur geradeaus gegangen! Ich drehte mich um und um. Aber ich war so vorsichtig in das Feld eingedrungen, hatte kaum eine Pflanze geknickt, dass ich jetzt nicht mehr wusste, woher ich gekommen war. Leichte Panik stieg in mir auf. Ich musste wieder auf die Straße, weg von dem Feld.

Fußspuren! Ich würde auf meinen Fußspuren zurückfinden! Die alte Indianermethode! Ich versuchte mich hinzuhocken, knickte dabei eine Pflanze um, die ihrerseits ihre Nachbarin anknickte. Drumherum raschelte es empört, aber ich verstand nicht, was der Mais sagte. »Geh weg hier, geh raus hier, wir sind der Mais. Wir müssen wachsen, wachsen, wachsen. Du störst uns, geh weg hier, geh raus hier«, raschelte er.

Was ich leider nicht verstand. Keine Kommunikation möglich zwischen Mensch und Mais.

Ich fand auf dem Boden keine Fußspur. Er war knochentrocken und meine Sohlen waren zu weich, um Abdrücke zu hinterlassen. Offenbar wurde nur die gegenüberliegende Straßenseite beregnet. Ich bückte mich tief auf den Boden und versuchte, die Furchen entlangzuspähen, um mich für irgendeine Richtung zu entscheiden, in die ich gehen wollte, aber alle Maisstengel sahen gleich aus. Ihre Wurzeln gruben sich kräftig in die Erde und führten in holzige Stengel.

Dann sah ich das Ohr.

Auf dem lehmigen, gelben Boden lag ein menschliches Ohr. Ein rechtes Ohr. Mittelgroß.

Ich hob es auf und sah, dass am Rand, da wo es offenbar abgeschnitten war, etwas Blut klebte. Ein älteres Ohr. Aber auch nicht steinalt und völlig schrumpelig ... Es war leicht und fühlte sich überhaupt nicht eklig an.

Ich war so verdattert, dass ich fast das Auto überhört hätte, das in etwa zwei Metern Entfernung an mir vorbeidonnerte. Hinter dem grünen Maisvorhang. Damit wusste ich ja jetzt, wo die Straße war, dachte ich hinten im Kopf und staunte mit den restlichen Teilen über das Ohr in meiner Hand. Es war ein weibliches Ohr, denn es hatte ein Loch für einen Ohrring. Obwohl – es gibt auch genug männliche Ohrringträger ...

Der Benzingeruch des Autos, das in der Ferne dröhnte, riss mich aus meinen Gedanken und wies mir den Weg zurück. Ganz selbstverständlich drängte ich mich durch den Mais wieder auf die Straße. Das Ohr hielt ich immer noch in der Hand. Es war noch relativ frisch, aber ich hatte auch keine Ahnung, wie lange sich so ein Ohr hält. Ich staunte noch immer und wegen der mangelnden Kommunikation zwischen Mensch und Mais bekam ich auch diesmal nicht mit, was sich die Pflanzen zuraschelten: »Endlich geht sie weg hier, raus hier. Wir müssen wachsen. Sie hat gestört. Sie hat uns verletzt. Sie hat uns umgeknickt. Sie soll weg hier, sie soll raus hier.«

Wie war das Ohr bloß in den Mais geraten?

Wahrscheinlich ein Unfall auf der Straße ... aber dass ein einzelnes Ohr so weit in den Mais fliegen kann ...? Ringsum hatte ich keine Blutspuren bemerkt, sie hätten mir doch auffallen müssen ... Auch auf der Straße gab es keine Spuren eines kürzlich passierten Unfalls. Keine Glassplitter oder Blechstückchen. Seltsam.

Und was sollte ich jetzt mit dem Ohr machen? Es zur Polizei bringen? Ich stieg wieder in den Pickup und legte es auf die Ablage unter der Windschutzscheibe. Im Auto war es wieder glutofenheiß.

Das Ohr. Wem mochte es bloß gehört haben? An wessen Kopf hat es dreißig? fünfzig? Jahre gelebt? War es von einer Frau oder von einem Mann? Wie war es an diesen Platz mitten im Mais gekommen? Und was war mit der Frau/dem Mann geschehen, der/dem es jetzt fehlte?

Ich betrachtete das Ohr noch einmal genau. Nein, es war weder ein Kinderohr, noch das einer sehr alten Person. Zwischen dreißig und fünfzig Jahre. Und noch relativ frisch, aber für eine Transplantation (Replantation?) ungeeignet.

Ich musste es zur nächsten Gendarmerie bringen.

Haha, das war der letzte Ort, an den ich wollte.

Ich sollte es besser aus dem Fenster werfen, zurück in den Mais, aus dem ich es geholt hatte. (Übrigens, ich habe dieses Ohr noch heute. Es liegt in einem kleinen Pappschächtelchen im Regal in meinem Arbeitszimmer.) Ich zögerte. Dann warf ich es aus dem offenen Fenster. In diesem Moment kam es mir vor, als ob der Mais lauter rauschen würde, und eine kalte Bö fegte ins Auto.

»Verdammt!«, hatte der Mais kollektiv gesagt, aber ich verstand es wieder nicht.

Ich fuhr los. Mir war unbehaglich und ich sehnte mich nach einem Kaffee. Irgendwann wichen die Maisfelder einem schütteren Wäldchen. Danach kam ich durch kleinere Äcker und Gärten und dann erschien ein Dorfschild am Straßenrand. Singleyrac hieß das Dorf.

Häuser, Menschen, gerettet! Dachte ich, aber das Dorf war leer und totenstill. Fünfzehn Uhr, sagte die Uhr des Pickup. Mittagspause im Süden Frankreichs. Da bewegt sich niemand außerhalb seines Hauses. (Nur der Mais!)

Es gab eine Handvoll Gebäude an der Straße und etwas abseits eine Kneipe mit einer Mauer drumherum und einem schattigen Garten. Ein Café oder eine Kneipe, es war mir eigentlich egal, hoffentlich geöffnet!

Gut, dass ich das Ohr aus dem Fenster geworfen hatte, sonst müsste ich mir überlegen, was ich damit anfangen sollte. So konnte ich nun endlich eine Pause machen ... dachte ich noch, hielt den Wagen an und stieg aus. Mein Blick fiel auf die Ladefläche.

Da lag das Ohr wieder! Ich musste es nicht weit genug aus dem Fenster geworfen haben, der Fahrtwind hatte es wieder zurückgeweht.

So ein Mist. Ich nahm es auf und steckte es in die Tasche meines Kleides.

Ich ging zu der Kneipe hinüber und sah, dass ein paar Leute darin waren, fast nur Männer. Ich öffnete die Tür – alle erstarrten in ihren Bewegungen und sahen mich an. Dann wendeten sie sich wieder ihren jeweiligen Beschäftigungen zu und sperrten die Ohren auf. Ein paar alte Männer spielten Karten, neben ihnen standen Weingläser. An einem anderen Tisch saß ein junges Pärchen, das sich leise unterhielt und eindeutig Minzlimonade trank. Kein Getränk der Welt ist so grün wie Minzlimonade. Hinter dem Tresen stand der Wirt. Auf dem Boden davor lagen einzelne Maiskörner ...

Wie sollte ich nur etwas über das Ohr herausbekommen? Ich bestellte einen Kaffee, nahm das Ohr aus der Tasche und legte es auf die Theke.

Der Wirt werkelte mit seiner Kaffeemaschine, Tasse und Zuckerstückchen herum und ich dachte noch, dass er niemals damit fertig würde. Endlich drehte er sich um. Er verschüttete alles.

»Was ist das?«, rief er entsetzt (vermutlich, denn ich verstand den Dialekt dieser Region nur schlecht). »Wie kommt dieses eklige Ohr auf meinen Tresen?« Er klapperte und klirrte mit dem Geschirr: »Schaut nur her, was die da mitgebracht hat! Hört das denn niemals auf?« Ich verstand es nicht genau, aber so etwas Ähnliches musste er gesagt haben, denn die Gäste wurden aufmerksam.

Ein alter Mann mit lehmigen Stiefeln und Arbeitskleidung kam als Erster und rief die anderen dazu. Auch das junge Pärchen sprang auf und kam neugierig an. Sie beschauten das Ohr, sprachen und riefen sich etwas zu. Dann schauten alle wieder mich an.

Ich sagte, dass ich Allemande – Deutsche – sei und dass ich das Ohr da hinten – ich zeigte die Straße hinunter Richtung Maisfelder – gefunden hätte. Das verstanden sie wiederum nicht richtig.

»Im Mais, im Mais!«, raunten sie sich zu, das zumindest hatten sie mitbekommen. Und »eine Deutsche« – das hatten sie auch verstanden. Sie sahen sich bestürzt an. Und dann mich. Das Mädchen hatte den Arm um ihren Freund geschlungen, die alten Männer wiegten die Köpfe. Keiner wagte, das Ohr zu berühren.

Ich konnte überhaupt nicht verstehen, was diese betretenen Mienen bedeuteten. Ich hätte sagen können: »Hey, Leute, das ist nicht mein Ohr, bei mir sind beide noch dran!«, aber mir fehlten die Vokabeln und der nötige Frohsinn.

Endlich kam einem von ihnen eine Idee. Er teilte sie den anderen mit, aber Einige fanden sie nicht so gut. Sie diskutierten hin und her, dann hatte sich der mit der Idee durchgesetzt. Er winkte mir, mich hinzusetzen, und verließ das Lokal mit entschlossenen Schritten.

Wenn er jetzt die Polizei holte? Was würde dann passieren? Ich hatte das Ohr doch niemandem abgeschnitten ...

Der Wirt sagte, er würde mir einen neuen Kaffee machen. Ich setzte mich auf einen Barhocker an die Theke. Alle anderen setzten sich auch wieder, aber die Stimmung war gespannter. Die Kartenspieler spielten nicht mehr. Die Leute redeten leise miteinander quer über die Tische weg und schließlich setzte sich das Pärchen zu den anderen an den Tisch. Sie steckten die Köpfe zusammen und tuschelten.

Der Wirt machte mir einen neuen Kaffee. Ich steckte mir eine Zigarette an und schnippte die Asche auf den Boden. In französischen Kneipen an der Bar niemals nach Aschenbechern fragen, hatte Amandine mir erklärt. Aschenbecher gibt es nur in Bars an der Bar. Dafür muss dann eine andere Steuer bezahlt werden. In der Kneipe gibt es Aschenbecher nur an den Tischen.

Der Kaffee war heiß, bittersüß, köstlich. Als drei Zigarettenkippen auf dem Boden lagen, ging die Tür auf.

Der Mann, der weggegangen war, kam zusammen mit einer alten Frau wieder. Sie war mindestens siebzig und stämmig.

»Sie sind die junge Frau mit dem Ohr?«, fragte sie mich, noch ehe sie ganz eingetreten war. Sie sprach Deutsch, hurra!

Ja, das war ich wohl, sogar mit einem Ohr zuviel.

Während der Mann, der sie geholt hatte, umständlich die Tür schloss und die Franzosen am Tisch die Köpfe reckten, durchquerte sie leicht humpelnd den Raum.

»Ich bin Edda Dudenne aus Freiburg. Ich lebe seit dreißig Jahren in diesem Ort, und weil ich eben Deutsche bin, hat François drüben«, sie zeigte auf den Ex-Kartenspieler, »mich geholt.«

»Was für ein Segen, dass Sie auch Deutsch sprechen! Vielleicht können Sie mir mit diesem Ohr weiterhelfen!«, sprudelte es aus mir heraus. Ich zeigte darauf. Es lag immer noch in der Nähe des Spülbereichs auf der Theke.

Frau Dudenne beugte sich über das Ohr, das in diesem Augenblick doch ein bisschen eklig aussah, irgendwie fiel ein Lichtstrahl genau auf das angetrocknete Blut ...

»Hu«, sagte sie und mit einem leicht süddeutschen Akzent: »Das ist aber eine üble Geschichte. Eine ganz üble Geschichte. Wer sind Sie eigentlich? Und wie kommen Sie an dieses Ding da?«

Ich nannte einen erfundenen Namen, erklärte, dass ich auf der Durchreise war und wie ich das Ohr gefunden hatte.

Sie knurrte vor sich hin und stand mit verschränkten Armen an die Theke gelehnt. Sie wirkte sehr groß und hatte weißes Haar, das sie zu einem festen Knoten auf dem Hinterkopf zusammengezurrt hatte. Sie trug einen schwarzen Joggingpullover von BOSS und Reithosen und schwere Diamantohrringe. Die müssen echt gewesen sein.

»Na, kommen Sie mal mit, ich werde Ihnen etwas zeigen!«, versprach sie und wandte sich an François und die anderen Gäste. Während sie mit ihnen sprach, wollte ich bezahlen, aber der Wirt nahm kein Geld von mir an.

Er zeigte auf das Ohr und meinte, ich solle das verflixte Teil bitteschön wieder mitnehmen, er wolle in seinem Haus keine Schweinereien und das nächste Mal sollte ich um seine Gaststätte möglichst einen Bogen machen. So interpretierte ich zumindest seine Blicke und seinen Redeschwall.

»Hoho«, rief einer der Kartenspieler über die Schulter zum Wirt hin.

Ich steckte das Ohr also wieder in die Tasche.

»François, Ben und Monsieur Dupin wollen mitkommen, es sind auch alles Nachbarn«, sagte Edda und drei der Männer standen auf. Wir gingen hinaus in die grelle Hitze.

»Wohin gehen wir? Soll ich mein Auto hier stehen lassen?«

»Wir gehen nur ein paar Schritte bis zu unserem Hof«, sagte Edda Dudenne, »zu Ihrem Auto bringe ich Sie zurück!«

Zwischen den Häusern auf der Dorfstraße war es noch heißer als auf der Landstraße, denn die Hauswände strahlten geradezu eine Backofenhitze ab.

Edda Dudenne ging langsam, die drei alten Männer folgten uns und sprachen leise miteinander.

»Vor dreißig Jahren habe ich Jean-Marie in meinem Frankreich-Urlaub kennen gelernt. Der war Bauer hier und damals auch nicht mehr der Jüngste. Wir haben geheiratet und jetzt ist Jean-Marie neunzig. Und ich bin zweiundachtzig.«

Ehrfürchtig schaute ich sie an. »Dafür sind Sie aber topfit«, sagte ich.

»Danke«, meinte sie, »das machen die gute Landluft und meine Pferde.«

»Betreiben Sie noch selbst den Hof? Und pflanzen Sie auch Mais?«

»Tja, die Ländereien haben wir an die Nachbarn verpachtet. Wir selbst machen gar nichts mehr, in unserem Alter! Und die Kinder meines Mannes aus seiner ersten Ehe kümmern sich um den Rest. Aber wir wohnen noch auf dem Hof, in dem großen Bauernhaus. Das war den Jungen zu unkomfortabel. Sie müssten da zuviel umbauen, meinten sie, als wir sie fragten ...« Sie schüttelte den Kopf bei diesem Gedanken. »Also, ich werde Ihnen etwas zeigen – da in der Remise.«

Wir waren in einen Seitenweg eingebogen und standen vor dem staubbedeckten Vordach eines Schuppens.

»Hier ist vor etwa einer Woche ein Unfall geschehen«, sagte sie, »eine deutsche Frau ist von einem Maisdrescher erfasst worden ... das hier ist ihr Auto.«

Zwei der Männer zogen die Plane herunter und enthüllten ein rotes Sportcabrio, einen Mazda MX 5 mit einem Kölner Kennzeichen. Das Verdeck war geschlossen, aber ich sah auf dem Armaturenbrett auf der Beifahrerseite ein kleines Plüschkamel.

Dieses Auto hatte ich noch nie gesehen.

»Was ist denn mit dem Wagen, der ist doch gar nicht verbeult?«, fragte ich Edda Dudenne.

»Sie hatte den Unfall ja auch nicht mit dem Auto. Es ist auf dem Feld dort hinten passiert. Der Wagen steht hier nur vorübergehend, bis die Präfektur ihn abholen lässt. Kommen Sie, wir gehen weiter.« Sie sprach mit den drei Franzosen und die zogen die blaue Plastikplane wieder über den Wagen.

Bald hatten wir einen weitläufigen alten Bauernhof erreicht.

»So, hier wohnen wir«, teilte sie mit und winkte den drei Männern zu, die uns gefolgt waren, »kommen Sie, ich zeige Ihnen zuerst den Mähdrescher, der an der ganzen Sache schuld ist.« An verschiedenen Gebäuden und einem seitlich offenen Pferdestall vorbei hielt sie auf eine große Scheune zu.

»Aber was ist denn eigentlich passiert?«, fragte ich.

»So genau weiß das keiner, auch die Polizei ist völlig ratlos. Vor etwa zehn Tagen gab es hier ein schweres Gewitter. Da ist eine deutsche Frau im Mais von einem Maisdrescher zerstückelt worden. Als ob die Maschine verrückt geworden wäre! Es saß niemand drauf, niemand hatte sie in Gang gesetzt. Niemand hat es direkt mitgekriegt. Und dass da eine Frau hineingeraten ist ... schrecklich! Sie muss aus irgendeinem Grund während des Gewitters in das Feld gelaufen sein. Tragisch!«

»Dann gehörte ihr das Ohr?«

»Das nehme ich an. Wie schrecklich! Die Polizei war natürlich auch hier, die Spuren sind gesichert worden, das Feld war tagelang abgesperrt. Die Präfektur hatte einen ganzen Haufen Spezialisten geschickt, aber das Auto haben sie dann doch in Monsieur Dupins Remise stehen lassen, um es später abzuholen ...«

»Aber wie kann denn so was überhaupt passieren?«

»Die Erklärung der Polizei ist, dass es ein tragischer Unfall war. Durch den starken Regen beim Gewitter ist der Maisdrescher ins Rutschen gekommen und losgerollt.«

»Und wieso konnte er laufen? Wer hat ihn angestellt?«

»Tja«, meinte Edda Dudenne wieder, »die Polizei sagt, wegen der Elektro-Aufladung der Luft während des Gewitters hätte es eine Fehlzündung gegeben ... aber das kommt mir sehr komisch vor.«

Wir waren inzwischen vor einer hohen Geräteschеune angekommen. Im Halbdunkel erkannte ich darin die Reste einer riesigen gelben Maschine. Fast alle Teile waren abgebaut worden und lagen kreuz und quer in der Scheune. Man konnte kaum erkennen, was da überhaupt alles lag. Das Chassis reichte immer noch fast bis zum Dach der Scheune, die ihrerseits bestimmt fünf bis sieben Meter hoch war. Durch einige Löcher im Dach fiel Sonnenlicht ins Innere. Edda Dudenne packte mich am Arm. Sie führte mich herum. Wir stiegen über die Maschinenteile.

»Das war er mal, unser guter Massey-Ferguson-Maisdrescher«, sagte meine Begleiterin. »Die Söhne meines Mannes haben ihn angeschafft, es war eine nagelneue Maschine!«

»Aber jetzt erkennt man ja gar nichts mehr!«

»Nach dem Unfall hat ihn die Polizei völlig auseinandergenommen, benutzen kann ihn niemand mehr«, sann Edda Dudenne.

Ich konnte mir das alles überhaupt nicht vorstellen.

»Der Drescher war neu. Er war noch nie benutzt worden, sondern nur vorübergehend hier abgestellt. Und von hier aus muss er an jenem Abend losgerollt sein. Direkt auf das Feld. Wir haben nichts gehört, wir wohnen zur anderen Seite raus und das Gewitter war sehr laut ...«

Der Massey-Ferguson stand da und sagte gar nichts. Er wirkte irgendwie zerknirscht.

Inzwischen waren auch die drei Männer einmal um das Gerüst der Maschine herumgelaufen, hatten die Köpfe geschüttelt und standen jetzt um Edda Dudenne herum.

»Ach ja, die Messer aus der Maschine hat die Polizei mitgenommen, hat François gerade gesagt. Naja, das ist auch besser so, wer weiß, was noch alles passiert!«, meinte Edda Dudenne.

Einer zeigte nach draußen und winkte mich heran.

»Er meint, wir sollten Ihnen die Unfallstelle zeigen. Wollen Sie mitkommen?«

»Ja, natürlich, gern!«

Ich hatte mich in einer der etwas dunkleren Ecken niedergebeugt, als ob ich an meinem Schuh herumfingern würde. Dabei hatte ich das Ohr irgendwo zwischen die Maschinenteile gelegt. Es war mir doch etwas unheimlich geworden.

Edda Dudenne, François und die anderen beiden schlugen einen Weg um die Scheune herum ein. Ich folgte ihnen. Durch einen verwilderten Gemüsegarten kamen wir zu einer Mauer. Dahinter lagen Maisfelder. Wir traten durch eine Pforte.

Vor uns lag eine breite Spur, die quer durch das Maisfeld führte. Braune Erde, tote zerfledderte braune Fetzen von grünem Mais stachen aus dem Boden. Die Spur hatte genau die Breite des Massey-Ferguson.

»Ja, hier ist er hergerast, unglaublich, nicht wahr?«

Allerdings, das war es. Links und rechts der Spur stand der Mais grün und stark wie überall, nur entlang einer kurvigen Schneise gab es nichts mehr als gelblich-braune zerhäckselte Strünke. Wir gingen die Fährte entlang, quer über das Feld, Edda Dudenne, die drei Franzosen und ich. Niemand sagte etwas.

Dann kamen wir an eine Stelle, die mit rot-weißem Plastikband abgesteckt war.

»Hier haben sie die Reste der Frau gefunden. Der Massey-Ferguson ist noch ein Stück weitergerast und dann stehen geblieben.«

Innerhalb der Absperrung war gar nichts zu sehen außer aufgewühlter Erde und zertrampelten Maisstrünken.

»Ja, die Leute von der Präfektur waren sehr gründlich, sie haben alles untersucht und mitgenommen. Die Straße ist gar nicht weit von hier. Man kann sie nicht sehen, weil der Mais schon zu hoch ist«, sagte Edda Dudenne, »da stand auch das Auto von dieser deutschen Frau.«

»Wissen Sie mehr über diese Frau? Und warum ist sie bei Gewitter ins Feld gelaufen?«

»Ich komme jetzt nicht mehr auf ihren Namen. Aber ich habe noch ein paar Zeitungsartikel darüber.«

Auch ich musste eben, noch vor einer Stunde ganz hier in der Nähe gewesen sein, als ich das Ohr fand.

»Gibt es hier eigentlich eine Beregnungsanlage?«, fragte ich.

Edda erkundigte sich bei den Franzosen und einer nickte und wies auf die andere Seite des Feldes.

»Auf der anderen Seite ist eine. Da ist auch die Straße. Haben Sie das Ohr da gefunden?«

Offenbar ... Wenn ich nur etwas weiter durch den Mais gelaufen wäre, wäre ich an der Absperrung hier herausgekommen. An der Unfallstelle. Das Ohr musste in einem Riesenbogen ziemlich weit geflogen sein ...

Mir kam ein grausiger Verdacht.

»Wissen Sie wirklich nicht mehr über die Frau, die hier verunglückt ist?«, fragte ich Edda Dudenne.

»Kommen Sie mit ins Haus, da zeige ich Ihnen die Zeitungsartikel, die ich ausgeschnitten habe.«

Wir gingen langsam zurück und auf dem Hof des Hauses verabschiedeten sich die drei Franzosen.

Im Haus lernte ich Edda Dudennes Mann kennen, der alt und völlig verknittert in einem Rollstuhl an einem Fenster saß.

»Er versteht ganz gut Deutsch, aber sprechen kann er es nicht«, erklärte Edda.

Monsieur Dudenne konnte von seinem Platz aus auf den Innenhof und den Pferdestall sehen. Die Scheune mit dem Maisdrescher war genau auf der anderen Seite des Hauses. Wenn die beiden während des Gewitters hier in diesem Raum gewesen waren, konnten sie tatsächlich nichts mitbekommen haben.

Sie sprachen miteinander und dann sagte sie: »Ja, das war ein wirklich schweres Gewitter, neulich. Es war genau über uns und hat fürchterlich gekracht. Mein Mann meint heute, wir hätten auch noch etwas anderes gehört, aber ich habe wirklich nichts wahrgenommen. Erst nach dem Regen bin ich rausgegangen, aber da kamen auch schon die Nachbarn angelaufen und haben uns gesagt, was da passiert sein muss ...«

Der alte Mann hob die Hand und sprach wieder und dann sagte sie: »Ja, wir sind natürlich auch raus aufs Feld, meinen Mann haben die Nachbarn getragen, weil er nicht mit dem Rollstuhl bis dahin kam. Es war grässlich, alles war voller Blut. Der Boden, die Pflanzen, alles zermatscht und zerhackt. Und der Massey-Ferguson selbst war auch völlig verschmiert. Blut und Stofffetzen klebten daran.«

Sie legte Zeitungsausschnitte auf den Tisch.

»Schauen Sie hier ... Bekirch, Renate Bekirch hieß die Frau. Sie kam aus Köln. Hier steht, dass sie Zahnärztin gewesen ist. Aber was ist denn mit Ihnen los, Sie werden ja ganz blass ...«

Renate, Renate war die Frau, deren Ohr ... Mir wurde heiß und kalt zugleich ...

Frau Dudenne reichte mir ein Glas Wasser.

»Geht's Ihnen besser? Kannten Sie die Frau?«

Ich konnte nur nicken.

Renate, die Maria in Bordeaux für mich verwünscht hatte! Aber was hatte sie denn hier, weitab vom Campingplatz, gewollt? Und warum war sie in dieses Feld gelaufen? Und was war da eigentlich passiert?

»War es eine Freundin von Ihnen?«

Na, das war sie ja nun nicht gerade gewesen ...

»Eine Bekannte«, sagte ich, »ich kannte sie allerdings nur flüchtig.«

»Ach ja«, meinte sie, »das muss schlimm sein, im Urlaub auf so etwas zu stoßen. Sie waren wahrscheinlich schon unterwegs, als es passierte. In Deutschland stand das bestimmt auch in der Zeitung!«

Ich schaute mir die Berichte an, ein Foto von dem Maisdrescher auf dem Feld war dabei, ein Bild von Renate, wahrscheinlich aus ihrem Pass, auf dem sie noch fröhlich lächelte. Dann gab es ein Bild von der Unfallstelle auf dem Feld, auf dem ein Krankenwagen und verschiedene Polizeifahrzeuge und ein Feuerwehrwagen mit einem Kran zu sehen waren.

Meine Güte, was war das für ein wahnsinniger und perverser Unfall, der sie da ereilt hatte! Hatte Maria da ihre Hand im Spiel gehabt? War vielleicht ich daran schuld? Aber so etwas war doch gar nicht möglich!

Frau Dudenne übersetzte mir nach und nach die Artikel.

Renate war darin eine Touristin, die auf der Durchreise in dieses Gewitter geraten war, aus unbekannten Gründen ihr Auto auf der Straße geparkt hatte und ausgestiegen war. Und dann war sie aus ebenso unbekannten Gründen in das Maisfeld gelaufen und in den Massey-Ferguson geraten. Aus Deutschland hatte man erfahren, dass Renate schon seit längerem ein schweres Ohrenleiden hatte, einen Tinitus.

Ein »Otorhinolaryngologe« war als Fachmann hinzugezogen worden und vertrat die These, dass dieses Ohrenleiden Renate dazu bewegt haben könnte, in das Feld zu laufen, als sie den Maisdrescher hörte. Die Frequenz, die Wellen, die sein Lärm aussandte, könnten bei diesem Ohrenleiden als sehr angenehm empfunden werden, weil sie die Geräusche im eigenen Ohr überlagern würden. Die Person hätte dann das Bedürfnis, näher an die Quelle des Lärms zu gelangen. Und deswegen sei seiner Meinung nach dieses unglückliche Zusammentreffen zustande gekommen.

Meine Güte, das war ja unglaublich. Ich starrte auf die Zeitung, ich starrte auf Frau Dudenne und ihren Mann und dachte, ich träume.

Über den Maisdrescher stand genau das in den Artikeln, was Edda Dudenne mir schon vorher erzählt hatte. Wegen der elektrischen Spannung in der Luft hatte ein Funke in einem Kabel die Maschine in Gang gesetzt. Weil das Lenkrad eingeschlagen und die Maschine so groß war, hatte sie einen entsprechenden Halbkreis über den Hof fahren können und war dann genau auf das Feld gerollt.

»Das stimmt, sie haben hier alles präzise abgemessen«, ergänzte Edda Dudenne , »und die Scheune steht tatsächlich ein wenig erhöht.«

Der Mann sagte wieder etwas, aber Edda winkte ab. Er insistierte und es ging eine Weile hin und her zwischen ihnen, bis Edda dann mit einem Schulterzucken meinte: »Also gut, mein Mann hat seine eigene Theorie. Er sagt, der Mais hat sie sich geholt. Mein Mann hasst den Mais.«

»Wie kann sich der Mais denn einen Menschen holen?«, fragte ich, aber darauf ging sie nicht ein.

»Frankreich ist das Land in Europa, wo am meisten Mais angebaut wird. Hier in der Gegend gab es früher Wein, auch auf unserem Hof wurde Wein geerntet und gekeltert. Dann gab es Ende der sechziger Jahre eine furchtbare Pilzkrankheit und alle Weinstöcke sind eingegangen.«

»Das war für die Bauern sicher eine Katastrophe.«

»Allerdings!«, stimmte Edda Dudenne zu, »was sollten sie machen? Für Viehzucht oder anderes ist es hier zu heiß und zu trocken. Also haben sich alle auf Mais verlegt. Vom Weinbauern zum Maisbauern – das war hart für manch einen!«

»Aber was wird aus dem Mais gemacht?«

»Der größte Teil wird als Futtermittel für Enten, Hühner, Gänse gebraucht. Für Masthähnchen und Mastenten zum Beispiel. Früher brauchte man ihn auch viel für die Schweine, aber dann stellte sich heraus, dass das Fett dadurch zu weich und zu gelb wird. Auch Milchkühe und Mastrinder kriegen Mais-Silage. Aus Maiskeimen kann man Maiskeimöl gewinnen und außerdem kann man aus den Hüllblättern Zigarettenpapier machen ...«

»... für die Mais-Gitanes«, warf ich ein. Gab es die überhaupt noch? In Deutschland wurden die schon seit Jahren nicht mehr verkauft. »Warum hasst Ihr Mann den Mais denn dann?«

»Es ist dieser Mais, der hier neuerdings angebaut wird. Es ist kein gezüchteter Mais mehr, sondern gentechnologisch veränderter. Die Nachbarn sind alle fortschrittsgläubig und denken, dass sie jetzt weniger Arbeit mit dem Unkraut und den Schädlingen haben. Der Mais wächst so kräftig in diesem Jahr! Das ist schon erstaunlich, wie der ins Kraut schießt! Mein Mann jedenfalls glaubt, dass der Mais durch diese gentechnologischen Veränderungen so etwas wie, naja, sagen wir Bewusstsein mitbekommen hat. Und dass er bösartig geworden ist. Sehr bösartig.«

Unglaublich. Und doch ... Ich hatte, als ich in dem Feld gewesen war, auch das Gefühl gehabt, der Mais spreche. Und allzu freundlich war es mir nicht vorgekommen, was er da möglicherweise gesagt hatte. Ich sah den alten Mann staunend an. Er saß da in seinem Rollstuhl und versuchte zu verstehen, was seine Frau in deutscher Sprache ausführte.

»Mein Mann glaubt, dass der Mais Ihre Bekannte hereingelockt und auch bewirkt hat, dass die Maschine auf das Feld fährt ... Aber, Sie müssen entschuldigen, er ist ein sehr alter Mann ...« Er sagte wieder etwas und sie übersetzte: »Er ist zwar alt, aber nicht blöde, sagt er. Mit diesem Mais stimmt etwas nicht, er ist für die Jahreszeit schon viel zu hoch und er zieht überhaupt keine Insekten an.«

»Dann kann er ja auch gar keine Kolben bilden ...«, meinte ich.

»Das stimmt nicht, der Mais ist proterandisch, das heißt, die männlichen Blüten reifen vor den weiblichen und die werden vom Wind bestäubt.« Edda Dudenne musste in der Zeit vor ihrer Ehe mit Monsieur Dudenne Biologie-Lehrerin gewesen sein, so, wie sie das Liebesleben des Mais darstellte. »Nein, ich meine, dass es in diesem Jahr überhaupt wenig Insekten gibt. Sogar die wilden Bienen sind weg. Und im Pferdestall – kaum noch Fliegen!«

»Das muss ja nicht unbedingt unangenehm sein«, sagte ich.

»Nein, schlimm ist das nicht, aber in diesem ganzen Zusammenhang ist es irgendwie unheimlich.«

Es klopfte an der Tür. Ein junges Mädchen in Shorts und T-Shirt kam herein und sah mich scheu an. Sie hatte eine zerknüllte Plastiktüte in der Hand.

»Das ist unsere Enkeltochter Poire. Sie versteht überhaupt kein Deutsch.«

Sie und Poire flüsterten miteinander, dann gab das Mädchen ihr die Tüte und ging schnell wieder raus.

»Sie hat das Ohr gebracht! Es lag in der Scheune.«

Schon wieder dieses Ohr!

Edda Dudenne zeigte es ihrem Mann und fragte mich: »Haben Sie es verloren?«

»Nein«, gab ich zu, »ich wollte es in der Scheune lassen. So eine gute Bekannte von mir war Frau Bekirch wirklich nicht. Ich will es nicht haben! Schicken Sie es am besten der Polizei!«

Monsieur Dudenne hatte das Ohr aus der Tüte genommen und schaute es sich an. Er sagte etwas zu seiner Frau, die ihm zusah. Sie unterhielten sich.

»Die Polizei interessiert das nicht mehr. Für sie ist der Fall gelöst. Es war ein tragischer Unfall, fertig. Affaire classée nennt man das hier.« Sie fügte hinzu: »Nehmen Sie das Ohr mit. Mein Mann meint, es bringt Ihnen Glück!«

Renates Ohr sollte mir Glück bringen? Na, das konnte ich nicht so recht glauben. Der Talisman von Maria, das chinesische Hundegedicht, hatte auch recht seltsame Folgen gehabt – oder sollte mein Kampf mit dem Hund nicht damit in Zusammenhang gestanden haben? Marias Einfluss auf mein Leben begann mich unruhig zu machen.

Andererseits: Ich kannte mal jemanden, der hatte eine echte Hasenpfote an seinem Schlüsselring. Die brachte ihm nur Glück, behauptete er. (Ja, ja, würde Bruno jetzt sagen, und ich kannte mal jemanden, der hat die Tutte in Cosi fan tutte gespielt ...) Im Grunde sind alle Talismane irgendwie merkwürdig. Sonst würden sie auch nicht wirken.

»Ich denke auch, es ist besser, wenn das Ohr hier wegkommt, immerhin ist der Unfall, der dieser armen Frau zugestoßen ist, seltsam.«

Ich nahm das Ohr wieder an mich und schaute es an.

»Es bringt Ihnen bestimmt Glück, nehmen Sie es mit!«, wiederholte Edda Dudenne.

Naja, unheimlich, so wie kurz vorher in der Scheune, als ich es weggelegt hatte, fand ich es überhaupt nicht mehr. Es war mir ja auch vorher nicht gruselig vorgekommen. Und ob ein Amulett wirklich wirkt, kann man auch erst dann sagen, wenn man es eine Weile hat.

Ich steckte es ein. Und wie gesagt, ich habe es noch heute.

Edda Dudenne begleitete mich, wie versprochen, zum Pickup zurück. Unterwegs sagte sie: »Wissen Sie, ich verstehe schon, dass Sie meinen Mann für völlig gaga halten ...«

»Ich hab doch gar nichts gesagt ...«, stotterte ich.

»Was nicht in der Zeitung steht – weil es die Herstellerfirma unseres Massey-Ferguson verhindert hat –, ist, dass unser Mähdrescher ein hochtechnisierter Prototyp war. Es war eine computergestützte Maisverabeitungsmaschine – ein Testgerät. Und was Feuchtigkeit wie bei diesem Gewitter bei Computern verursachen kann, weiß man nicht so genau ...«

»Aber Ihr Mann sagte doch auch, er hielte den Mais für bösartig. Was meinte er damit?«

»Er meint, dass der Gen-Mais und unser Mähdrescher eine Allianz gegen die Menschen gebildet haben, sie haben sich zusammengetan, um einen Menschen zu fressen ...«

Holla!!!, dachte ich.

»Ja, zu einem günstigen Zeitpunkt, nämlich bei einem Gewitter, als die Luftfeuchtigkeit hoch war, haben sie es mal ausprobiert. Mähdrescher und Gen-Mais haben die arme Frau aus Köln ins Feld gelockt ... sagt mein Mann.«

»Entschuldigen Sie, Frau Dudenne, liest Ihr Mann vielleicht häufig Bücher von Stephen King?«

»Ja, die lese ich ihm immer vor. Wir haben eine ganze Sammlung. In Französisch und in Deutsch. Aber das hat gar nichts mit der Sache zu tun. Denn, was außerdem nicht in der Zeitung stand, ist, dass der Mähdrescher nicht richtig verkeilt war. Der hätte jederzeit losrollen können. Der Mechaniker, der ihn hier abgeliefert hat, wollte ein paar Tage später nochmal kommen und ihn richtig feststellen. Aber da war das Unglück schon passiert ...«

»Na, dass das der Firma peinlich war, kann ich mir gut vorstellen«, sagte ich, »die hatten Grund dazu, es nicht in die Zeitung geraten zu lassen.«

»Genau«, ergänzte Edda Dudenne, »wer kauft denn schon so eine Mördermaschine?«

Sie beschrieb mir genau, wie ich nach Brocas zu unserem Schweinefreund finden würde. Es war überhaupt nicht mehr weit dorthin. Ich verfuhr mich kein einziges Mal bis nach Brocas.

Wegen der weiten Fahrt nach Brocas hatte ich mir ein paar Ruhetage verdient.

Zum ersten Mal, seit ich angekommen war, machte ich Spaziergänge durch die an die Häusergruppe – unser Dorf – angrenzenden Felder.

Ich nahm nun Dinge wahr, die ich vorher noch gar nicht gesehen hatte: Baumgruppen, Wiesen, Felder. Diesen Weg war ich entlanggestapft zu »meinem« Maisfeld, mit einer Wasserflasche und Strohhut ... Ich hatte weder nach rechts, noch nach links geschaut und französische Vokabeln im Kopf gewälzt. Jetzt öffnete sich mir ein anderer Blick und ich sah die blühenden Maronenbäume, die kleinen steinigen Pfade, die die Ziegenherde entlangzutrappeln pflegte, die Eichen mit ihren mattgrünen gezackten Blättern und die Terrassenfelder, die Generationen von fleißigen Cevenolen angelegt und unterhalten hatten.

Die Cevennen sind ein dicht gedrängtes Mittelgebirge. Von dem Hügel aus, an dem Le Mas de Cazal klebte, konnte ich ein, zwei andere Berge sehen, die übrigen nur erahnen. Hoch in der Luft schwebte ein Raubvogel und mir fiel ein, wie Jeanne mir gesagt hatte, dass etwas weiter entfernt, in der Jonteschlucht, vor einigen Jahren Geier angesiedelt worden waren. Neue Geier, deren Ahnen auf Cevenolisch Bouldras genannt wurden und seit Mitte des zwanzigsten Jahrhunderts von den Jägern der Region völlig ausgerottet worden waren.

Ich ging etwa zwei Stunden spazieren, nahm die Natur auf und rauchte keine einzige Zigarette.

Als ich wieder auf den Hof kam, saß Winfried vor Bobos Haustür am Tisch. Auf dem gleichen Platz, auf dem noch vor einigen Tagen Amandine und Bobos Bruder gesessen hatten.

Winfried! In Le Mas de Cazal! Wo kam er her und was wollte er?

Weil ich über die Felder gekommen war, hatte ich seinen Wagen nicht gesehen: Winfried! Er saß da, lässig in einen Gartenstuhl gelümmelt, und fächelte sich mit einem Panamahut. So heiß war es heute überhaupt nicht!

Und wer saß mit ihm am Tisch? Um halb vier, wenn eigentlich noch »Arbeitszeit« angesagt war?

Natürlich Jeje! Mit seinem schmuddelig-weißen Turban und seinem Zopf, der eines Chinesen vor der Großen Kulturrevolution würdig gewesen wäre. Sie saßen da und schienen miteinander zu sprechen. Winfried konnte doch überhaupt kein Französisch ... Und Bobo, der hier als Gastgeber hätte sitzen müssen, arbeitete noch in der Schreinerei!

»Ah, So-So, un copain à toi vient d'arriver!«, rief Jeje, als er mich sah. Er meinte, ein Freund von mir sei angekommen.

»C'est pas vraiment un copain ...«, antwortete ich mürrisch. Ein Freund war Winfried wirklich nicht mehr.

Er war zwar gut gekleidet, aber es ging ihm gar nicht gut. Winfried litt. Er sah grau-gelb aus. Alt. Fertig. Wie ein räudiger Hofhund, der bald den Gnadenschuss kriegen soll. Seine Aura flackerte kümmerlich zwischen Grau und Lavendel.

»Renate ist tot«, sagte er als Erstes.

»Ich weiß«, sagte ich.

Jeje und er tranken Rotwein. Jeanne hatte ihnen auch Wasser, eins von unseren guten Biobroten und Salz dazugestellt.

Winfried trug einen hellgrauen, zerknitterten Leinenanzug und ein knüddeliges weißes Hemd. Jeder andere hätte damit ausgesehen, als ob er in der Gosse geschlafen hätte.

Bei Winfried hatte dieser Aufzug einen gewissen Stil. Das ärgerte mich.

»Woher weißt du, dass ich hier bin?«

»Ich habe dein Bild in der Zeitung gesehen. Nach der Sache mit Renate bin ich in Frankreich herumgefahren. Ich wusste überhaupt nicht, was ich machen sollte ... Ich bin nach Bordeaux gefahren, nach Toulouse, nach Montpellier. In Montpellier in einem Bistro habe ich eine Zeitung durchgeblättert. Darin war ein Foto – da warst du drauf.«

»Und dann hast du dein Polizistengehirn angestrengt und mich aufgespürt?«

Er sagte gekränkt: »Bitte, lass das doch, diese Schläge unterhalb der Gürtellinie!«

Jeje wurde es ungemütlich, er erhob sich vom Tisch, ruckelte an seiner Kopfbedeckung und sagte: »Je vous laisse, j' ai à faire ...«

Damit wollte er andeuten, dass er sich jetzt wieder an die Arbeit machen würde. (Was ich eigentlich nicht glaubte. Aber das ist eine andere Geschichte.)

»Il peut rester, s'il veut!«, fügte er hinzu und deutete auf Winfried.

»Was hast du mit unserem Stammesfürsten angestellt, dass er dich einlädt hierzubleiben?«, fragte ich Winfried.

»Nüchts«, sagte er unschuldig.

»Wie habt ihr euch überhaupt unterhalten?«

»Na, in Englisch natürlich, das kann ja wohl jeder. Sogar so 'n Hippie«, sagte Winfried abfällig, »wobei ich zugeben muss, dass ich beeindruckt bin, wie du Französisch gelernt hast – oder konntest du das schon immer?«

»Du brauchst mir keine Komplimente zu machen – sag mir lieber, was du hier willst.«

»Weißt du noch, du hast mir mal gesagt, dass du es romantisch findest, wenn Männer Fremdsprachen sprechen? Das fand ich damals ganz süß. Und jetzt kannst du besser Französisch, als ich es je lernen werde.«

»Hör auf, mir Honig um den Mund zu schmieren, was willst du?«

In schwermütigem Tonfall sagte er: »Renate ist tot. Du kannst überhaupt nicht vorstellen, wie sie umgekommen ist. Das war schrecklich.«

»Doch, ich habe es in der Zeitung gelesen. Das war wirklich ein furchtbarer Unfall.« Obwohl ich es eigentlich nicht vorgehabt hatte, setzte ich mich an den Tisch und goss mir etwas Wein in Jejes Glas ein.

»Renate und ich haben uns gestritten. Nachdem du bei uns auf dem Campingplatz gewesen bist, war die Stimmung irgendwie versaut. Renate hat viel geweint, weil sie dachte, ich liebe nicht sie, sondern dich. Sie hat mir eine Riesenszene gemacht. Dann ist sie weggelaufen, in ihren Mazda MX 5 gesprungen und weggefahren. Diesen Sportwagen hatte sie sich genau vor unserem Urlaub gekauft. Auf der Rückfahrt wollten wir über Paris fahren. Weil sie auch einmal in einem offenen Sportwagen durch Paris fahren wollte, mit dem warmen Wind im Haar ... weißt du, so wie in dem Lied ... Da habe ich sie zum letzten Mal gesehen. Das Nächste, was ich hörte, war, als die Polizei kam und auf dem Campingplatz nachfragte. Wir hatten das Häuschen ja unter Renates Namen gemietet, das war leicht zu finden.«

Er seufzte tief auf.

»So erfuhr ich von dem Unfall. Später kam Renates Vater aus Deutschland angereist. Ihre Eltern wohnen irgendwo in Norddeutschland, die Polizei hat sie informiert. Der war auch völlig fertig, der Mann. Aber er hat alles organisiert, mit Totenschein und Überführung der ... Reste ...«

Wir schwiegen eine Weile. Dann verkündete er: »Ich habe sie geliebt. Ich hatte Pläne mit ihr. Wir wollten die Sprechzimmer zusammenlegen, als Gemeinschaftspraxis ... und sie wollte mit mir zusammenziehen.« Er sank wieder in sich zusammen.

Ich überlegte, ob ich etwas von dem Ohr verlauten lassen sollte, das in meiner Reisetasche lag. Ob ich es ihm geben sollte? Ich verwarf die Idee gleich wieder. Er sah nicht so aus, als ob er ein derart makabres Andenken an die Frau seines Lebens schätzen würde.

»Und was willst du jetzt machen?«, wiederholte ich.

»Mich ausruhen. Ich werde ein paar Tage hierbleiben.«

Das hatte ich befürchtet, als ich ihn so vertraut mit Jeje zusammensitzen sah.

»Das kannst du doch überall tun. Warum muss das ausgerechnet hier sein?«

Er ging darauf nicht ein, sondern schloss an: »Jeje hat mich eingeladen, hast du doch gehört ...«

»Das wundert mich die ganze Zeit schon. Wie hast du das hingekriegt?«

»Männersolidarität. Ich habe ihm gesagt, dass ich meine Frau vor kurzem verloren habe. Durch einen Unfall auf einem Bauernhof. Dass ich eine Pause brauche. A break ... Das hat er gut verstanden ...«

Diese Seite an Jeje kannte ich nicht. Ich hätte Werte wie »Männersolidarität« auch nicht bei ihm vermutet. Allerdings hätte ich auch nicht gedacht, dass er den Inhalt der Star-Wars-Filme so gut wiedergeben könnte. Aus der Einführung meines Backautomaten R2D2 vor zwei Wochen hatte er eine klasse Show gemacht. Aber ich wollte mir auch nicht den Kopf über diesen Idioten zerbrechen. Dass er mir Winfried auf den Hals lud, war eine Frechheit.

»Ich hab gesagt, ich wär ein Freund von dir ...«

»Du bist lange nicht mehr mein Freund und hier ist kein Erholungsheim. Verpiss dich!«

Unter falscher Flagge, als mein Freund, hatte er sich hier eingeschlichen!

Wütend ging ich zu Jeje und versuchte ihn dazu zu bringen, Winfried wieder rauszuwerfen. Aber er ließ sich nicht darauf ein, sondern schlug vor, ich sollte ihm einfach aus dem Weg gehen, das Gelände sei groß genug.

»Ich lebe seit Jahren mit Leuten zusammen, die ich nicht mehr leiden kann. Ich weiß, dass man sich hier sehr gut aus dem Weg gehen kann«, rieb er mir unter die Nase.

Winfried blieb also. Er wohnte bei Jeje und Anne im Haus. Wir vermieden es, uns zu begegnen. Das ging einige Tage lang gut.

Ich hatte meine Arbeit wieder aufgenommen, fuhr die Kinder in die Schule und machte die üblichen Besorgungen. Einmal brachte ich Fifi und das Baby in ihre Mutter-und Kind-Gruppe. Elodie hatte sich ihr angeschlossen.

Auf der Rückfahrt berichtete Fifi: »Stell dir vor, Silvie aus unserer Stillgruppe hatte ihren Ausweis verloren. Silvie kennst du doch auch! Oder?«

»Hm, ich weiß nicht genau«, schob ich vor, mir wurde ziemlich heiß.

»Doch, du kennst sie. Du hast doch damals mit ihrem Kleinen gespielt, als du mal bei unserer Müttergruppe dabei warst.«

Ich beugte mich tiefer über das Lenkrad des Wagens und spähte angestrengt in den Rückspiegel, obwohl weit und breit kein anderes Auto unterwegs war. »Kann sein, dass ich sie kenne, aber ich erinnere mich nicht.«

»Ist ja auch egal. Sie hatte ihren Ausweis verloren und jemand hat ihn ihr aus Niort zugeschickt. Aus Niort! Dabei war Silvie noch nie in ihrem Leben in Niort! Die war die ganze Zeit hier ... Ist das nicht komisch?«

»Ja, sehr komisch«, pflichtete ich vorsichtig bei.

»Es geschehen schon seltsame Dinge auf der Welt«, fügte Elodie weise hinzu und strich sich über den Bauch: »Wer weiß, was unsere Kinder noch zu sehen bekommen werden ...«

Damit war das Thema glücklicherweise erledigt, dafür kamen sie aber auf Winfried zu sprechen. Fifi fand es unmöglich, dass er nur in seinem Leinenanzug herumlungerte, absolut nichts Sinnvolles tat und durchgefüttert werden musste. Ich stimmte ihr zu und sagte, dass Jeje ihn eingeladen hätte.

»Ach, kein Freund von dir?«

»Nein, kein Freund von mir.«

»Dann schmeiß ihn doch raus«, ermunterte mich Fifi, »Jeje und Anne sind mit den Kindern heute Morgen zu Annes Eltern gefahren. Die bleiben da ein paar Tage.«

»Ach nein«, meinte Elodie, »mir tut er Leid und ich finde ihn irgendwie süß. Lasst ihn doch hier bleiben. Mich jedenfalls stört er gar nicht.«

Oha, dachte ich.

Ich fuhr die enge steile Straße zu unserem Dorf hoch. Sie schien mir kürzer als sonst zu sein. Viel zu schnell wäre ich wieder auf dem Hof und in Winfrieds Nähe. Ich hatte überhaupt keine Lust mehr, nach Hause, in die Landkommune, nach Le Mas de Cazal zu fahren.

Zum ersten Mal seit langer Zeit dachte ich sehnsüchtig an meine Wohnung in Köln. Die Miete, die jeden Monat über den Bankeinzug gezahlt wurde, hatte meinen Kontostand sicherlich längst ins Minus getrieben. Alles wäre staubig und die Pflanzen vertrocknet. Wer hatte wohl die Post aus dem Briefkasten genommen? Puh, in den Kühlschrank würde ich auch nicht gern als Erste hineinsehen. Da wuchsen sicher prächtige Schimmelkulturen ... Aber es war meine Wohnung. Da müsste ich niemanden dulden, den ich nicht mochte. Das Heimweh ließ eine Saite klingen.

Fifi und Elodie waren schon ausgestiegen, ich parkte den Bus und wollte zu meinem Zimmer. Wie ich seit Tagen befürchtet hatte, saß Winfried vor Bobos Haus im Schatten eines Apfelbaums und wartete auf mich.

»Ich muss mit dir reden, Zora.«

Oje.

Ich warf meine Einkaufstasche auf einen Stuhl, trank ein Glas Wasser und nahm mir vor, ruhig zu bleiben.

»Ich finde, wir sollten offen und ehrlich miteinander sein«, schlug er vor.

»Das wäre eine feine Sache«, sagte ich. Er! Offen und ehrlich!! Ha-ha-ha!!! »Also, wer fängt an?«, fragte ich.

»Womit?«, wollte er wissen.

»Na, mit der Offenheit und Ehrlichkeit!«

»Also ich hab doch nie was verheimlicht ...«, meinte er empört.

Jetzt regte ich mich doch auf.

»Winfried, du lügst, sobald du nur den Mund aufmachst! Ich glaube nicht, dass du ein Drogenfahnder bist, du bist nur ein mieser kleiner Dealer.«

»Hm, stimmt, ich arbeite nicht mit der Polizei zusammen. Ich hab das neulich nur so gesagt, weil du so wütend warst. Und irgendetwas musste ich da ja sagen, um dir den Wind aus den Segeln zu nehmen!«

Oh Göttin, das war ja mal wieder klasse! Ich griff mir an den Kopf und stöhnte: »Wenn du kein Bulle bist, was bist du denn dann? Sag mal, bist du eigentlich überhaupt Zahnarzt?«

»Natürlich bin ich das, aber denkst du, das wäre ich gerne? Ich musste die Praxis von meinem Vater übernehmen. Dcr ist auch Zahnarzt gewesen und meine Eltern wollten unbedingt, dass ich das Gleiche studiere. Ich hätte viel lieber ein Wirtschaftsstudium gemacht. Oder Sport ... Aber die haben drauf bestanden. Dann sind beide gestorben und ich habe das Haus und die Behandlungsräume geerbt.« Er fügte hinzu: »Ich arbeite so wenig wie möglich als Zahnarzt, das weißt du doch auch.«

»Von irgendwas muss man auch leben«, ergänzte ich, »daher verkaufst du also Haschisch.«

Er nickte betreten.

»Was ist mit Bertie passiert? Und was ist mit den Ecstasy-Pillen? Und wer ist Harald? Einmal offen und ehrlich!«

»Harald ist mein Bruder. Ich habe zwei Brüder, Harald und Roland. Ist da was dabei?« Winfried sah mich trotzig an.

»Nein, sicher nicht. Bloß zuletzt war ›Harald‹ noch Berties Tarnname ...«

»Tja, da hast du wohl was falsch verstanden. Harald ist mein Bruder, sonst nix.«

»Winfried, du bist ein ganz besonderer Idiot!«, schrie ich zornig. Jetzt hatte ich mich schon so auf Harald als potentiellen Mörder eingeschossen. »Und dein Bruder ...?«

»Wohnt in Berlin, hat mit der ganzen Geschichte nichts zu tun, ist weder Dealer, noch bei der Polizei ... Es war ein Missverständnis, meine Liebe!«, kicherte Winfried.

Ich brauchte eine Weile, um diesen Beitrag zu verdauen.

Plötzlich grinste er und griff in die Tasche seines Jacketts. Er legte das Ohr auf den Tisch.

»Und was ist das?«

Er hatte in meinen Sachen gestöbert!

»Das ist Renates Ohr. Willst du es haben?«

»Pah, Renates Ohr«, stieß er hervor, »das glaubst du doch selber nicht. Das ist wieder einer deiner Scherze! Ziemlich geschmacklos, muss ich sagen.«

»Und ich finde es geschmacklos, dass du meine Tasche durchwühlst!«

Wir starrten uns über den Tisch hinweg finster an.

»Du hast Bertie umgebracht!«

»Und du hast Renate umgebracht!«, konterte er. So kamen wir nicht weiter.

»Ich kann Renate nicht umgebracht haben. Ich war die ganze Zeit hier, Hunderte von Kilometern von der Atlantikküste entfernt«, versuchte ich vernünftig zu erklären. Warum verteidigte ich mich eigentlich? Dieser Typ machte mich völlig kirre.

Von der Séance mit Maria erzählte ich ihm besser nicht, er würde mich für völlig verrückt halten und ich fing ja fast selbst schon an, an mir zu zweifeln.

»Woher hast du dann das Ohr? Und woher wusstest du von dem Unfall?«

Ich erklärte es ihm. Er glaubte mir nicht.

»Das denkst du dir doch nur alles aus. Ein Maisdrescher, der im Gewitter von selbst losfährt! Renates Vater hat mir gesagt, dass die Polizei gegen Unbekannt ermittelt.«

»Die haben vielleicht drei, vier Tage lang ermittelt! In der Zeitung stand, dass der Fall zu den Akten gelegt wurde. Der Maisdrescher war ein hochtechnisierter Prototyp mit Fehlfunktionen, das hat mir Edda Dudenne gesagt. Dazu die unglücklichen Umstände, das Gewitter, Renates Hörschaden ... Es war ein Unfall.«

»Das glaub ich nicht. Das war bestimmt so ein Bauernlümmel, der es auf Touristinnen abgesehen hat!«, wandte er ein.

Ich war es leid, über Renates Unfall zu spekulieren. Wenn er an einen anonymen Mörder glauben wollte, sollte er es tun.

»Jetzt bist du dran, offen und ehrlich«, sagte ich, »wer hat Bertie getötet und was ist mit den Ecstasy-Pillen?«

»Verdammt, wer Bertie getötet hat, weiß ich nicht! Bertie war mein Partner. Vielleicht sind seine Mörder auch hinter mir her!«

»Erzähl mir keinen Unsinn. Dann wärst du wohl kaum mit Renate in Urlaub gefahren!«

»Doch! Als Vorsichtsmaßnahme hatten wir uns ja auf dem Campingplatz auf ihren Namen eingemietet.«

»Sehr geschickt«, spottete ich, »aber was war denn da, ganz am Anfang, auf diesem Parkplatz in Belgien los? Warum war an deinem Geld-Übergabeplatz so viel Polizei?«

»Dass der ganze Parkplatz in Belgien voller Bullen war, wusste ich auch nicht, irgendjemand muss uns verpfiffen haben.«

»Wer könnte das gewesen sein? Wer wusste von eurem Geschäft?«

»Keine Ahnung. Vielleicht wusste Mariet, seine Frau, davon. Die war sowieso unglaublich neugierig, hat allerdings von unseren Geschäften nie etwas gewusst. Jedenfalls hat das Bertie immer behauptet. Aber was mit diesen Pillen sein soll, die du gefunden hast, da muss ich auch passen ...«
Wenn er Pinocchio wäre, würde ihm jetzt eine lange Nase wachsen!, dachte ich wütend.

Wir starrten vor uns hin.

»Hast du vielleicht mal an mich gedacht? Wie soll ich denn aus dieser ganzen Scheiße herauskommen?«

Treuherzig sagte er: »Ach Zora, dir fällt doch immer was ein ...«

Das hätte er nicht sagen sollen. Er machte es sich ja verdammt leicht!

»Hau ab. Hau bloß ab!«, tobte ich, »ich will dich hier nicht mehr sehen. Fahr nach Köln zurück, verkauf Drogen oder bohre Zähne! Ich brauche keinen Klotz am Bein!«

»So-So, du wirst am Telefon verlangt, es ist Thejs!!!«

Jeanne rief mich. Sie schaute aus dem Küchenfenster, sie winkte mich hinein.

Winfried hatte sich gerade beleidigt getrollt. Ich sah, dass Elodie von weitem ganz zufällig auf ihn zukam. Sie sprach ihn an, lächelte (!) und hakte sich bei ihm ein. Winfried ließ es sich gefallen. Die beiden zogen ab. Was hatte der Kerl nur an sich, dass die Frauen so auf ihn flogen? Ich saß vor Bobos Haus am Tisch und schüttelte den Kopf über mich selbst. Winfried – dass ich auch mal so auf ihn geflogen war, wollte ich inzwischen kaum mehr glauben.

»Hey, So-So, Thejs wartet«, rief Jeanne und winkte mit dem Telefonhörer.

Thejs!

Thejs war aufgeregt und schien über sein Handy anzurufen. Im Hintergrund hörte ich den Lärm einer großen Straße. Autos fuhren an, bremsten. Thejs stand wahrscheinlich an einer Kreuzung, an einer Ampel?

»Stell dir vor Zora, deine Pillen sind auf dem Markt aufgetaucht!«, stürzte es aus ihm heraus.

»Meine Pillen?«

»Ja, die Smilies! Am letzten Wochenende stieg hier in einem Industriegebiet am Stadtrand eine Riesenparty, Techno und so. Zehntausende von Jugendlichen waren da. Wir natürlich auch, mit dem Analysebus und unserem Beratungsangebot. Und womit kamen die Jugendlichen massenhaft an? Mit diesen Smiley-Pillen. Dunkelrot auf weiß, kugelig, drageeförmig ... Da muss jemand die Produktion aufgenommen haben!«

»Hast du einen Verdacht, wer das sein könnte? Kannst du das rauskriegen?«, drängelte ich.

»Bin schon dabei!«, gab er zurück. »Aber das war wirklich seltsam am Wochenende. Als der erste Junge mit dem Smiley wegen einer Analyse kam, dachte ich noch, ich träume, ich spinne oder so. Doch dann kamen immer mehr. Da kursierte eine ganze Menge von dem Zeug.«

»Hm«, sagte ich.

Thejs fügte hinzu: »Ich wollte dich nur auf den neusten Stand bringen. Und dich dran erinnern, dass ich in der nächsten Woche komme – dann fängt mein Urlaub an!«

Das hatte ich nicht vergessen.

»Winfried ist seit ein paar Tagen hier«, informierte ich ihn.

»Und, hast du ihm schon den Hals umgedreht?«

Der Hund fiel mir ein, daher sagte ich: »Nein, ihm noch nicht, aber das erzähl ich dir später.«

»Ich freu mich! Bis dann!«, sagte er noch und dann war die Verbindung unterbrochen.

Ich freute mich auch auf meinen rundlichen Sozialarbeiter und auf seine drei Wochen Urlaub. Hoffentlich konnte er bis zu seiner Abreise hierher wirklich mehr über die Pillen erfahren.

Weil ich nun schon einmal gerade am Telefon stand, rief

ich noch Amandine an. Sie musste eigentlich wieder zurück in Paris sein.

Das war sie auch, am Vortag angekommen.

»Ich war mit Rita in Weert«, teilte sie mir mit, »wir haben ein paar ganz interessante Sachen rausgefunden! Du musst unbedingt hier herkommen, damit wir das besprechen können. Rita will auch kommen, sie sagte, sie hätte es dir versprochen ...«

»Naja, versprochen hat sie es wohl«, grollte ich, »aber dann hat sie es wegen Erkan wieder zurückgezogen, meine liebe Freundin Rita!«

»Erkan habe ich auch kennen gelernt«, sagte Amandine, »das ist ein ganz anständiger junger Mann. Musiker ist er ...«

»Ich weiß«, gab ich zurück, »wann kommt Rita denn?«

»Erkan kann leider nicht mitkommen, der hat zur Zeit keinen Pass.«

»Ich weiß, Amandine, und ich habe zur Zeit auch keinen Pass.«

»Ach ja, stimmt ja«, bemerkte sie, »aber bei dir ist das was anderes.«

»Keinen Pass zu haben, heißt keinen Pass zu haben. Das ist immer das Gleiche«, belehrte ich sie, vielleicht eine Spur zu genervt.

»He, was ist los? Stimmt irgendetwas nicht?«

»Winfried ist hier und geht mir auf die Nerven. Er lügt, dass sich die Balken biegen. Er will mit der ganzen Sache gar nichts zu tun gehabt haben und spielt das arme Opfer.«

»Ach, dieser Winfried? Dein Ex-Liebhaber? Wie kommt der denn in die Cevennen? Dann hast du sicher auch Einiges zu erzählen! Setz dich doch in den nächsten Zug und komm her. Rita wollte übermorgen Nachmittag hier sein.

Sie fährt mit dem Thallys von Köln aus und ist um kurz nach sechzehn Uhr hier in Paris.«

Den nächsten Zug konnte ich leider doch nicht nehmen, denn ich musste erst die verschiedenen Verpflichtungen, die ich inzwischen übernommen hatte, weitergeben.

Ich sagte Bobo und Jeanne, dass ich für zwei Wochen wegfahren würde, dann aber wiederkäme. Wo sollte ich auch sonst hin?

Ich hoffte, dass Winfried nicht mehr da wäre, wenn ich wiederkäme. Dass es ihm in der Zwischenzeit auf dem Dorf zu langweilig geworden wäre oder dass die anderen ihn rauswerfen würden. Seinen Vorschuss, den er wegen der traurigen Geschichte vom Unfall seiner Frau bekommen hatte, hatte er längst aufgebraucht. Nur bei Elodie schien er aus irgendwelchen Gründen Pluspunkte zu haben. Aber sie hütete sich, in größerer Runde für ihn zu sprechen. Winfried saß wirklich nur herum, belauerte mein Kommen und Gehen und machte irgendwelche Bemerkungen in Englisch, die allen langsam auf den Geist gingen. Er machte nicht die geringste Anstrengung, beispielsweise »bonjour« zu sagen, statt seines ewigen »hello, how are you«, oder statt »thanks« – »merci«, was ja nun auch nicht schwer zu lernen ist.

Ich giftete ihn zum Abschied noch einmal an, fragte ihn, warum er hier herumsaß und keinen Handschlag tat und ob er nicht eine Praxis in Köln hätte. Aber er grinste nur und rollte als Antwort mit den Augen. Das sollte komisch sein, aber ich hätte ihn am liebsten geschlagen.

Mein gesamtes Gepäck und R2D2, den Backautomaten, ließ ich in meinem Zimmer in dem Anbau. In zwei Wochen wollte ich spätestens zurück sein. Daher nahm ich nur eine kleine braune Reisetasche mit, in der ich meine allerbesten

Kleidungsstücke verstaute. Ich streichelte Samedi und versprach ihr, bald wiederzukommen. Das Ohr nahm ich auch mit. Es war inzwischen ganz leicht und pergamentartig eingetrocknet. Das musste ich Rita unbedingt zeigen. Sie würde mir die Geschichte sonst nicht glauben.

Weil ich, um nach Paris zu kommen, in Montpellier sowieso umsteigen musste, machte ich einen Abstecher in die Stadt.

Ich fand einen Autohändler, bei dem auch der neue Mazda MX5 in den Präsentationsräumen stand, genau das Modell, das Renate auch besessen hatte. Ich ging hinein.

Amandine holte mich vom Gare de Lyon ab. Sie hatte sich in Köln neu eingekleidet und war stolz auf ihr neues smaragdgrünes Wildseiden-Kostüm. Dazu trug sie diesmal eine rotblonde Perücke, die wie feingelockte Putzwolle aussah, seidig und struppig zugleich. Sie war sorgfältig rasiert und geschminkt und sah blendend aus.

»Mit deiner Freundin Rita habe ich mich prächtig verstanden! Sie und Erkan sind wirklich ein feines Paar«, verkündete sie, während sie mich umarmte.

Fragt sich bloß, für wie lange, dachte ich griesgrämig, wollte ihre Begeisterung aber nicht stören.

»Rita kommt in zwei Stunden an, wir fahren zum Gare du Nord und holen sie ab!«, schlug sie vor und ging mit großen Schritten zum Bahnhofsausgang und zum Taxistand. Mit einem von Dedes Kollegen fuhren wir zum Gare du Nord.

»Amandine, willst du mir nicht sagen, was ihr in Holland herausgefunden habt?«, fragte ich sie unterwegs.

Nein, das wollte sie nicht, sie wollte auf Rita warten und schleppte mich in eines dieser »elsässischen« Lokale in Bahnhofsnähe, wo gestresste Kellner Riesenhumpen mit Bier herumschleppen und große Platten mit Sauerkraut oder Meeresfrüchten. Oder mit beidem. Sauerkraut mit Meeresfrüchten und Lachs.

»Lass uns etwas essen«, schlug sie vor, »probier doch mal dieses Sauerkraut.«

Mir fiel meine Erfahrung mit der Touristenfalle am Centre Pompidou wieder ein. Aber dieses Restaurant war zu gut beleuchtet, zu viele Franzosen, nur wenige Touristen saßen an den Tischen. Eine Kakerlake im Wein würde einen Aufstand verursachen. Ich bestellte trotzdem lieber ein Bier und ein Sandwich. Ein Bierglas konnte kaum Überraschungen dieser Art enthalten. Amandine wollte Kaffee und Kuchen.

Sie ließ sich kein weiteres Wort über ihre Fahrt nach Holland entlocken, nur dass sie mit Rita gemeinsam nach Weert gefahren sei. Sie sprach über Köln und dass die Einkaufsmöglichkeiten dort bescheidener wären als in Paris, obwohl sie dieses flotte Kostüm in Köln aufgetrieben habe. Es gebe einige neue Geschäfte, gerade in der Pfeilstraße, da sei sie früher nie gewesen. Sie sprach über dies und das, aß mit zierlichen, damenhaften Bewegungen ihren Kuchen und war ziemlich nervös.

Schließlich lief auch Ritas Zug ein, wir nahmen sie am Bahnsteig in Empfang und gemeinsam fuhren wir in Amandines Wohnung.

Endlich saßen wir in ihrem kleinen Wohnzimmer, dem Salon, Rita, Amandine und ich.

Wir tranken deutschen gefilterten Kaffee, den Amandine aus Köln mitgebracht hatte. Lange hatte ich den nicht mehr getrunken. Er schmeckte mir gut. Meldete sich etwa wieder das Heimweh? Ich schlug es mir aus dem Kopf.

»Wir waren also vorgestern in Weert«, fing Rita an.

»Wir sind mit Ritas Auto dahin gefahren, es ist gar nicht so weit, wenn man über die Autobahn fährt«, fügte Amandine ein.

»Die Straße, in der Mariet wohnt, haben wir auch ziemlich schnell gefunden«, sagte Rita.

»Das ist ja mitten im Zentrum!«, warf Amandine ein, »spießige Reihenhäuser, genau wie in Deutschland.«

Rita warf Amandine einen Blick zu, der sie schweigen lassen sollte. Das klappte aber nicht.

»Wir haben sofort den Leverkusener Audi gesehen, weiß war er. Ein Audi aus Leverkusen!«, rief Amandine.

»Er stand genau vor Mariets Haus auf dem Parkplatz hinter der Kirche«, ergänzte Rita.

»Und da haben wir natürlich sofort zwei und zwei zusammengezählt und uns die Autonummer aufgeschrieben.« Amandine strahlte.

»Weil das natürlich Harald aus Leverkusen sein musste«, schob Rita ein.

»Halt«, sagte ich, »Harald ist eigentlich ...«

Aber die beiden ließen sich nicht unterbrechen.

»Und einen Werksausweis von Bayer hatte er auch am Wagen ...«

»Für seinen Betriebsparkplatz in Leverkusen.«

Die beiden machten eine Kunstpause. Ich wartete ungeduldig. Amandine kratzte sich unter ihrer Perücke. Rita scharrte mit den Füßen und zupfte an ihrer Jeans herum.

»Ich hab die Autonummer dann an David weitergegeben. Mit dem war ich mal kurz zusammen, vielleicht kannst du dich auch noch an den erinnern, Zora ... so ein Dunkler, Hübscher.«

»Was hat der denn damit zu tun? Rita, deine Männergeschichten ...«, nörgelte ich.

»In diesem Fall können wir froh sein, dass Rita so viele Männer kennt«, mischte Amandine sich ein, »denn David arbeitet im Straßenverkehrsamt in Leverkusen!«

»Und hat im Computer nachgesehen, der Autohalter heißt gar nicht Harald. Sondern Gregor Portulak.«

»Gregor Portulak? Den Namen habe ich noch nie gehört. Portulak ist doch ein Küchengewürz, meine Oma hat das immer an den Salat getan«, sagte ich und alberte weiter: »Mit dem Namen arbeitet er bei Bayer? Der sollte doch lieber bei Dr. Oetker in Bielefeld anheuern.«

Die beiden sahen mich entgeistert an.

»Na, als Küchenkraut bei einem Chemiekonzern zu arbeiten, ist bestimmt nicht lustig«, erklärte ich.

»Du spinnst! Wenn du dabei gewesen wärst, hättest du gemerkt, dass das ein ganz ungemütlicher Typ ist. Bei dem fallen einem keine Scherze ein!«, warnte Rita.

»Jedenfalls haben wir Portulak gesehen und sogar mit ihm geredet«, sagte Amandine trotz meiner schwachsinnigen Bemerkung mit ruhiger Stimme, »und das ist wirklich ein ungemütlicher Typ. Er sieht aus wie ein Schläger. Die Sache mit diesem Harald muss also eine falsche Spur sein ...« Sie holte Luft und machte eine Pause.

Endlich konnte ich auch eine Neuigkeit loswerden: »Allerdings! Winfried hatte den Namen ja eingebracht. Und inzwischen hat er mir gesagt, dass Harald sein Bruder ist, das hätte ich wohl falsch verstanden! Überhaupt hat er allerlei Widersprüchliches erzählt! Vorher behauptete er noch, Harald sei Berties Tarnname gewesen, aber davon wollte er neulich nichts mehr wissen«, berichtete ich. »Außerdem ist er auch kein Drogenbulle, hat er gesagt. Und das glaube ich ihm aufs Wort.«

»Dann ist Bertie wohl auch kein Spitzel gewesen«, meinte Rita. Ich nahm einen Schluck Kaffee, der mir sogar lauwarm gut schmeckte

»Was war denn nun mit diesem Portulak?«, drängelte ich. Amandine schenkte Kaffee nach.

Sie hatten bei Mariet geklingelt, und als sie öffnete, hatten die beiden gesagt, sie seien Bekannte von Bertie und hätten von seinem Tod gehört. Und sie wollten fragen, ob sie etwas für sie, Mariet, tun könnten. Mariet hatte sie nicht ins Haus gebeten, sondern kurz an der Tür abgefertigt. Sie brauche keine Hilfe, hatte sie gesagt, und schon gar nicht von Freunden von Bertie.

»Soweit ich das verstanden habe, sie hat nämlich Niederländisch gesprochen«, erklärte Rita.

Dann hätte Mariet ihnen die Tür vor der Nase zugeknallt.

»Die sah gar nicht aus wie eine trauernde Witwe«, sagte Amandine leicht empört. »Sie hatte ein ganz schickes schwarz-rotes Kleid an, mit einem gerafften Rock und Goldknöpfen, so als ob sie gleich ausgehen wollte.«

»Jedenfalls standen wir da noch vor der Haustür und wussten nicht so recht, was wir machen sollten, da ging die Tür wieder auf«, sagte Rita.

Da war Portulak – ein großer blonder Mann mit Pferdeschwanz, lässig gekleidet.

»Ich hörte gerade zufällig, dass Sie Freunde von Mariets verstorbenem Mann sind«, sagte er auf Deutsch, »möchten Sie nicht kurz mal hereinkommen?«

Das wollten Amandine und Rita aber lieber nicht.

»Denk doch nur, wir glaubten ja, das wäre der geheimnisvolle Harald, der Typ, der die Ecstasy-Produktion in Auftrag geben wollte. Da hatten wir ein bisschen Schiss. Am Ende hätte der uns noch was angetan.«

»Wie sah er denn aus?«

»Brutal«, sagte Rita.

»Er war groß, schlank, etwa Mitte dreißig, er hatte lange blonde Haare, zu einem Zopf gebunden«, beschrieb ihn Amandine.

»Ja, er hatte einen dicken blonden Pferdeschwanz und war ganz normal gekleidet, Jeans, ein kariertes Hemd und eine Wildlederweste«, pflichtete Rita bei.

»Das muss der Typ gewesen sein, den der Chemiker gemeint hat. Der Typ, von dem ich erst dachte, es sei Winfried. Und dann, blöderweise, kam auch noch dieser Name Harald ins Spiel. Also Gregor Portulak heißt er.«

»Vorgestellt hat er sich nicht. Aber er ist später mit diesem Leverkusener Audi weggefahren, das muss er also gewesen sein. Jedenfalls hat er versucht, uns auszuhorchen. Er fragte, woher wir Bertie kannten und ob wir davon gehört hätten, dass er ermordet worden wäre.«

»Rita sagte ihm, dass wir Bertie mal in Amsterdam getroffen und auch von dem Mord gehört hätten«, erklärte Amandine.

»Er sagte, dass die Polizei immer noch ermitteln würde, aber nichts herausbekommen hätte und dass es für Mariet eine ganz unangenehme Geschichte sei, weil ihr verstorbener Mann mit Drogen in Verbindung gebracht würde«, führte Rita aus.

»Und dann sagte er noch, er wüsste auch nicht, wie die darauf kämen, denn bei der Leiche seien gar keine Drogen gefunden worden.«

»Eigentlich wollte ich da sagen, dass wir Bertie als Dealer kannten, dass wir bei ihm in Amsterdam mal Haschisch gekauft hätten und dass das die Polizei auch wissen könnte ... habe ich aber lieber nicht gesagt«, meinte Rita, »irgendwie fand ich den Portulak ziemlich unheimlich.«

»Ja, ich auch. Gemein sah der aus, wie ein Schläger eben. Ich war froh, dass wir nicht ins Haus gegangen sind, dass wir da draußen vor der Tür standen, wo noch andere Leute vorbeigingen«, gab Amandine zu.

»Jedenfalls fing er nochmal damit an, dass bei dem Toten keinerlei Drogen gefunden worden wären, also so, als ob er es eigentlich erwartet hätte, dass da was wäre ...«

»Vielleicht hat er die Tüten mit den Ecstasy-Pillen selbst da hingelegt!«, meinte ich.

»Ja, das habe ich mir auch schon gedacht, weil er so darauf herumritt, also gleich zweimal damit kam. Mariet stand die ganze Zeit hinter ihm und sagte kein Wort. Die war mir auch nicht gerade sympathisch. Sie wirkte ziemlich hart auf mich, na, vielleicht eher verbittert, mit so einem verkniffenen Gesichtsausdruck ...« Rita schüttelte sich.

»Wie sah sie denn aus? Ich habe sie als so eine lange, dürre Frau, mit kalten Augen, mittelblond mit vorstehenden Zähnen in Erinnerung.«

»Die Zähne hat sie sich machen lassen, ganz bestimmt«, da war sich Amandine sicher.

»Diese Frau war blond, genau wie du sagst, groß und sehr schlank, hatte aber gute Zähne und sah schick aus, aber irgendwie kalt, das stimmt.«

»Vielleicht war das gar nicht Mariet?«

Rita schüttelte den Kopf: »Doch, sie war es. Wir standen ja vor ihrer Haustür, sie kam aus der Wohnung.«

»Und Portulak hat sich nicht vorgestellt«, fügte Amandine ein, »der hat uns nur ausgefragt. Ich hatte den Eindruck, der wollte wissen, wo die Pillen geblieben sind.«

»Wenn er das wissen wollte, dann wusste er auch, dass sie eigentlich dagewesen sein müssten«, schloss ich, »also hängt er in dieser Mordgeschichte mit drin.«

»Und Mariet weiß auch Bescheid, denn die stand ja direkt hinter ihm und hat jedes Wort mitgekriegt.«

»Wir haben jedenfalls dann gesagt, dass uns das auch furchtbar leid täte, dass er tot ist, und dass wir keine Ahnung hätten, wie der arme Bertie in den Ruf eines Dealers käme. Und dass wir ihn nur so aus einer Kneipe in Amsterdam kennen würden. Daraufhin hat Portulak jedes Interesse an uns verloren, ist mit Mariet in den weißen Audi gestiegen und sie sind abgefahren.«

»Warum der tote Bertie mit den Pillen in dem Wohnmobil lag, wissen wir immer noch nicht. Von wem er erwürgt wurde, auch nicht«, stellte Rita fest, »aber dieser Portulak hängt da mit drin. Denn der wusste eindeutig von den Pillen.«

»Vielleicht war es auch gar kein Mord, sondern ein Unfall ...?«, überlegte Amandine.

»Ein Unfall? Bertie wurde erwürgt, das müsste schon ein sehr seltsamer Unfall gewesen sein!«, giftete ich.

»Selbstmord vielleicht?«, schlug Amandine vor, »aus Verzweiflung, weil Mariet ein Verhältnis mit Portulak hat?«

»Selbstmord! Er erhängt sich, legt sich dann in den Wandschrank und packt sich die Pillen unter die Füße? Amandine, das passt doch vorne und hinten nicht zusammen!«

»Bertie hat mit Winfried zusammengearbeitet. Sie haben Haschisch verschoben. Dann taucht Portulak auf und fängt ein Verhältnis mit Mariet an ... und dann?« Mehr fiel uns dazu nicht ein.

»Viel weiter sind wir nicht gekommen«, stellte ich fest, »vielleicht kann Thejs noch etwas beitragen. Ich habe ihn angerufen, er soll hierherkommen.«

»Aber ich hab noch eine Neuigkeit für dich, Zora«, verriet Rita, »Renate ist tot, sie hat in ihrem Urlaub einen Unfall gehabt.«

»Ich weiß«, sagte ich.

»Es stand im Kölner Stadt-Anzeiger und in der Rundschau. ›Kölner Zahnärztin im Maisfeld grausig verunglückt‹ hieß einer der Artikel.«

Ich holte das Ohr aus meiner Tasche und zeigt es den beiden. Amandine fand es »fies«. Rita nahm es in die Hand und betrachtete es genau. Beide staunten über die Geschichte. In Köln war nichts über die näheren Umstände des Unfalls berichtet worden.

Ich teilte ihnen die Version der französischen Polizei aus der Zeitung mit: Die elektrische Spannung in der Luft vor einem Gewitter lässt einen Maisdrescher anspringen. Er rollt auf ein Feld. Renate Bekirch hat einen Tinitus, das Geräusch der Maschine lindert den Schmerz. Sie läuft auf das Feld und in die Maschine hinein. Ein bedauerlicher Unfall.

»Nie und nimmer!«, rief Amandine, »das ist doch unwahrscheinlich!«

Nun ergänzte ich Edda Dudennes Erläuterungen über den computerisierten Prototyp eines Maisverarbeitungsgeräts, das nicht sachgerecht geparkt war.

»Hm«, meinten meine beiden Partnerinnen, das fänden sie auch nicht unbedingt glaubhaft.

Dann legte ich noch die Stephen-King-Version von Monsieur Dudenne nach: Der Genmais und der Mähdrescher auf Menschenjagd schnappen sich die arme Renate.

Die beiden sagten gar nichts mehr. Rita tippte sich wortlos an die Stirn.

Da erzählte ich den beiden noch von der Australierin Maria und dem Gewitter in Bordeaux und dem Fluch, den Maria ausgestoßen hatte.

»Das Gewitter muss genau dasselbe gewesen sein, in das Renate hineingeraten ist. Der Ort, wo ich das Ohr gefunden habe, ist gar nicht so weit von Bordeaux! Vielleicht bin ich durch Marias Fluch an Renates Tod schuld!«, stöhnte ich.

»Wir sollten nach Australien ziehen«, meinte Amandine, »wenn die da Rechtsanwältinnen haben, die so was können! Die brauchen gar keine Prozesse mehr zu führen! Sie verfluchen ihre Gegner und, bums, fallen die tot um.«

»Ach, Quatsch«, sagte Rita, »so was ist gar nicht möglich! Es gibt keine Hexen und Flüche! Das Landleben scheint Zora wohl nicht zu bekommen. Entwickle bloß keinen Schuldkomplex! Es gibt bestimmt eine andere Unfallursache.«

»Wie kam sie überhaupt da hin und warum ist sie an dieser Stelle aus dem Auto gestiegen?«

»Sie hatte sich mit Winfried gestritten. Anschließend ist sie durch die Gegend gefahren, um sich zu beruhigen«, erklärte ich, »wahrscheinlich hat sie angehalten, um das Verdeck zu schließen, als das Gewitter aufzog. Mit offenem Wagen ist es dann nicht besonders gemütlich ...« Ich berichtete, was ich bei dem Autohändler in Montpellier erfahren hatte: »Bei dem Cabriomodell Mazda MX5 kann man das Verdeck nicht von innen per Knopfdruck schließen, sondern muss dazu aussteigen. Man muss es von außen zuziehen.«

»Donner und Blitz rückten an, sie ist ausgestiegen, um das Auto dicht zu machen ...«, ergänzte Rita, »und dann hat sie das Geräusch des Maisdreschers gehört und ist ihm nachgegangen.«

»Meint ihr, es gibt Geräusche, die Ohrensausen dämpfen können?«

»Oder erträglicher machen?«

»Ich hatte noch nie Ohrensausen«, stellte ich fest.

»Ich auch nicht«, sagte Rita.

»Damit habe ich auch keine Erfahrungen«, ließ uns Amandine wissen und zuckte die Achseln.

Ratlos saßen wir um den Tisch herum und guckten uns an.

Doch dann kam Thejs nach Paris und begründete scinen Ruf als »Lichtgestalt« einmal mehr.

Wir hatten uns in einem Couscous-Restaurant in Belleville mit ihm verabredet. Er hatte dort in der Nähe ein Hotelzimmer gemietet, für zwei Personen. Mit einem großen Bett und einer guten Matratze, »keine Hängematte, ganz bestimmt!«, versicherte er, als er mich bei Amandine anrief und seine Ankunft in Paris meldete.

»Ich habe mich mit meinem Klienten, dem Chemiker, getroffen«, sagte Thejs im Lokal, nachdem wir uns begrüßt hatten und ein alter arabischer Mann die Speisekarten und Minztee gebracht hatte.

»Mein Klient hat mich angerufen, denn er hat wieder eine Krise. Ich musste ihn in eine psychiatrische Abteilung einweisen lassen. Vorher hat er mir noch den Grund für seine Krise gesagt: Mariet, die Frau von Bertie! Er hat Liebeskummer ihretwegen. Sie hat ihn nämlich dazu überredet, die Produktion der Ecstasy-Smilies aufzunehmen. Das hatte er vorher diesem Deutschen aus Leverkusen abgeschlagen. Aber Mariet hat ihn umworben, bearbeitet und umgestimmt. Sie hat ihn regelrecht becirct, sagte er mir. Für Mariet hat er angefangen, diese Droge zusammenzumischen und nach ihren Angaben als Dragees herzustellen. Mit dunkelrotem Smiley, genau die Pillen, die wir kennen. Dann hat er aber festgestellt, dass sie gar kein Verhältnis mit ihm aufnehmen wollte, sondern schon eins hat. Nämlich mit diesem Typen aus Leverkusen, den er nicht leiden kann.«

»Gregor Portulak!«, riefen wir im Chor.

»Heißt er so? Woher wisst ihr denn das? Das wusste mein Klient nämlich nicht, er sprach nur von Greg. Mein Klient hat sich jedenfalls aus Frust in eine seiner Depressionen zurückgezogen und mich angerufen.« Thejs schien ziemlich fertig zu sein.

»Kannst du nicht einfach seinen Namen sagen, statt immer nur – mein Klient?«, fragte Rita, »mein Klient, das klingt so technisch.«

»Das geht nicht, ich muss unbedingt seine Anonymität

bewahren. Wenn herauskommt, dass er mir das alles gebeichtet hat, besteht Lebensgefahr für ihn.«

»Wir erzählen doch nichts weiter!«, empörte sich Amandine.

Der alte Mann kam wieder und sammelte die Speisekarten ein. Wir bestellten Couscous-Royal, nur Amandine wollte einen vegetarischen Couscous.

»Der Royal ist ziemlich fettig!«, warnte sie uns.

»Wer könnte deinem Klienten denn ans Fell wollen?«, fragte ich.

Thejs ging über alle Unterbrechungen weg: »Mariet. Mariet ist eine Schlange, sagt er. Er vermutet sogar, dass sie ihren Mann, Bertie, erwürgt hat. Der hätte sie immer nur schlecht behandelt. Er war schäbig und herablassend zu ihr, hat sie für sein Dienstmädchen gehalten. Und dabei war er furchtbar dumm, hielt sich aber für schlau. Genau die Mischung, die einen rasend machen kann, stelle ich mir vor.«

Ich fand Thejs in diesem Augenblick großartig. Sein Wohlwollen und Verständnis erstreckte sich sogar auf Mariet, die möglicherweise ihren Mann erwürgt hatte ... Sozialarbeiter!

Thejs sprach weiter: »Dann kam das Ecstasy-Geschäft ins Spiel. Über Mariet kam Greg, also offenbar dieser Portulak, auch mit Bertie in Kontakt. Portulak hatte die Rezeptur für die Pillen und Verbindungen nach England, Portugal und Griechenland zur Vermarktung. Vielleicht über seine Bayer-Vertriebskontakte, das weiß ich nicht so genau. Mein Klient war da etwas unklar.«

»Du liebe Güte!«, sagte Amandine und sah völlig verwirrt aus. Rita sah starr vor sich hin und faltete ihre Serviette mit traumwandlerischen Bewegungen zu einem Schiffchen. Ich spitzte die Ohren. Thejs lächelte.

»Mariet tat sich also mit Portulak zusammen – erst nur so als Liebespaar, dann ging es auch um die Droge. Bertie, ihr Mann, störte sie immer mehr. Er war ein nerviger, hinterhältiger Klugscheißer. Das hat sie Karel, meinem Klienten gesagt.«

»Ha-ha«, sagte Amandine ruhig.

»Wie?« Thejs geriet aus dem Konzept.

»Du hast gerade seinen Namen genannt: Karel ...«

Thejs zuckte die Achseln, »Ihr werdet doch hoffentlich schweigen?«, fragte er.

»Klar doch!«

»Natürlich!«

»Unbedingt!«, versicherten wir und wollten, dass er weiterspräche.

»Sie war zwar nie bei Berties Geschäften dabei, hat aber immer alles mitgehört oder er hat damit angegeben.«

»Aber Winfried hat mir gesagt, dass sie von seinen Geschäften nie etwas wusste!«, schob ich ein.

»Tja, ich fürchte, der gute Winfried ist ganz schön weltfremd«, meinte Rita, »wenn Bertie ein stadtbekannter Dealer war, dann wusste doch auch seine Frau davon! Mariet hat alles ganz genau gewusst, wette ich. Ich kenne kein einziges Pärchen, bei dem einer ein Geheimnis hat und die andere nichts davon mitkriegt.«

»Wie dem auch sei«, fuhr Thejs fort, »Mariet merkte, dass es bei der Ecstasy-Sache um ein Geschäft ging, bei dem viel Geld zu verdienen war. Und dass Bertie auf dem besten Weg war, das zu vermasseln. Er wollte nämlich nur die Rezeptur kaufen und das Geschäft mit Winfried machen.«

»Aber Winfried hatte doch nur Abnehmer, ich meine Kunden, in Köln ...«, sagte ich zweifelnd.

»Eben. Das sah Mariet auch so. Ihr war das zu klein. Sie wollte das Geschäft ohne Bertie und Winfried mit Greg machen. Es gab einen Streit zwischen ihr und Bertie. Bertie hatte sie schon öfter ...«

»... geschlagen? Dieser kleine Kastenteufel!«

»Ja ... und er sagte wohl oft, er werde sie verlassen. Dann könnte sie ja sehen, wo sie endete, hässlich wie sie wäre. Auch noch Psychoterror!« Thejs war voller Mitleid. »Das war etwa der Zeitpunkt, an dem Mariet Kontakt mit meinem Klienten aufnahm und ihn überredete, mit ihr zusammenzuarbeiten.«

»Woher wusste Mariet denn, dass Karel der geeignete Mann für die Pillenproduktion war?«, fragte ich.

»Vermutlich von Bertie.«

»Oder von Portulak. Aber für den wollte Karel ja nicht arbeiten«, sagte ich.

»Verständlich, wenn man Portulak mal gesehen hat!«, meinte Rita. »So wie der aussieht!«

»Gleichzeitig wollten Bertie und Winfried den großen Haschischdeal mit dem Wohnmobil machen, um Geld für das Ecstasy-Geschäft aufzubringen«, fuhr Thejs fort.

»Mariet hat Streit mit ihrem Mann, erwürgt ihn, legt ihn in das Wohnmobil und die Probetüten mit den Pillen dazu. Damit Winfried weiß, woran er ist«, vermutete Rita.

»Und ich habe die Tüten mitgenommen. In den Zeitungsberichten und bei der Polizei tauchen sie nicht auf. Daher fragen sich Mariet und Portulak natürlich, wo die geblieben sind.«

Der Couscous wurde gebracht. Eine Schüssel mit einem hohen, steilen Berg dieses blassgelben Getreides, eine andere mit in Hammelbrühe gekochtem Gemüse – Auberginen, Tomaten, Zucchini, grüne Bohnen, Tomaten – und eine

Platte mit verschiedenen Fleischsorten. Schließlich brachte uns der Kellner noch Harissa-Soße, speziell für Rita, die ihren Couscous gerne scharf isst. Amandines vegetarischer Couscous sah kaum anders aus als die Gemüsemischung in unserer Schüssel – nicht fettiger und auch nicht weniger fettig.

»Diese Mariet ist ein Ungeheuer. Wir sollten zur Polizei gehen«, meinte Amandine nachdenklich.

Thejs blickte besorgt von seinem Teller auf.

»Das geht nicht«, sagte Rita schnell, »Thejs steht als Sozialarbeiter unter Schweigepflicht.«

»Wir wissen die ganze Sache doch nur über Karel, Thejs' Klienten! Und haben nicht einen einzigen Beweis«, führte ich aus.

»Diese Mariet und Portulak sind offenbar eine ernst zu nehmende Gefahr für meinen Klienten. Wenn Mariet wüsste, dass sich Karel mir anvertraut hat, müsste ich mir noch mehr Sorgen um ihn machen. Ich hoffe, in der Psychiatrie ist er einigermaßen sicher.«

»Und wer hat den Haschischdeal in Belgien verpfiffen?«, wollte ich wissen.

»Mariet« – Amandine war sich sicher, »sie wollte, dass Winfried die Leiche und die Pillen findet und damit auffällt, damit er aus dem Spiel bleibt.«

»Aber er hätte ihn so oder so gefunden, auch wenn der Deal geklappt hätte ...«, mir erschien Amandines Schluss bedenklich.

Rita schob ein: »In dem Wohnmobil war keine Riesenladung Haschisch. Das hätte damals im Express gestanden. In diesem Artikel über die Roma, die in Belgien festgenommen wurden.«

»Der Deal sollte gar nicht klappen. Mariet war das Haschisch doch völlig egal. Sie wollte nur Bertie loswerden und Winfried vermitteln, dass er die Finger von dem Ecstasy-Geschäft lassen sollte«, folgerte Amandine.

»Und wer waren die beiden Typen mit dem Motorrad und dem Handy auf dem Parkplatz in Belgien?«, fragte ich, »Winfried hat deutsch mit dem einen gesprochen.«

»Mariet und Portulak« – da war Amandine sich sicher.

»Aber der Typ, der mir damals den Schlüssel gegeben hat, war weder eine Frau, noch hatte er lange blonde Haare.« Niemand hörte mir zu.

»Genau«, fiel Rita ein, »dieser Portulak hat ihr bestimmt dabei geholfen. Oder vielleicht hat er sogar Bertie erwürgt. Denn ich kann mir schlecht vorstellen, dass eine Frau jemanden erwürgen kann.«

Da hatte ich zwar andere Erfahrungen, sagte aber nichts.

»Mein Klient hat gesagt, dass es Mariet war.«

»Vielleicht hat Mariet die Motorradfahrer angeheuert? Die zwei Leute dafür bezahlt, eine kleine Show zu machen, auf- und abzufahren, die Szene mit dem Handy zu veranstalten, damit Winfried Berties Leiche genau nach Plan findet und nicht vorher schon misstrauisch wird.«

»Ich bin dafür, dass wir zur Polizei gehen«, ließ sich Amandine vernehmen, »dieser Mariet muss das Handwerk gelegt werden.«

»Dann könnte Zora auch endlich wieder nach Köln zurück«, fiel Rita ein.

Thejs sah unglücklich aus.

»Mein Klient ist ein kranker Mensch. Er hat mir das zwar alles erzählt, aber vielleicht stimmt das gar nicht so. Vielleicht übertreibt er in seiner Wut auf Mariet und in seinem Liebeskummer.«

»Du meinst, er dichtet ihr das alles an?«

Thejs nickte betreten.

»Nein, nein, das war sie! Sie ist wirklich eine Hexe!« Amandine hatte sich auf Mariet als Schuldige eingeschossen.

»Wir sind eben nur Amateurdetektive, da kann man nichts machen. Wir haben überhaupt keine Beweise, nur das, was ein psychisch Kranker seinem Sozialarbeiter erzählt hat«, fand ich.

»Die Polizei ist ja auch nicht blöd, die werden Mariet und dem Portulak schon auf die Finger gucken«, sagte Rita.

»Klar, aber weil du die Pillen mitgenommen hast, kommen die nicht auf die Verbindungen zwischen Winfried und Bertie und Mariet und Portulak.«

»Aber wenn wir zur Polizei gehen, müssen wir auch sagen, dass Amandine die Pillen verkauft hat, dann ist sie am Ende noch wegen Dealerei dran!«

»Nein, bloß nicht, das dürfen wir auf keinen Fall sagen! Am besten behaupten wir, du hättest sie weggeworfen«, beschwor mich Amandine.

Wir waren unschlüssig und saßen schweigend am Tisch. Wir aßen unseren Couscous und tranken unseren Minztee. Aufgeregt und nachdenklich zugleich. Was für einer Geschichte waren wir da auf die Spur gekommen!

Amandine rappelte sich als Erste auf: »Ich bin trotz allem dafür, zur Polizei zu gehen. Wenn Zora sagt, sie hat die Pillen weggeworfen, passiert mir ja nichts. Denkt doch nochmal darüber nach!«

»Aber trotzdem bleibt dann übrig, dass ich Winfried bei einem Drogendeal helfen wollte und dass er ein Dealer war oder ist. Ich möchte ihn trotz allem nicht denunzieren. Egal, was für ein Idiot er inzwischen geworden ist.« Mir war hundeelend.

»Na, der war schon immer ein Idiot«, brummte Rita, »was du bloß an dem gefunden hast?!«

»Aber zur Polizei müssen wir gehen. Vielleicht kann man ja eine oder zwei Kleinigkeiten bei der Geschichte weglassen ...«, schlug Amandine vor.

»Tja, das muss ich mir wirklich nochmal überlegen«, meinte ich.

Amandine schob ihren Stuhl zurück.

»Komm, Rita, wir gehen zu mir.«

Rita wollte bei ihr übernachten, auf dem Bettsofa, auf dem ich mich vor einiger Zeit auch schon mal unruhig gewälzt hatte.

Im Stehen fügte unsere große Freundin hinzu: »Dede wird Augen machen, wenn ich ihm die Geschichte erzähle!«

»Aber Amandine!«, riefen Thejs, Rita und ich.

Amandine grinste und kniff ein Auge zu.

Ich bummelte mit Thejs noch durch die Straßen. Wir versuchten, nicht über unsere Nachforschungen und Spekulationen zu sprechen, aber es fiel uns beiden schwer.

Thejs' Handy düdelte »Für Elise«. Er nahm das Gespräch an.

»Es ist für dich, Zora.« Amandine war am Apparat.

»Deine Landkommune ist abgebrannt«, keuchte sie aufgeregt, »das ganze Dorf. Alles ist weg.«

»Woher weißt du das denn?«

»Bobo hat Antoine hier in Paris angerufen. Er will jetzt mit Jeanne und dem Kind hierher kommen. Du kannst auch nicht mehr zurück!«

»Wie ist es zu dem Brand gekommen?«

»Sie vermuten, dass jemand mit deinem Backautomaten

herumexperimentiert hat. Möglicherweise war es Elodie. Die war in letzter Zeit noch grantiger als gewöhnlich. Das meint jedenfalls Bobo. Die Stromleitungen waren wohl auch nicht besonders sicher. Jedenfalls hat es ein paar Häuser erwischt und die Leute, die in den anderen wohnten, wollen auch abhauen. Das ganze Dorf scheint jetzt unbewohnbar zu sein. Nur noch qualmende Ruinen.«

R2D2, der Backautomat! Und Elodie! Die schwangere Elodie hatte die Landkommune abgefackelt? Ich versuchte mir vorzustellen, wie das passiert war. Vielleicht war auch ihr das Teigkneten zu stressig geworden und sie hatte versucht, sich die Arbeit zu erleichtern. Die Erleichterung von irgendwelchen Arbeiten hatte sie ja immer gern gehabt. Aber sie war doch so zufrieden in der Landkommune gewesen und sie hatte doch auch mitbekommen, dass die Elektrik des Backautomaten unzuverlässig war! Sie war doch dabeigewesen, als die Sicherungen beim ersten Backversuch herausgesprungen waren.

»Wie kommt Bobo denn darauf, dass es Elodie war?«

»Sie hat ein Techtelmechtel mit Winfried angefangen und darüber Streit mit den anderen gekriegt. Sie hatte überhaupt keine Lust mehr auf das Landleben und ist dann auch zusammen mit Winfried abgehauen ...«

Winfried und Elodie! Der tröstete sich ja schnell über Renates Tod hinweg!

Einige Wochen später telefonierte ich wieder einmal mit Rita in Köln.

Sie sagte: »Rat mal, wen ich heute in der Stadt getroffen habe.«

»Winfried?«

»Erraten! Und was tat er? Er schob einen Kinderwagen!

Eine sehr junge französische Frau war bei ihm, meinst du, das war Elodie?«

In mir regte sich nichts.

»Er hat mich kaum gegrüßt. Es war ihm wohl mal wieder peinlich. So wie damals mit Renate auf dem Ökomarkt. Wie konntest du nur auf diesen Typen abfahren ...?«

Das hatte ich mich auch schon selbst öfter als einmal gefragt.

Aber das war ein paar Wochen später. In Paris gab es eine andere Überraschung für mich.

Einmal mehr saß ich mit Thejs in einem Hotelzimmer. Diesmal auf dem breiten Bett mit der besonders guten Matratze. Thejs wirkte bedrückt, ein bisschen traurig. Ich dachte, er mache sich Sorgen um mich und die Geschichte, die ich der Polizei erzählen müsste.

»Was meinst du, hat Amandine Recht? Sollen wir zur Polizei gehen? Was soll ich sagen? Und wie weit ist dein Berufsethos dehnbar?«, fragte ich ihn.

Er sah mich unglücklich an.

»Ich muss dir etwas gestehen.«

Wilde Gedanken schossen durch meinen Kopf: Thejs hing in der Geschichte mit drin ... Er war gar kein Sozialarbeiter ... Thejs war von der Polizei oder der Drogenfahndung.

Thejs fuhr sich verlegen durchs Gesicht.

»Zora, ich bin verheiratet. Ich habe eine Frau und einen Hund.«

»Waaas?«

»Ja, tut mir Leid – und vor einem halben Jahr habe ich eine Ferienwohnung in Spanien gekauft, die muss ich auch noch abbezahlen.«

Dazu fiel mir nichts mehr ein.

»Aber ich habe eine Idee«, sagte er, »du gehst nicht zur Polizei! Wir erzählen niemandem etwas. Du kommst mit mir. Ich wohne in einem Vorort von Amsterdam und etwa fünfundzwanzig Kilometer entfernt ist eine Landkommune. Da könntest du doch bleiben! Da brauchst du auch keinen Mais zu hacken, die züchten nämlich seltene Tulpenzwiebeln.«

Irgendwie habe ich kein Glück mit den Männern.

Wieder einmal stand ich da mit meiner Tasche und wusste nicht so recht, wohin ich mich wenden sollte. Es war schon lange nicht mehr Ende Juni, aber es war immer noch – oder schon wieder nicht warm. Der Himmel war bedeckt, und wenn es auch in den nächsten Stunden nicht regnete, sommerlich war es nicht.

Diesmal stand ich am Bahnhof – Gare du Nord in Paris – und meine Tasche war eine graue Plastikreisetasche.

Wieviele Taschen und Behältnisse hatten mich bisher begleitet? Wenn auch mitunter kurz oder unter seltsamen Bedingungen. Da war ganz am Anfang der Rucksack, den ich in Winfrieds Wagen zurücklassen musste. Dann eine schwarze Reisetasche in Paris. Oh, Amandine und Dede! Zwei große Karierte, die nicht mir gehörten, aber eine Rolle spielten – im Nachtzug nach Amsterdam ... Ein riesiger Bastkorb, in dem R2D2, der Backautomat, in die Cevennen kam und schließlich ein ganzes Dorf dort verkohlte.

Während sie mir diese graue Reisetasche vollpackte, sagte Amandine: »Ich kämpfe weiter gegen die allgemein gültige Realität, ich bin schließlich Komödiant im klassischen Sinn. Aber du musst dich noch entscheiden, ob du kämpfen willst oder die Realität annimmst wie alle anderen auch.«

Die Realität annehmen? Ich?

Sie faltete Wäsche, packte die Schuhe ordentlich in Plastiktüten, während ich auf dem Sofa lag.

Sie überredete mich, einen türkisgrünen Baumwollhut aufzusetzen. Den hatte sie sich mal gekauft, aber er passte nicht recht auf ihre Perücke – zu eng.

Amandine hatte mich aufgenommen, als es mir sehr schlecht ging, sie hatte mich gepflegt und mir weitergeholfen. Sie hätte es gerne gehabt, wenn ich dageblieben wäre. Aber ich konnte nicht bleiben, denn ich hatte noch etwas zu erledigen. Ich hatte mich schweren Herzens verabschiedet und war gegangen. Das heißt, sie und Dede hatten mich in dem alten Taxi bis zum Bahnhof gefahren, hatten gewendet und waren, ohne in den Rückspiegel zu schauen, zurückgefahren.

Ihre Frage, ob ich die allgemein gültige Realität annähme oder nicht, beschäftigte mich trotz meiner Ratlosigkeit in viel wichtigeren Dingen.

Im Grunde stand ich mit meiner Reisetasche am Bahnhof, ohne ein Ticket gekauft zu haben, weil ich die allgemein gültige Realität nicht annahm, nie angenommen hatte und, verflucht, auch nie annehmen würde.

Wenn ich ein Mann wäre, würde ich jetzt auf den Boden spucken, dachte ich. Und dass ich die Fahrkarte auch im Zug kaufen könnte.

Ein Zug lief ein.

Ich fuhr nach Köln und schwenkte mein grünes Hütchen.

Die Autorin

Corinna Kawaters, 1953 in Essen geboren, wuchs in Köln auf und wohnte und arbeitete später lange Zeit im Ruhrgebiet. Dort entstanden ihre beiden ersten Krimis: »Zora Zobel findet die Leiche« (Zweitausendeins 1984) und »Zora Zobel zieht um« (Focus Verlag 1986). Nach mehreren Jahren in Frankreich und Spanien lebt die Autorin heute wieder in Köln.

Anmerkung der Autorin

Der Roman »Zora Zobel auf Abwegen« ist ein Produkt meiner Phantasie. Jede Ähnlichkeit mit lebenden oder toten Personen ist reiner Zufall. Von den beschriebenen Orte existieren einige wirklich – wie jeder weiß, gibt es die Städte Paris, Amsterdam und Köln –, einige habe ich mir auch ausgedacht – so beispielsweise die Landkommune Le Mas de Cazal. Sämtliche Ereignisse sind frei erfunden – grob gesagt: Es ist alles erstunken und erlogen.

Danksagungen

Die Autorin möchte folgenden Institutionen und Personen ihren Dank dafür aussprechen, dass sie ihr bei den Nachforschungen und während des eigentlichen Schreibens dieses Buches mit Rat und Unterstützung zur Seite gestanden haben:

Meinen Freundinnen und Freunden – ganz besonders: Angela, Bruno, Charlotte & Lucie, Christine, Eberhard, Hansi, Heike, Hélios, Marion, Mathieu, Monique, Regina, Rosel und Thomas.

Dem Ministerium für Arbeit, Soziales und Stadtentwicklung, Kultur und Sport des Landes Nordrhein-Westfalen für das Arbeitsstipendium, das mir im Jahr 1999 gewährt wurde.

Das Roma-Gedicht, das auf S. 57 zitiert wird, stammt von Aladin Sejdic und ist dem folgenden Gedichtband entnommen: »Kali cirikli – der schwarze Vogel« von Steva Stojko, Hanci Briher, Aladin Sejdic, Ruzdija Sejdovic – Autorengruppe *rromano pero*, Gedichte in Romanes und Deutsch, herausgegeben vom Rom e.V. Köln, Köln 1998, rom.ev@netcologne.de

Das Hunde-Gedicht auf S. 161 entstammt dem Buch »Chinesische Astrologie« von Theodora Lau, Knaur-Verlag, München 2001.

Wir danken dem Rom e.V. und dem Knaur-Verlag für die freundliche Abdruckgenehmigung.

ESPRESSO KRIMI
ES 919

Umschlaggestaltung Blank/Holtfreter
unter Verwendung eines Ohrs von Judith
Gestaltung und Satz
Agentur Marina Siegemund
Druck Preses Nams Corp.,
Jana Seta Printing Group, Riga
Printed in Latvia
ISBN 3-88520-919-5
www.espresso-verlag.de

Birgit H. Hölscher

Therapie mit Todesfolge

192 Seiten, Taschenbuch

DM 18,90 / öS 138 / sFr 18,90

ISBN 3-88520-907-1

»Ausschließlich männliche Psychotherapeuten stehen auf der Mordopferliste der jungen attraktiven Garbo. Tatort ist diesmal Köln, das Opfer der Therapeut Dr. Wolff. Bis ins kleinste Detail kann man an den psychologischen wie praktischen Mordvorbereitungen teilnehmen, unterbrochen nur von eingeschobenen Berichten aus dem Leben und besonders der emotionalen Entwicklung der Killerin. Ein faszinierender Krimi, der schonungslos die Phantasien und Realitäten eines extrem gestörten und verletzten Menschen aufzeigt.« EKZ

»Ohne Zweifel, die ehemalige Suchtberaterin Birgit H. Hölscher kennt sich aus mit den Licht- und Schattenseiten des Lebens.« KULTUR OST HAMBURG